U0518739

"十三五"国家重点图书出版规划项目

国家社科基金重大项目"海外藏珍稀中国民俗文献
与文物资料整理、研究暨数据库建设"（项目编号：
16ZDA163）阶段性成果

# 海外藏中国民俗文化珍稀文献

## 编委会

---

**主　编**

王霄冰

**编　委**（以姓氏笔画为序）

刁统菊　　王　京　　王加华

白瑞斯（德，Berthold Riese）　　刘宗迪

李　扬　　肖海明　　张　勃　　张士闪

张举文（美，Juwen Zhang）

松尾恒一（日，Matsuo Koichi）

周　星　　周　越（英，Adam Y. Chau）

赵彦民　　施爱东　　黄仕忠　　黄景春

梅谦立（法，Thierry Meynard）

国家出版基金项目
NATIONAL PUBLICATION FOUNDATION

"十三五"
国家重点图书
出版规划项目

海外藏
中国民俗文化
珍稀文献

王霄冰 主编

[法] 戴遂良（Léon Wieger）编

卢梦雅 付英超 编译

*Folk-lore*
*chinois moderne*

# 近世中国民间故事

陕西师范大学出版总社

图书代号　WX20N2292

### 图书在版编目（CIP）数据

近世中国民间故事/（法）戴遂良编；卢梦雅，付英超编译. —西安：陕西师范大学出版总社有限公司，2020.12

（海外藏中国民俗文化珍稀文献/王霄冰主编）

"十三五"国家重点图书出版规划项目　国家出版基金项目

ISBN 978-7-5695-2019-4

Ⅰ.①近…　Ⅱ.①戴…　②卢…　③付…
Ⅲ.①民间故事—作品集—中国—近代　Ⅳ.①I277.3

中国版本图书馆CIP数据核字（2020）第231722号

## 近世中国民间故事

JINSHI ZHONGGUO MINJIAN GUSHI

[法]戴遂良　编　卢梦雅　付英超　编译

| | | |
|---|---|---|
| 出 版 人 | 刘东风 | |
| 责任编辑 | 魏　徽 | |
| 责任校对 | 杜莎莎　王丽敏 | |
| 出版发行 | 陕西师范大学出版总社 | |
| | （西安市长安南路199号　邮编 710062） | |
| 网　　址 | http://www.snupg.com | |
| 印　　刷 | 陕西龙山海天艺术印务有限公司 | |
| 开　　本 | 700mm×1020mm　1/16 | |
| 印　　张 | 22.25 | |
| 插　　页 | 2 | |
| 字　　数 | 330千 | |
| 版　　次 | 2020年12月第1版 | |
| 印　　次 | 2020年12月第1次印刷 | |
| 书　　号 | ISBN 978-7-5695-2019-4 | |
| 定　　价 | 88.00元 | |

读者购书、书店添货或发现印装质量问题，请与本公司营销部联系、调换。
电话：（029）85307864　85303635　传真：（029）85303879

# 海外藏中国民俗文化珍稀文献

# 总序

◎ 王霄冰

  民俗学、人类学是在西方学术背景下建立起来的现代学科，其后影响东亚，在建设文化强国的大战略之下，成为当前受到国家和社会各界广泛重视的学科。16 世纪，传教士进入中国，开始关注中国的民俗文化；19 世纪之后，西方的旅行家、外交官、商人、汉学家和人类学家在中国各地搜集大批民俗文物和民俗文献带回自己的国家，并以文字、图像、影音等形式对中国各地的民俗进行记录。而今，这些实物和文献资料经过岁月的沉淀，很多已成为博物馆和图书馆等公共机构的收藏品。其中，很多资料在中国本土已经散佚无存。

  这些民俗文献和文物分散在全球各地，数量巨大并带有通俗性和草根性特征，其价值难以评估，且不易整理和研究，所以大部分资料迄今未经编目整理，亦未得到披露和介绍，学者难以利用。本人负责的 2016 年度国家社科基金重大项目"海外藏珍稀中国民俗文献与文物资料整理、研究暨数据库建设"（项目编号：16ZDA163）即旨在对海外所存的各类民俗资料进行摸底调查，以建立数据库的方式予以整理和研究。目的是抢救并继承这笔流落海外的文化遗产，同时也将这部分研究资料纳入中国民俗学和人类学的学术视野。

所谓民俗文献，首先是指自身承载着民俗功能的民间文本或图像，如家谱、宝卷、善书、契约文书、账本、神明或祖公图像、民间医书、宗教文书等；其次是指记录一定区域内人们的衣食住行、生产劳动、信仰禁忌、节日和人生礼仪、口头传统等的文本、图片或影像作品，如旅行日记、风俗纪闻、老照片、风俗画、民俗志、民族志等。民俗文物则是指反映民众日常生活文化和风俗习惯的代表性实物，如生产工具、生活器具、建筑装饰、服饰、玩具、戏曲文物、神灵雕像等。

本丛书所收录的资料，主要包括三大类：

第一类是直接来源于中国的民俗文物与文献（个别属海外对中国原始文献的翻刻本）。如元明清三代的《耕织图》，明清至民国时期的民间契约文书，清代不同版本的"苗图"、外销画、皮影戏唱本，以及其他民俗文物。

第二类是17—20世纪来华西方人所做的有关中国人日常生活的记录和研究，包括他们对中国古代典籍与官方文献中民俗相关内容的摘要和梳理。需要说明的是，由于原书出自西方人之手，他们对中国与中国文化的认识和理解难免带有自身文化特色，但这并不影响其著作作为历史资料的价值。其中包含的文化误读成分，或许正有助于我们理解中西文化早期接触中所发生的碰撞，能为中西文化交流史的研究提供鲜活的素材。

第三类是对海外藏或出自外国人之手的民俗相关文献的整理和研究。如对日本东亚同文书院中国调查手稿目录及所记风俗见闻的整理和翻译。

我们之所以称这套丛书为"海外藏中国民俗文化珍稀文献"，

主要是从学术价值的角度而言。无论是来自中国的民俗文献与文物，还是出自西方人之手的民俗记录，在今天均已成为难得的第一手资料。与传世文献和出土文物有所不同的是，民俗文献和文物的产生语境与流通情况相对比较清晰，藏品规模较大且较有系统性，因此能够反映特定历史时期和特定区域中人们的日常生活状况。同时，我们也可借助这些文献与文物资料研究西方人的收藏兴趣与学术观念，探讨中国文化走向世界的方式与路径。

是为序。

2020 年 12 月 20 日于广州

戴遂良（左）与其中国助手合影

［图片源自耶稣会季刊《中国记述》（*Relations de Chine*）1906 年 1 月第 1 期］

戴遂良（后排右一）和上海的中外耶稣会士合影

（图片源自《鼎——徐家汇今昔图片特辑》1992年第12卷总第70期，第10页）

三日定坎離之位每一爐輒下銀五萬兩炭百擔盡則公親監之夜則使人
守之銀登時化爲水煉三月費銀八十萬丹無消息公詰之道士曰滿百萬
則丹成成後舍之不飢不寒可南可北隨意所之無不可到公無奈何復與
十餘萬然已覺其妄道士澷溺必遣人尾之清晨道士澷於園尾者回顧忽
失道士所在往視其爐百萬俱空矣敢道士行李得書一封云公此種財皆
非義物也吾與公有宿緣特來取去爲公打點陰間贖罪費用日後自有效
驗幸毋相怪（新齊諧卷二）

à la coûteuse expérience. Il garda l'abstinence, fit déterminer par un géomancien l'emplacement du fourneau, etc. — Le **táo-cheu** commença par enfourner cent charges de houille, et cinquante mille taëls d'argent. Le **Tchăng** surveillait lui-même le fourneau durant la journée, et le faisait surveiller par ses gens durant la nuit. Entretenu jour et nuit, durant trois mois, un feu d'enfer fondit successivement huit cent mille taëls d'argent, sans qu'on vît trace de la fameuse drogue. — Le **Tchăng** s'inquiéta. — Je vous ai dit, dès le commencement, répéta le **táo-cheu**, qu'un million de taëls devront être sublimés. Alors la drogue sera produite. Quand vous l'aurez avalée, vous ne souffrirez plus des besoins du corps, ni des intempéries des saisons; vous traverserez l'espace au gré de vos désirs; vous serez exempt de la mort. Il manque encore deux cent mille taëls. — Le **Tchăng** livra la somme, mais fit garder le **táo-cheu** à vue. Un surveillant l'accompagnait, même quand il allait aux cabinets. — Quand le million fut au complet, le **táo-cheu** étant sorti, suivi de son surveillant, disparut soudain et ne reparut plus. — Le **Tchăng** courut au fourneau, et constata que l'argent était entièrement détruit. Il ouvrit le paquet des hardes du **táo-cheu**, et y trouva une lettre ainsi conçue: Voleur, tu t'étais approprié iniquement un million de taëls. Je te les ai fait restituer. Ils sont effacés sur ta feuille de compte aux enfers. Je t'ai rendu un grand service, et compte que tu m'en sauras gré.

**Voyez Introduction XVII et XVIII.**

◀ 法文版正文书影

# 本书导读：戴遂良与中国故事学[①]

　　河北献县天主教神父戴遂良（Léon Wieger，1856—1933），生于法国阿尔萨斯地区斯特拉斯堡市。戴遂良父亲在斯特拉斯堡大学医学系任教，戴遂良也受训于医科，1881 年加入耶稣会，1887 年被派遣到直隶东南教区任教职，负责卫生和医疗。与中国教区老百姓的近距离接触，激发了戴遂良对中国民间思想文化的浓厚兴趣。1893 年，他开始研究汉学，研究方向主要是中国民俗、佛教、道教相关[②]，1933 年卒于河北献县，毕生致力于中国语言与文化的辑译和推广。

　　1856 年，天主教献县教区建立。至 1928 年，献县教区有教徒 136487 人，仅次于北京教区。[③] 该教区素有文化传教与学术传教的传统。中华人民共和国成立前，这里创办了至少 739 所乡村教会小学，另有中心公教学校 5 所、要理学校 9 所、女传教学校 4 所、男传教学校 6 所、法文学校 3 所，以及著名的慕华中学和天津工商大学（河北大学的前身）。[④] 戴遂良所在的张庄天

　　① 原载《民族文学研究》2017 年第 2 期，此处有增改。

　　② 参见 Jean-Paul Blatz，« Léon Georges Frédéric Wieger »，*Nouveau dictionnaire de biographie alsacienne*，vol. 40, p. 4236. 沙畹十分关注戴遂良的创作，不断在汉学专刊《通报》（*T'oung Pao*）上发表书评。

　　③ 参见河北省地方志编纂委员会编：《河北省志》第 68 卷《宗教志》，中国书籍出版社，1995 年，第 261—263 页。

　　④ 参见吕永森：《献县教区与河北大学》，见政协献县第十三届委员会编：《献县文史资料》第 11 辑，2016 年，第 135—136 页；河北省地方志编纂委员会编：《河北省志》第 68 卷《宗教志》，中国书籍出版社，1995 年，第 213 页。

主教堂始建于 1861 年，统辖直隶东南 36 县天主教务。① 张庄教堂内的印书馆"胜世堂"先后出版了教徒、教会学生和传教士的日课经本、教史手册、教义说明、教义辩解等（译）著作，涉及语言、文字、政治、历史、社会等方面。至 1940 年，"胜世堂"出版了十五种汉文著作和九十八种中西合璧著作，是天主教在华的主要出版印刷机构。戴遂良的中法文对照版著作多次在这里再版印刷，广泛使用于教会学校，影响甚大。②

使戴遂良声名鹊起的是 1892—1908 年出版的十二卷系列教程《汉语汉文入门》（*Rudiments de parler et de style chinois*），该教程在出版过程中获得了法国汉学最高奖"儒莲奖"。在编写过程中，戴遂良搜集了大量民间故事，不断补充和再版这一系列汉语教程，力求以民间故事为基础揭示中国传统伦理道德、宗教信仰以教化当地教民。这些故事又分为口头故事和书面故事：口头故事以河北方言编写出来，主要收入其教程的前六卷；书面故事择选自中国历代文学和历史文献，主要收入后六卷教程。③

该教程第一至六卷名为《汉语入门》（*Rudiments de parler chinois*），包括第一卷《河间府方言》④（前附有《河间府介绍》），第二至三卷《要理问答》⑤和《布道教义》⑥，第四卷《民间道德与风俗》⑦，第五、六卷（合

---

①参见王凤鸣：《献县历史编年》，见政协献县学习文史委员会编：《献县文史资料》第 6 辑，1997 年，第 45—46 页。

②参见魏正如：《献县印书馆》，见献县文史资料编辑委员会编：《献县文史资料》第 3 辑，1991 年，第 118—122 页。事实上，该印书馆的出版物很可能普遍使用于整个河北教区。

③参见本书附录"戴遂良学术年表"。

④Léon Wieger, *Dialecte de Ho-Kien-Fou*. Ho Kien fu: Imprimerie de la mission catholique, 1895-1896.

⑤Léon Wieger, *Catéchèses*, Ho Kien fu: Imprimerie de la mission catholique, 1897.

⑥Léon Wieger, *Sermons de mission*, Ho Kien fu: Imprimerie de la mission catholique, 1898.

⑦Léon Wieger, *Rudiments 4: Morale et usages populaire*, Ho Kien fu: Imprimerie de la mission catholique, 1894.

为一册）《民间叙事》①。此六卷的编写思路，是将中西方教化性的经典文本或民间见闻改编为河北方言故事，既辑录了北方口语，介绍了河间府方言，又富含献县地区民俗。第一卷讲解了献县地区口语发音、语法和惯用语，是一本内容丰富的汉语口语阅读课本，包含大量的民间词汇、句段、篇章；第二至三卷是天主教义，从福音书里择选了一些教化文章，用方言改写，并用方言编写了教义问答及全年各个节日和主日的讲道内容；第四卷《民间道德与风俗》包括道德劝诫和民间习俗辑录；第五、六卷《民间叙事》用方言改编了六十三个民间故事，文本来自《传家宝全集》《笑林广记》《聊斋志异》《今古奇观》等。

随后几年，戴遂良又补充编写了书面语教程，包括第七至十卷哲学思想相关、第十一卷历史相关和第十二卷汉字与词汇相关。而后，他将这些初稿整理再版，命名《汉文入门》(*Rudiments de style chinois*)，包括《历史文献集》②三卷、《哲学文献集》③一卷、《汉字与词汇》④一卷以及《汉文文法》⑤一卷。

《历史文献集》以《史记》《资治通鉴纲目》和《纲鉴易知录》等史学文献为素材；《哲学文献集》从小说、经书等古代文献中摘取了一些有关哲学和道德的片段，展示了中国传统儒、释、道思想。⑥《汉字》分为四部分：首先回顾了汉字发展史（包括比较中欧字典分类异同）；接着介绍了一百七十七个部首并分别例举多个汉字及详解；随后便是附录"上古图像"，

---

① Léon Wieger, *Rudiments 5 et 6: Narrations vulgaires*, Ho Kien fu: Imprimerie de la mission catholique, 1894-1898.

② Léon Wieger, *Textes historiques*, Ho Kien fu: Imprimerie de la mission catholique, 2173 pages, 3 volumes, 1903-1905.

③ Léon Wieger, *Textes philosophiques*, Ho Kien fu: Imprimerie de la mission catholique, 550 pages, en 2 volumes, 1906. 1930 年再版，更名为《哲学文集：儒家、道家、佛教》(*Textes philosophiques : Confucianisme, Taoïsme, Bouddhisme*, 1930，献县)。

④ Léon Wieger, *première partie*：*Caractère*, 431 pages; *seconde partie: Lexiques*, 223, 206, 197 pages, Ho Kien fu: Imprimerie de la mission catholique, 854 pages, 1900.

⑤ Léon Wieger, *Grammaire, phraséologie*, Ho Kien fu: Imprimerie de la mission catholique, 102 pages, 1908. 参见 *T'oung Pao*, Leide: E. J. Brill, 1908, p. 717.

⑥ 参见 *T'oung Pao*, Leide: E. J. Brill, 1903, pp. 155-156.

对汉字铭文进行由字到篇的介绍；最后按照声旁整理了一个检索文档。该书是西方学者对汉字字源问题的首次全面研究成果。戴遂良进行这一研究是为了指出拉克伯里"中国文化西来说"①的错误，他希望通过该书，特别是1916年版增写的附录，说明古汉字与象形文字、楔形文字毫无关系。②该书与顾赛芬神父的《法汉辞典：汉语最常用的惯用语》《古汉语辞典》实为今天七卷本《利氏汉法辞典》（2010）的前身。③

1903年，考狄（Henri Cordier）在《通报》介绍了《汉语汉文入门》的七至十二卷，文中写道："他本人谦称为'普及读物'，而我们称之为伟大的著作，这些教程尽管不专门为欧洲民众所撰（为其他教会神父所撰），却无形中成为欧洲读者的福祉。"④1904年，沙畹（Édouard Chavannes）在《通报》发表书评，高度赞扬《历史文献集》，认为"该书是传播中国历史的极大贡献，书中的见解比一般著作更为准确"⑤。1906年，沙畹在《通报》就《哲学文献集》发表书评，称："作者（戴遂良）目的是提取适合我们了解中国人精神和性格的大量中国书面文学……这些卷宗将对欧洲人认识中国人灵魂的方式产生重大影响。"⑥

随后，戴遂良又陆续出版了《近世中国民间故事》（1909年，*Folk-lore chinois moderne*）、《中国宗教信仰及哲学观点通史》（1917年，*Histoire des croyances religieuses et opinions philosophiques en Chine depuis l'origine jusqu'à nos jours*）、《历代中国：至三国》（1920年，*La Chine à travers les âges, première et deuxième périodes : jusqu'en 220 après J. C.*）等，还编译了

① Terrien de Lacouperie, *Western origin of the early Chinese civilisation from 2,300 BC to 200 AD*, 1894.

② 参见 *Histoire des croyances religieuses et opinions philosophiques en Chine depuis l'origine jusqu'à nos jours*, 1917, p. 17.

③ 参见马颂仁、华伯乐、詹佳琳：《中法文化交流史上继往开来的纽带——记〈利氏汉法辞典〉的编纂与出版》，载《文汇报》2015年5月22日。

④ *T'oung Pao*, Leide: E. J. Brill, 1903, pp. 155-156.

⑤ *T'oung Pao*, Leide: E. J. Brill, 1904, pp. 481-483.

⑥ *T'oung Pao*, Leide: E. J. Brill, 1906, p. 534.

反映当时中国状况的《现代中国》（*La Chine moderne*），1921—1932 年共出版十卷。

实际上，西方传教士对中国民俗和民间文学的调查、呈现和阐释，作为早期汉学的一部分，一方面直接关乎西方人的中国想象的建构，另一方面直接或间接地影响了中国现代民俗学和民间文学传统的形成，影响了中国人对本土传统的自我想象。因此，这些著述的引进，无论是对民俗学学科的自我认识，还是对中西文化交流的研究，都具有重要的学术意义。对以戴遂良为代表的早期来华传教士在中国现代民间文学建立过程中所发挥的铺垫作用，国内学者应当给予足够重视，这也是本书整理出版的初衷。

## 一、《近世中国民间故事》的接受与译名

或许是由于《近世中国民间故事》看上去仅仅是一本故事翻译汇编，因此国内学者对此书知之甚少，在书名的翻译上也多有误解。许光华在《法国汉学史》中说"（戴遂良）的《近代中国风俗志》……是河间民间著作的文集，更确切地说是一部民俗史"[①]；马树德在《中外文化交流史》中亦提到戴遂良"著有《中国近代风俗》"[②]。二者均将此书译为"风俗（志）"，大概是由于并未见到原书，只是据其法文书名或二手资料揣测而译，因为书名中 folk-lore 一词现在一般译为"民俗"。事实上，此书选取的故事多为志怪灵异故事，相当于西方民间文学范畴中的神奇故事（fairy tales，又译童话）一类，并未见歌谣谚语、风俗习惯，如衣食住行、婚丧嫁娶、岁时节日等方面的内容，构不成一部现在意义上的民俗史，译为"风俗（志）"显然不妥。另外，戴遂良在后来的著作中也解释了，他所谓的 folk-lore，是各种民间想象或编造的奇闻异事（anecdotes supranaturelles）的总和[③]。

---

①许光华：《法国汉学史》，学苑出版社，2009 年，第 131 页。

②马树德编著：《中外文化交流史》，北京语言文化大学出版社，2000 年，第 246 页。

③参见 Léon Wieger, *Histoire des croyances religieuses et opinions philosophiques en Chine depuis l'origine jusqu'à nos jours*, 1917, p. 613.

此外，书名中 moderne 一词的翻译也有争议，一则译为"现代"，一则译为"近代"。李天纲译为《中国近代民间传说》①，尹永达译为《现代中国民间故事》②。编者推测，戴遂良使用 moderne 来限定其搜集的奇异故事，原因有两点：第一，法语中这个词的意思一是与当下邻近的时代，二是相对于较早的时代而言，即指中世纪及近现代。③ 戴遂良在此书序言中说道："本书收录了足够数量的故事，使近代 ［唐朝开元年间（713—741）以后］的中国民间故事广为人知。……我将上古和中古时代（前 9 世纪—7 世纪）的风俗收入另外一本书④。"可知此书所搜集的故事主要选自唐代以后的文献，符合 moderne 一词的第二释义。第二，戴遂良使用 moderne 一词来命名故事集，意在说明所有选编的故事旨在反映其所处时代的风俗及信仰状况。戴遂良在此书后记中的一小段话说明了这个问题："读者肯定已经注意到，无论这些故事在内容细节上多么富于变化，其主题不外乎前面我所总结的为数不多的那些主线。再收录上百个故事，也不会给整个系统增加什么新意"。可见，他认为，尽管这些故事节选自各种不同官方和民间文献，并且时间跨度达一千多年，但是故事的主题是一定的。也就是说，这些志怪故事所反映的民间信仰状况自古至今变化有限，具有明显的连续性和传承性。因此，尽管此书搜集的民间故事时间跨度很大，但是在作者看来，既然故事持续流传且变异性很小，不妨直接以 moderne 来命名。另外，尽管有些故事出自成书较晚的文献，但从内容可以看出故事是自古代流传下来的。如第 54 则故事的注释中，戴遂良认为尽管该故事选自 18 世纪的《新齐谐》，但是其中的地名"掖县"表明这则故事可追溯至更早时期。因此，编者认为在翻译此书书名时，按照作者的意图和法语词义可直译为《现代中国民间故事》，按照出版时代可以译为《近代中国民间故事》，按照内容出处可以译为《历代中国

---

　　① 参见李天纲：《中国民间宗教研究二百年》，载《历史教学问题》2008 年第 5 期。

　　② 参见尹永达：《戴遂良〈现代中国民间故事〉一书的耶稣会色彩》，载《天津外国语大学学报》2014 年第 6 期。

　　③ 参见 Paul Robert, *Le nouveau petit Robert*, Paris: Distribooks, 2005.

　　④ 指《历代中国》。

民间故事》①。综合考虑，编者译为《近世中国民间故事》。

关于此书，除其译名存有争议之外，其学术价值也未得到适当的评估。除尹永达对此书在宗教背景和西方思维下的翻译策略和写作动机进行批评②外，几乎再无专门的研究。编者要指出的是此书之于民间文学学科的意义，即第一次用西方索引形式来汇编中国民间故事，这在中国现代民间文学学术史上的地位不可低估。

## 二、第一部附有双重索引的中国民间故事集

《近世中国民间故事》在中国民间文学学术史上的意义在于第一次采用双重索引体例（母题索引与关键词索引）整理中国民间故事。

在此书中，戴遂良将二百二十二个故事归纳为二十一条"主线"③（grandes lignes du système），如：

主线一："至高无上"

在民间故事中，人们称最高神为"上天"或"上帝"，也称"玉皇大帝"。

主线二："关羽"

关羽又称"关帝"或"关公"，是三国时期的一名大将，中国人通常称之为"圣帝"或"武帝"。

主线三："阴官"

在此类故事中，上天至高无上，知晓凡间发生的所有事，但一般只能通过行政途径得知凡间的消息或回复凡间。其直属按

---

① 书中的故事文本有的选自远早于唐代的文献，如4世纪的《搜神记》，5世纪的《搜神后记》《冥祥记》《幽明录》，6世纪的《洛阳伽蓝记》，等等。

② 参见尹永达：《戴遂良〈现代中国民间故事〉一书的耶稣会色彩》，载《天津外国语大学学报》2014年第6期。

③ 在《中国宗教信仰及哲学观点通史》中，戴遂良将这二十一条"主线"连接起来，合为"理论"（théorie）部分。

职位自上而下有：关帝——总管，城隍——城神，土地——地方神，灶君——户神。阴间（le monde inférieur）的等级和阳间（le monde supérieur）一一对应，阴间的城隍及各级官员均为死去的人。各地的城隍可保佑当地死去的人；阴官也可以晋升、下野，各种职位变动与在阳间一样，传说中有时还会提到他们的配偶；知府衙门乃为本地的生者而建，城隍庙则为本地的死者而建；阴间有鬼差，与阳间的差吏差不多。

…………

如此关于"雷公""阎王""魂与魄""灵魂出窍""风水""扶乩""妖人"等主题的二十一段长短不一的内容提要，分类介绍了中国民间故事中的神鬼知识、伦理信仰和世界观。

丰富充实的资料是现代科学研究的基础，而面对大量纷繁无序的原始资料，首先要做的就是分类。现代生物学、地质学、考古学乃至医学研究等等都是从对研究对象的分类开始，以建立各种适合本学科需要的分类体系。民间文学和民俗学研究，面对浩如烟海且具有重复性和雷同性的民间故事和民俗事象，也不可避免地首先面临分类工作。在民间文学研究兴起的早期，出现了多种民间故事分类方法，"从 19 世纪下半期起就有很多学者先后制定出各自的民间故事统编、分类原则。德国学者哈恩（I. Hahn）于 1864 年在《希腊及阿尔巴尼亚故事》一书中，把所有的故事统一归纳为四十种型式（formen）。流传学派的一些著名研究家，如法国学者柯思昆（E. Cosquin）、英国学者克劳斯顿（A. Clouston）等都曾对民间故事进行过统编分类的尝试。俄国学者弗拉基米洛夫曾将所有的故事分为三部分（动物故事、神话、生活故事），总计列出四十一种类型（type）。其他学者，如巴林·古尔德（S. Baring Gould）、斯蒂尔（F. Steel）、坦普尔（R. Templ）、戈姆（G. Gomm）、雅各布斯（I. Jacobs）、乔文（V. Chauvin）、哈宙（B. Hadjeu）、马卡洛夫、萨哈洛夫、柯尔马切夫斯基、斯米尔诺夫都曾致力于民间故事的分类统编工作。这些学者都试图把千差万别的情节划归成有概括性的、有一定限量的类型。"[1] 其中，1910 年芬兰学派代表人物阿马图斯·阿尔奈（Antti Aarne，1867—1925）的按照故事情节类型对故事进行分类的《故事类型索引》一书影响最大，其分类体系后来成为全世界民间文学研究者故事分类研究的基本模式。

阿尔奈分析比较了欧洲一些国家出版或保存的民间故事辑录，把同一情节的不同异文加以综合，用极简短的文字归纳出梗概提要，并依据一定的原则对这些故事情节进行分类编排。如"神奇故事"分类中又根据"奇异"因素的性质，细分为神奇的敌手、神奇的丈夫（或妻子、其他亲属）、神奇的难题、神奇的助手、神奇的物件、神奇的力量或技能等等。这种民间故事分类方式与戴遂良的分类法如出一辙，不同的是，阿尔奈的梗概提要是情节摘要式的[2]，而戴遂良在其故事类型索引"主线"中，不仅概括了所收故事的内容，更根据中国民间故事的特点，加入了相关民间信仰普及内容，体现了中国民间故事能够反映民众较为系统和一贯的信仰的特点，展现了中国民间故事与欧洲传奇故事的迥异之处。

此外，戴遂良在故事文本后添加注释，标明该故事对应哪条或哪几条主线，并对故事中个别词语或知识点进行解释（或标明在哪部著作中可以查阅到详细解释）。例如，关于主线九"魂与魄"，就有若干故事。其中，戴遂良在第 109 则故事结尾注释道：

注：见主线九。

——人们认为鬼差没有口腔和咽喉，既不能说话也不能吞咽，只能呼吸和闻嗅。见《哲学文献集》第 363 页"饿鬼"。

——"八卦"，一种神圣不可破的封符。见《哲学文献集》第 87 页。

——所有鬼都不能见光，包括强烈的人为亮光。

---

[1] 刘魁立：《刘魁立民俗学论集》，上海文艺出版社，1998 年，第 356—357 页。

[2] 如"AT2204　狗的雪茄烟。一个男人在火车上吸雪茄烟（或烟斗），烟掉在车外，狗随之跳出。稍后，狗也赶到车站。"（转引自刘魁立：《刘魁立民俗学论集》，上海文艺出版社，1998 年，第 367 页。）

—— 知识和记忆为附体的灵魂所有，而不是躯体本身。

在第 119 则故事结尾注释道：

注：未经审判和炼狱的投胎转世。

—— 骑马的少年乃阴间鬼差。

—— 鞋履和食物是给死人的供奉。

—— 本文所述乃分娩之时的投胎，非怀孕期。可与第 6 则故事比较。

—— 不幸的孩童可借转世的灵魂报仇。

—— 该灵魂未经过阴间，也就未喝下能抹去记忆的孟婆汤，所以记忆得以保存。见《民间道德与风俗》第 351 页第 19 章 "佛教故事" 中关于孟婆娘娘的段落。

这则故事的注释中没有说明主线的属类，但是标明可与第 6 则故事比较。而第 6 则故事的注释标明 "见主线九、十一"。也就是说，通过戴遂良的注释我们可以看出，第 6、109、119 三则故事都具有主线九（"魂与魄"）相关情节。因此，在《近世中国民间故事》中，戴遂良编写的 "主线" 与 "注释" 相辅相成，就相当于芬兰学者阿尔奈对神奇故事所做的故事类型分类及索引。

戴遂良在中国传教并搜集民间故事的年代，正是西方民俗学研究兴起、民间故事分类法方兴未艾之际。尽管他不是专业的民间文学研究者，但作为知识渊博的耶稣会士，定对这一学术领域有所了解。他在搜集、编纂中国民间故事读本时，自然会参照西方学者热衷的故事分类法对中国民间故事进行分类、编排，一方面便于西方读者阅览，另一方面大概也有与西方民俗学界对话的动机存在，毕竟耶稣会士从一开始就身兼神父与学者两个角色。《近世中国民间故事》以当时西方学术界时兴的近代索引形式来汇编中国民间故事，这于中国民间故事而言是第一次。尽管戴遂良编纂中国民间故事集的主观目的是为传教事业服务，但客观上这一工作却意义深远，这意味着中国民间故事第一次被纳入了现代学术版图。

《近世中国民间故事》采用的另一种索引形式是关键词的 "内容索引"

（母题，motif）。关键词索引是将书中出现的人名、地名、学术名词等重要内容所在的页码一一标注，以便读者查阅浏览，常附于年鉴、手册和专著的后面，此种关键词索引显然是近世学术制度的产物。一般的传教士著述，往往仅附目录，而无书后的索引，但在戴遂良看来，仅采取普通目录形式对读者来说很不方便，因此他在编写故事类型索引的同时，又在书后附有关键词索引，以便读者快速了解此书故事的大致内容。他从二百余则故事中提炼出七十个关键词，如"灵魂""城隍""雷""变狼""魅""转世"等，按照字母顺序排列，每个关键词下细分出一系列与之相关的次级关键词，个别次级关键词下又细分出更次一级的项目，在每个项目后则标示出此书中所有出现这一项目的故事编号。

如"鬼"之下的索引：

鬼：

鬼无影子：135

驱鬼办法：

吹气：45

风：186、210

爆竹：77

铃声：155

鸡鸣：125

胆量：199

鬼结亲：91

淫荡鬼：106

听戏鬼：111

馋鬼：76

赌鬼：55

酒鬼和复仇鬼：127

鬼之子：135

法事、收鬼：221

饿鬼：203、222

吃饱便不闹事的鬼：205

…………

戴遂良这种将重复出现于不同故事文本中的基本叙事单元——罗列并标明其出处的索引方式，已经颇具民间故事母题索引的意味了。

民间故事母题索引是由美国学者斯蒂斯·汤普森（Stith Thompson）在阿尔奈的情节类型索引的基础上提出并编纂完成的。所谓"母题"，"是民间故事、神话、叙事诗等叙事体裁的民间文学作品内容叙述的最小单位"[1]。20世纪30年代中期，汤普森在增订阿尔奈民间故事情节类型索引时，发现单纯以情节为单位对民间故事进行分类和索引，仍不能满足寻检和研究的需要，因此提出了故事母题的概念并编纂完成了世界民间故事的母题索引。[2]他按照内容属性将所有母题划分为"神话""动物""禁忌"等二十三个部类，每一部类又细分为数百至上千个数目不等的小类，每一小类下则包含众多母题。他将部类、小类、母题用字母和数字一一编号，在每一母题项目后则注明所有已知的包含这个母题的故事文本的书目出处。例如，"神话"大类中"人的创造"小类下的前几个母题是：

A1200　造人

A1201　造人以统管大地

A1205　不称心的诸神是大地最初的居民

A1210　造物主造人

A1211　用造物主的躯体造人

A1211·0·1　神只凭其想象便用自己的躯体造出人来

A1211·1　用泥土和造物主的血液造人

A1211·2　用造物主的汗造人

---

①刘魁立：《刘魁立民俗学论集》，上海文艺出版社，1998年，第376页。

②参见刘魁立：《刘魁立民俗学论集》，上海文艺出版社，1998年，第375—376页。

A1211·3　用造物主的吐沫造人

A1211·3·1　用诸神的吐沫创造人类

A1211·4　用造物主的眼睛造人

A1211·5　摹拟造物主的躯体用泥土造人等等①

　　将之与上引戴遂良《近世中国民间故事》中关于"鬼"的关键词索引相比较，两者在结构上的相似性一目了然。尽管在系统性和完备性上，戴遂良的关键词索引无法与汤普森颇成体系的母题索引相比，但两者显然是声气相通的。因此，如果我们将戴遂良的关键词索引视为汤普森母题索引的先声，那么，戴遂良在其《近世中国民间故事》中采取的这种关键词检索法究竟是他自己的发明，还是在当时的欧洲民间文学分类研究领域有所师承？汤普森在构想其母题索引时，又是否受到戴遂良《近世中国民间故事》中这一检索方法的启发？西方传教士和早期汉学家的中国民间故事编纂与翻译，在西方近世民间文学学术史上发挥了何种作用？这些都是值得进一步钩沉的学术史问题。

　　戴遂良的《近世中国民间故事》作为第一部参照现代民间文学分类方法、附有母题索引的中国民间故事集，在中国现代民间文学学术史上的地位是不可低估的。情节类型和母题是现代民间故事分类研究的两个重要概念，戴遂良在此书中尽管没有明确提出或使用这两个概念，但其主线类型和关键词索引之间的关系，却与情节类型和母题之间的关系遥相呼应。"所谓母题，是与情节相对而言的。情节是若干母题的有机组合而构成的；或者说，一系列相对固定的母题的排列组合确定了一个作品的情节内容。许多母题的变换和母题的新的排列组合，可能构成新的作品，甚至可能改变作品的体裁性质。"②一个故事包含哪几个母题，决定了它属于何种情节类型，因此，故事分类学的研究就归结为对具体故事文本所包含的母题的分析。在这一方面，戴遂良

---

　　①转引自刘魁立：《刘魁立民俗学论集》，上海文艺出版社，1998 年，第 378 页。母题后面所列的书目索引从略。

　　②刘魁立：《刘魁立民俗学论集》，上海文艺出版社，1998 年，第 376 页。

在每则故事末尾所加的注释值得注意。在这些注释中，戴氏首先注明这个故事所对应的主线类型或曰主题，然后分析故事中所包含的关键词。如前引的第6则故事对应"魂与魄"与"灵魂出窍"两个主线，"复仇魂"与"转世"两个关键词；第119则故事对应"魂与魄"一个主线，"转世"与"复活"两个关键词。这些都是故事中的基本元素，并且贯穿于历代该类型故事中，简单的故事包含单一母题，复杂的故事包含多个母题。此书最后一则故事选自《西游记》，内容涉及索引中"审判""命里注定（天命、宿命）""太宗""饿鬼""门神""转世""复活""缢死鬼"等九个关键词。

由此可见，戴遂良建立《近世中国民间故事》关键词索引的过程，无异于故事文本的构成分析过程。尤其值得注意的是，作为传教士，戴遂良编纂此书的目的是让其欧洲同行通过此书了解中国民间宗教信仰和精神观念，但其索引编排和解释说明却侧重于对故事的构成性分析及对知识的系统整理，体现出浓厚的学术旨趣，至于借题发挥、阐发教义则非其作属意，学术的意味似乎超越了布道的兴趣。这当然与耶稣会士本身具有良好的学术训练基础和浓厚的研究兴趣有关，同时也预示了传教士汉学向职业汉学的转变。

编纂民间故事索引是一项规模浩大的综合工程，需要阅读所有能够搜集到的民间故事文本，并对其进行归纳与分析，发现文本间的共同母题，进而确立一个个能够表达母题类型的称谓。这对于一位晚清传教士来说，显然是不可能完成的任务。戴遂良的《近世中国民间故事》在范围上仅限于与中国民间鬼神信仰有关的故事，并未全面充分地搜集各个主题的民间故事；在分类上也沿用了传统辞书以名词为单元的做法，而不是标准的"AT分类法"（故事情节类型分析法）中以动作状态为单元的做法。但是，这种做法正体现了作者的初衷和此书的独特之处。戴遂良编纂此书的初衷，是展示中国民间神怪观念和鬼神信仰的发展状况，因此把中国民间神怪故事作为独立的对象编纂索引，关键词（母题）均按照中国民间故事的特点加以概括而成，并未将中国民间故事盲目地纳入西方故事类型和母题分类。戴遂良从跨度一千多年的汉籍文献中选取二百二十二则故事，从中归纳出二十一条主线和七十个关键词（可视为二十一个故事类型和七十个故事母题），内容基本涵盖了中国常见的神怪故事类型，加上其在各个故事末尾的注释中发表的许多关于中国鬼神故事、民间信仰和观念的说明和见解，足见其对中国民间故事分类方法做出的贡献。

## 三、《近世中国民间故事》与《中国宗教系统》相较

在戴遂良这本书出版前后，荷兰汉学家高延出版了其皇皇巨著《中国宗教系统》（*The religious system of China*）的第四卷《灵魂化生》[①]、第五卷《鬼神与作恶》[②] 和第六卷《驱鬼与驱鬼人》[③]。继前三卷处理了葬礼、祖先崇拜等主题后，第四、五、六卷主要总结和译介了一些民间故事，以呈现中国民间鬼神信仰状况。创作主旨上，两本书相似，均力求通过历史传说、民间故事窥见中国民间信仰及崇拜活动的一角；形式上，两本书也有相似之处，高延之书同样选取了中国古代文献中与鬼神有关的故事记载，在目录中以类似索引的形式罗列了各个故事主题。高延之书也是一本从历代几十部官方和通俗文献中摘译民间故事的集子，但是两本书对鬼神的研究差异很大，定义、分类的程度也不一样。

如第五卷《鬼神与作恶》目录：

I. 无所不在的鬼怪（On the Omnipresence and Multitude of Spectres）

II. 山林之鬼怪（On Spectres of Mounts and Forests）

III. 水鬼（On Water-Demons）

---

①J. J. M. de GROOT, *The religious system of China. On the soul and ancestral worship.* Vol. IV. Leiden: Brill, 1901.

②J. J. M. de GROOT, *The religious system of China. The demonology and sorcery.* Vol. V. Leiden: Brill, 1907.

③J. J. M. de GROOT, *The religious system of China. The war against spectres and priesthood of animism.* Vol. VI. Leiden: Brill, 1910.

IV. 地祇（On Ground-Demons）

V. 禽兽精怪（On Animal-Demons）：1. 虎怪（Tiger-Demons）—2. 狼怪（Wolf-Demons）— 3. 狗怪（Dog-Demons）— 4. 狐仙（Fox-Demons）— 5. 各种野生哺乳动物恶魔（Various Wild Mammals as Demons）— 6. 家养动物恶灵（Domestic Animals in Demonology）— 7. 爬行动物幽灵（Reptile-Spectres）— 8. 鸟怪（Bird-Demons）— 9. 鱼怪（Piscine Devils）— 10. 虫怪（Insects as Demons）

VI. 草木精怪（On Plant-Demons）

…………

第六卷《驱鬼与驱鬼人》目录：

I. 鬼神与驱鬼在道教体系中的地位（The place of Demonocracy and Exorcism in the Taoist System）

II. 古代驱鬼术。术语（Antiquity of Exorcism. Terminology）

III. 光、火、爆竹、噪声（Light and Fire, Fireworks, and Noise）

IV. 神荼和郁垒、桃木、老虎、绳索（Shen-t'u and Yuh-lei, Peaches, Tigers, Ropes）

V. 公鸡（The Cock）

VI. 枝丫与扫帚（Twigs and Brooms）

VII. 驱鬼过程（Exorcising Processions）

VIII. 驱鬼武器（Weapons）

IX. 镜子（Mirrors）

X. 狗和血（Dogs and Blood）

…………

从目录可以看出，高延的分类与戴遂良不同。高延将这些鬼神故事分为两卷四类——"鬼神""作恶方式""驱鬼方式""驱鬼人"，每类分章，

第一类的章下还有节，所收录的鬼神故事作为例子出现在每章主题介绍之后，并在脚注中附上中文原文。高延使用的也是一种类似故事类型的分类方式，只是分类不够细致，且未编写索引，更别提双重索引，全书并非致力于提供一种查阅功能。而戴遂良则通过独特的双重索引形式，将故事中包含的多个主题呈现给读者，大大提高了这些故事的使用效率。

另外，在概念方面，高延简单地把鬼神分为"spectre"和"demon"两类，针对每一类鬼神例举了若干故事；而戴遂良将鬼神分为"神""鬼""魄""魅""魂""妖"等多种类别，试图在书中简要地介绍各种类别之间的区别和联系，且不断参引其《历史文献集》和《哲学文献集》，将各种概念放在更广阔的历史和哲学背景之下，让读者加深理解。可以说，《近世中国民间故事》是戴遂良书面汉语教程的组成部分，是一本"学生用书"，而注释中所参引的《历史文献集》和《哲学文献集》是"教师参考书"，为故事及故事中的词汇提供历史、哲学方面的背景知识。

在定义问题上，尽管高延洋洋洒洒的行文貌似对各个故事做了很多阐释，但是对鬼神概念处理得十分模糊。法国当时最负盛名的社会学家莫斯（Marcel Mauss，1872—1950）在《社会年鉴学刊》上为该作写有长篇书评，[1]他注意到高延将人死后之恶魂一律称为"demon"，将死者的灵魂、鬼、神笼统地翻译为"spectre"，但是该词原义并不一定指死者的灵魂，甚至某些情况下完全不是这个意思。

对比《近世中国民间故事》，戴遂良为了避免翻译时使用的法文术语不恰当，对这些概念性术语采用音译的形式且保留汉字，以"避免偏见、混淆以及用错误的意义去诠释"[2]。在鬼神分类方面，戴遂良更加尊重文献原文，译文中可见 chenn（神）、koei（鬼）、hounn（魂）、p'ai（魄）、mei（魅）、yao-koai（妖怪）、kiang-cheu（僵尸）等多种鬼神类别，并在主线索引中分别加以阐释和定义，远较高延 spectre 和 demon 的笼统分类更细致、贴切。

<hr />

[1] Marcel Mauss, « La démonologie et la magie en Chine », *Année sociologique*, n°11, 1910, pp. 227-233.

[2] *Folk-lore chinois moderne, préface.*

如在解释"冤鬼"时，戴遂良写道："被饿鬼杀害的鬼叫作'冤鬼'，会向阴官控诉凶手或亲自复仇，这种鬼有时也被称作'伥'。"戴氏对主要概念"鬼魂"（âme）做了更细致的阐释："人死后，新儒家称魂会消散，佛家称魂会转世，道家说魂会去下界生活。……魂离开人后，魄可以继续停留在尸体内，但能力逐渐衰弱，直至完全消散，……仅被魄附体的躯体叫作僵尸，是愚蠢而凶残的厉鬼，会杀人、吃人、强暴妇女等。"戴遂良在书中保留了大量中文原词，并辅以中法文对照排版的形式，尽可能避免了因为西语转译而对这些中文概念产生误解。可见，较之高延，在对鬼神概念的分类和定义上，戴遂良更多体现出对本土传统的尊重。

莫斯还注意到，西方人无法通过高延在其书中所翻译的材料了解中国民间鬼神观念的演变。这缘于高延未对引用文献进行妥善的处理，亦未对故事做出这方面的解读。高延《中国宗教系统》中的五百余条注释全部为引用文献信息，却又未标明文献的成书年代；戴遂良将引用文献按照年代顺序一一在参考书目中分类列出，客观上可以帮助读者发现同一主题的故事在历代不同文献中的细节变化。高延对各个故事的评论是十分随意的，戴遂良则较为重视在注释中对各种概念术语进行解释，尤其是对中国民间鬼神观念的变化进行阐释。如在第28则故事末尾的注释中，他指出："山上常会出现大鬼小鬼，有的是好鬼，多数是恶鬼。这种思想在中国民间可追溯至很早时期。"第53则故事的注释则指出："这则18世纪的故事，在佛家外衣下，实则暗藏新儒学思想。故事中，僧人的灵魂占据了尸体，或者说是尸体容纳了灵魂，但是此灵魂不能与其他灵魂融合。而据朱子新儒学，人死后，气散则魂游于空中，精魂相似交感，与阴阳之气（la norme universelle）融为一体，或者说生命就此结束。"在主线类型的阐释中，也可见到戴遂良对中国民间鬼神观念的理解："人死后可被审判、惩罚，也可投胎再生。关于这点，各家有许多分歧。""还有特别的一类——妖怪。我认为这类妖怪都属于佛教阿修罗（asuras）的中国形象，但更为强大和精明。佛教夜叉（yakchas）在中国传说故事中占有重要位置。""魂也称'神'（精神），人死后，新儒家称魂会消散，佛家称魂会转世，道家说魂会去下界生活。"诸如此类，不一一列举。总之，戴遂良认为，当时中国的民间思想，是流行于中国的多种风俗信仰混合而成的，特别是外来的佛家思想，与本土的道家、儒家思想共同影响了中国的民间信仰。他认为，11—13世纪中国各宗教思想的发展缓慢下来，最终以混合的风俗信仰形式固定下来，并反映在此书收录的民间故事中。可见，戴遂良希望通过这些奇异故事展现当时中国民间精神世界的一个层面，体现出多民族文化融合对中国民间信仰之影响。

虽然同为历代民间故事集，两本书的命运却不一样：作为著名汉学家，高延的著作受到学界高度关注，而戴遂良一书却默默无闻。个中缘由，除了法文与传教士身份的隔阂之外，或许还要归因于此书的编排形式。《近世中国民间故事》并不像《中国宗教系统》那样以论著的形式写作而成，而是一本民间故事译介。有人对其随机排列故事顺序持批评态度，认为"如果故事的排列不是任意为之，而经过系统处理就好了"①。很明显，提出如此批评的人忽视了此书的性质，书中双重索引的编排使得此书更多具有工具参考书的价值而非研究著作。这种双重索引的编排形式客观上将戴遂良的工作与民间文学研究紧紧联系了起来。

提到中国民间故事类型索引，我国学界一般追溯到钟敬文于1931年发表的《中国民谭型式》一文，以及1937年德国艾伯华（Wolfram Eberhard）更为全面的《中国民间故事类型》②；在鬼神故事的分类研究方面，台湾学者金荣华于1984年完成的《六朝志怪小说情节单元分类索引》，堪称集大成之作。③但是通过本书可以看出，戴遂良早在1909年就已尝试对中国民间

① J. Przyluski, « Folk-lore chinois moderne compte rendu », *Bulletin de l' école française d' extrême-orient*, 1909 (9).

②艾伯华的索引体例与戴遂良《近世中国民间故事》极为相似：（1）在每一类型下首先按母题分述故事情节类型的提要；（2）在资料来源部分列出有关的书目、卷次、页码等；（3）最后，分别列出关于该类型的各种说明，如：关于其中某些母题的说明，关于故事中人物的说明，以及情节的延伸、补充、替代、变异、历史情况、比较对照、分布情况、附注等等。（参见刘魁立：《刘魁立民俗学论集》，上海文艺出版社，1998年，第383页。）

③宁稼雨：《主题学与中国叙事文化学的构建》，载《中州学刊》2007年第1期。

故事进行了母题分类和索引编排，将其视为中国现代民间故事母题索引研究的先驱，可谓实至名归。

戴遂良等来华传教士之所以重视中国民间有关鬼魂、阴间等的故事，是因为他们从基督教哲学出发，对灵魂、他界和超验性经历比较关注。鉴于此，戴遂良搜集到的中国民间故事类型远不全面，从中企图得出的中国民间思想演变过程仍存谬误。但是，他在此书中试图对民间故事进行类型分析的学术尝试及学术价值值得我们关注和了解。此外，通过这本书我们还可以看到，中国传统文化不只是儒释道思想，还包括中国民间信仰和文化，均早已进入传教士的中国文化和语言教材中，并通过海外汉学走出国门。《近世中国民间故事》便是这一中西文化互通的历史见证。

《近世中国民间故事》法文版中文部分采用竖排繁体无标点形式排版，且影印本质量不佳，现将法文序言、注释等部分译出，中文全部整理为横排简体加标点形式，辅以法文版原有插图，以飨国内读者。另外，作为整理本，本书还做了以下校勘工作：将戴遂良"民间故事常见书目"所提到的文献资料用脚注的形式加以介绍；对正文所引故事文本进行校勘，改动法文版原文明显错误之处，并以脚注形式注明原文用字，且在首次改动处标明改动的版本依据。此外，校勘时发现戴遂良出于各种考虑，对一些故事情节（如色情描写、与故事主要内容不相干情节等）有所删节，对这种改动，本书在整理时不予出校。

# 法文版序言①

　　本书收录了足够数量的故事，使近代［唐朝开元年间（713—741）以后］的中国民间故事广为人知。这些故事是几百年来各种思想和民间迷信融合的结果，思想体系并不严谨甚至自相矛盾。我将上古和中古时代（前9世纪—7世纪）的风俗收入另外一本书②。我在简短的主线索引中概述了各条主线的一般特征，以免后文经常重复。我在各篇末尾的简要注释中说明了一些特别之处。所有故事都保留了原汁原味，未加任何修饰；故事出处在篇尾括号中标注；在本序言之后列出了这些文本创作或编纂的确切或大致日期。

　　我有时在翻译中保留了中文术语，然后在注释中加以解释。保留中文是为了防止不恰当地使用法文词汇去替代，避免偏见、混淆以及用错误的意义去诠释。各篇后的注释中参引拙作《哲学文献集》时用 TP（*Textes philosophiques*）表示，《历史文献集》用 TH（*Textes historiques*）表示。

戴遂良

1908 年 8 月 15 日撰于献县

---

①鉴于时代差异，编者对个别表述有所删改。

②指《历代中国》。

目录

# 民间故事常见书目①

　　本书所选取故事常见于"二十四史"及公元后中国所有的地方志，这些地方志覆盖了公元后所有时代。此外，这方面内容还可见于以下这些特别的著作：

　　3世纪：

　　《列仙传》②

　　《高士传》③

　　《博物志》④

---

　　①原题为"故事来源"，实为戴遂良提供的中国历代民间故事常见书目，其中部分文献成书年代有所混淆，编者未做调整。以下书目介绍均为编者注。

　　②《列仙传》，旧传为西汉刘向撰，宋以后学者多疑出于东汉人或魏晋方士伪托，今传本已非旧本。是书仿《列女传》体例，记载上古、三代至秦汉之间七十多位神仙的事迹，是后世言神仙故事的基本依据之一。今人王叔岷有《列仙传校笺》。

　　③《高士传》，西晋皇甫谧撰。是书择尧至魏八代凡九十余位高隐之士为之作传。原本已佚，今传本凡九十一传九十六人，学者多认为系后人杂抄《太平御览》、嵇康《高士传》、《后汉书》等附益而成。其中故事对后世尤其是六朝文学创作产生了不小的影响。有《广汉魏丛书》本、《丛书集成初编》本等。

　　④《博物志》，西晋张华撰。是书分类记载了山川地理、鸟兽虫鱼、医药方技、服饰乐礼等，也保存了不少神话传说，内容驳杂，题材广泛，是一部对后世颇有影响的志怪小说集。今本较原本阙佚甚多，亦后人缀拾而成。今人范宁有《博物志校证》。

4世纪：

《神仙传》①

《搜神记》②（137、149、150、151）③

5世纪：

《神异经》④

《搜神后记》⑤（27、142、164）

《灵应录》⑥

《幽明录》⑦（60）

---

①《神仙传》，东晋葛洪撰。记载古代神仙事迹。葛洪自序称因刘向《列仙传》"殊甚简略"，故广采书籍所载及民间所传而撰成此书，是研究道教神仙的重要文献，同时也具有较高的文学价值。旧本已佚，今《四库全书》所收毛晋辑本收八十四人，《增订汉魏丛书》本收九十二人。今人胡守为有《神仙传校释》。

②《搜神记》，东晋干宝撰。其自序称写作此书是为"发明神道之不诬"。干宝为了搜求鬼神确实存在的"证据"，所记多为神怪灵异之事，也保存了大量神话传说和民间故事，使得该书成为六朝志怪小说的代表作。旧本宋代已佚，今本最早为明代胡应麟所辑，存二十卷四百多个故事。今有汪绍楹校注本、贾二强校点本等。

③戴遂良将所录故事文本的出处在各篇末尾以括注形式加以说明，为便于阅读，编者现将故事序号标注于此书目对应文献后。

④《神异经》，旧题汉东方朔撰，应为汉人（一说六朝人）伪托。是书仿照《山海经》体例，但详于记载异物奇闻，略于山川地理，文笔流畅，想象丰富。原本已佚，后人辑本甚多，然皆非足本，以《汉魏丛书》本较为详备。

⑤《搜神后记》，旧题陶潜撰，前人多有怀疑，然未为定论。是书为干宝《搜神记》之续作，内容也与《搜神记》大致相似，多鬼物奇怪之事。书中所收如《桃花源》《白水素女》等在后世颇为著名，对文学创作产生了不小的影响。今十卷本收录一百一十七条故事，疑为明人篡辑。今有汪绍楹校注本。

⑥《灵应录》，题唐（一说五代）于逖撰，一题唐傅亮撰。是书记载神异之事凡二十五条，乃割取《葆光录》，又从《太平广记》掇撷二事成帙，盖明人伪篡之书。有《合刻三志》本、《唐人说荟》本、《唐代丛书》本等。

⑦《幽明录》，南朝宋刘义庆撰。书名"幽明"出自《周易·系辞上》"是故知幽明之故"，"幽"代表冥界，"明"代表人间，其书力求探索二者的关系，记载了大量人世间的鬼怪神灵之事。原书宋代已佚，后世有多种辑本，以鲁迅《古小说钩沉》所辑二百六十五则本最为完备。今有郑晚晴辑注本、王根林校点本。

《冥祥记》①（184）

《异苑》②


6世纪：

《还冤记》③

《述异记》④

《洛阳伽蓝记》（140）⑤


7世纪：

《通幽记》⑥

---

①《冥祥记》，南齐（一说梁）王琰撰。是书所记多为佛像瑞验、佛经显效、高僧神迹、轮回报应、地狱故事等，其主旨在劝人崇奉佛教。其文篇幅较长，叙述详尽，情节复杂，较之以往的志怪小说取得了更高的艺术成就。原书佚于宋代。后世辑本以鲁迅《古小说钩沉》本为完备，共辑录一百三十一条逸文及自序一篇，中有隋及初唐事，当为后人窜易。

②《异苑》，南朝宋刘敬叔撰。是书记载了先秦至刘宋的奇闻怪事、民间传说等，尤以晋代为多。是书《隋书·经籍志》后不见记载，至明胡震亨等人方从宋抄本中录出，规模较原书大体完备。主要有《秘册汇函》本、《津逮秘书》本、《学津讨原》本等。今有范宁校点本。

③《还冤记》，又名《冤魂志》《还冤志》《北齐还冤志》，北齐颜之推撰。是书记载春秋至刘宋经史书籍及民间的冤魂复仇故事，宣扬佛教因果报应，"记经像之显效，明应验之实有，以震耸世俗，使生敬信之心"。原书已佚，明清有多种辑本，今人罗国威《〈冤魂志〉校注》共辑故事六十条，另加六条逸文，较为完备。

④《述异记》，有两种。一题南朝齐祖冲之撰，记晋代以来神怪妖异、吉凶兆验之事，叙事完整，文字简洁，是书宋代已佚，鲁迅《古小说钩沉》辑九十条。一题南朝梁任昉撰，沿用祖冲之书名，同样记载奇异鸟兽、灵怪异闻，但零散琐碎，颇为冗杂，后世多认为系后人伪忆，原书已佚，后世辑本有《汉魏丛书》本、《稗海》本等。此处所列，似为后者。

⑤法文版书目未列此文献，但第140则故事选自该书，编者特加列此处。《洛阳伽蓝记》，北魏杨衒之撰。是书不但记洛阳佛寺，也记北魏政治、人物、风俗、地理、传闻、历史等，具有极为重要的文学价值和史料价值，被誉为"北地三书"之一。是书有如隐堂本、《古今逸史》本等多种刻本。今人周祖谟有《洛阳伽蓝记校释》。

⑥《通幽记》，唐陈劭（一作陈邵）撰。是书记载唐代幽冥神怪、法术修道、灵验报应等事，叙事生动曲折，有较高艺术性。原书已佚，《太平广记》存逸文二十七篇。有民国《旧小说》本。

《志怪录》①

《洽闻记》②

《树萱录》③

《洞微志》④

《独异志》⑤

《灵怪录》⑥（32）

《续仙传》⑦

《桂苑丛谈》⑧（185）

8世纪：

《两京记》⑨（168）

---

①《志怪录》，题唐陆勋撰。全书共三十条异怪故事，内容多出《葆光录》与旧题唐冯贽《云仙杂记》，盖后人伪纂而成。有《合刻三志》本、重编《说郛》本、《唐代丛书》本等。

②《洽闻记》，唐郑常（一作郑遂）撰。是书记载山川地理、异物奇闻，文字简洁，内容丰富。原书已佚，文字散见于《太平广记》《说郛》中。

③《树萱录》，唐佚名撰。书名得之于《诗经·卫风·伯兮》，"树萱"意如"忘忧"，此书的写作本意在于消遣。是书多记异物奇闻，兼及山川地理，喜用诗赋，叙事颇有文采。原书已佚，辑本有《类说》《说郛》《五朝小说》诸本。

④《洞微志》，宋钱易撰。是书多记载梦相占验、神仙鬼怪等事，叙事简略，但常插诗词，颇有情致。原本已佚，辑本有《五朝小说》本。

⑤《独异志》，唐李亢（或作李充、李冗）撰。是书"记世事之独异"，记载奇闻异事，兼及志怪，上自远古，下至隋唐。原书已佚，后有明嘉靖抄本、《稗海》本等。今有张永钦、侯志明点校本。

⑥《灵怪录》，题唐牛峤撰，实为伪托之作。据现存内容看，是书抄袭《太平广记》数则故事而成，见于《合刻三志》志怪类、《唐人说荟》一六集、《唐代丛书》卷二〇。

⑦《续仙传》，有两种。一为唐改常撰，已佚。一为南唐沈汾撰，是书仿《神仙传》，记述唐至五代飞升隐化成仙者三十六人。书中蓝采和、张果等神仙故事流传甚广。有《云笈七签》本、明《道藏》本、《丛书集成初编》本等。

⑧《桂苑丛谈》，唐严子休撰。记载唐代杂事，兼及神鬼，部分涉及南北朝史事。有《宝颜堂秘笈》续集本、《广百川学海》本等。中华书局1958年曾出排印本。

⑨《两京记》，亦称《两京新记》《东西京记》，唐韦述撰。是书记载隋唐两京长安、洛阳的园林建筑，尤以寺观详细。其记载创置逸事、时人掌故，颇有神秘色彩。今存第三卷，只记长安部分。有日本《佚存丛书》本、《粤雅堂丛书》本等。今有辛德勇辑校本。

《辨疑志》①

《闻见记》②


9 世纪：

《集异记》③（38）

《宣室志》④（59、67、183）

《幻异志》⑤（69）

《奇事记》⑥

《录异记》⑦

《闻奇录》⑧

---

①《辨疑志》，唐陆长源撰。是书记奇闻异事，但"辨里俗流传之妄"，多揭露僧道欺妄之事，有破除迷信的意味，在唐人小说中独具特色。原书已佚，逸文散见于《太平广记》《说郛》。

②《闻见记》，又名《封氏闻见记》，唐代封演撰。是书杂记唐代典章制度、风俗掌故、名人逸事等，具有很高的史料价值。有《学津讨原》本、《学海类编》本、雅雨堂本等。今人赵贞信有《封氏闻见记校注》。

③《集异记》，唐薛用弱撰。记隋唐两代奇闻异事，兼及名人逸事，文笔优美，形象生动，对后世文学创作影响较大。今所见版本，以《顾氏文房小说》本最早，共有故事十六条。中华书局于1980年出版点校本。

④《宣室志》，唐张读撰。是书记载鬼怪妖精、因果报应、求仙长生之事，类型多样，想象奇特，寓含对世事人情的讽刺，对后世小说如《聊斋志异》的创作都有一定的影响。1983年中华书局出版张永钦、侯志明点校本。

⑤《幻异志》，题唐孙颀撰，实为后人伪托之作。全书共十五条，为杂取《葆光录》及《太平广记》幻术诸门而成。见《合刻三志》志幻类、《唐人说荟》一五集、《龙威秘书》四集、《唐代丛书》卷一八、《晋唐小说六十种》。

⑥《奇事记》，又作《大唐奇事记》《大唐奇事》，唐李隐撰。是书所记皆神仙精怪之事，篇幅较长，多含讽世之意。原书不存，《太平广记》有征引。

⑦《录异记》，五代前蜀杜光庭撰。是书记奇物异事十七类，经杜光庭创作，情节多荒诞不经，故后世言无稽之谈，有"杜撰"的说法。今存八卷，有明刊本、《道藏》本、《秘册汇函》本、《津逮秘书》本等。

⑧《闻奇录》，唐佚名撰。是书记载奇闻异事，兼记杂事。原书不传，《太平广记》引逸文三十八条。清王仁俊辑《闻奇录》一卷，载《经籍佚文》。此外，后人取北宋陈纂《葆光录》，又杂抄他书及《太平广记》所引《闻奇录》，题以"唐于逖撰"，见《合刻三志》、重编《说郛》、《五朝小说·唐人百家小说》等。

《潇湘录》①（167）

《酉阳杂俎》②（132、136）

《纪闻》③（141）

10世纪：

《原化记》④（63）

《稽神录》⑤（37、61、64）

《广异记》⑥（16、25、29、30、33、62、65、66、68、133、159、165）

《玉堂闲话》⑦

---

①《潇湘录》，唐柳祥（一题唐李隐）撰。是书题材广泛，多记神鬼妖怪等奇闻异事，文笔亦庄亦谐，寓含讽世意味。有《古今说海》本、《说郛》本、《广百川学海》本、《五朝小说》本等。

②《酉阳杂俎》，唐段成式撰。是书内容广博，分类记述仙佛鬼怪、神话传说、人间俗事，兼及酒食、庙宇、音乐、礼俗、生物、矿物等，极具史料价值与文学价值。有万历三十五年刻本、《津逮秘书》本、《四库全书》本、《学津讨原》本、方南生点校本、许逸民点校本、《唐五代笔记小说大观》本等。

③《纪闻》，唐牛肃撰。是书记载唐代尤其是玄宗开元天宝年间事，题材广泛，有神仙鬼怪、灵冥报应、名人逸事等，有些故事情节曲折，颇具文采。后世有多种辑本，大都自《太平广记》中辑出。

④《原化记》，唐皇甫氏撰。皇甫氏，名不详，自号洞庭子。是书记唐代开元以下神仙道术之事，以中唐为主，宣扬"天道悬远，垂教及人"的"天教"思想。原书不存，《太平广记》有引文。

⑤《稽神录》，北宋徐铉撰。是书记载唐五代神鬼故事，鲁迅在《中国小说史略》中评价"其文平实简率，既失六朝志怪之古质，复无唐人传奇之缠绵，当宋之初，志怪又欲以'可信'见长，而此道于是不复振也"。有《津逮秘书》本、《四库全书》本、《学津讨原》本等。

⑥《广异记》，唐戴孚撰。是书记鬼怪神仙、奇闻异事，尤以狐精故事为突出。原书十余万字，已佚，有《说郛》《龙威秘书》《丛书集成初编》诸辑本。戴遂良认为此书为10世纪文集，又见第62、68、165则故事注释。

⑦《玉堂闲话》，五代王仁裕撰。是书内容繁杂，主要是各种民间传说及故事，其中不乏佳作，具有较高的文学价值和史料价值。已佚，《太平广记》收逸文一百六十余条。有《类说》、重编《说郛》收辑本。另有今人陈尚君辑本、蒲向明评注本。

《北梦琐言》①

《云笈七签》②

11 世纪：

《青箱杂记》③

《墨客挥犀》④

《文昌杂录》⑤

《春渚纪闻》⑥（28）

《括异志》⑦（136）

①《北梦琐言》，宋孙光宪撰。是书杂记唐及五代事，尤以士大夫言行逸事为多，有一定的史料价值。有《稗海》本、《四库全书》本、《雅雨堂丛书》本、《云自在龛丛书》本等。1959 年中华书局出排印本，1981 年上海古籍出版社出排印本。

②《云笈七签》，北宋张君房编。是书辑录《大宋天官宝藏》而成，收录各类道教书籍，尤以上清派为多。是书虽是辑录，实际却有概论性质，对道教的各个方面均有论述，故人称"小道藏"，为研究道藏的必备资料。有《玄都宝藏》本、《正统道藏》本等。今有蒋力生等校注本。

③《青箱杂记》，北宋吴处厚撰。是书记五代及北宋朝野杂事、诗话及掌故，有一定的史料价值。今存《稗海》本、《四库全书》本、《笔记小说大观》本等，《唐宋史料笔记丛刊》收今人李裕民点校本。

④《墨客挥犀》，题宋彭乘撰，学者多认为系后人伪托。是书记北宋朝野逸事、名人掌故，内容大多采自《梦溪笔谈》《冷斋夜话》《遁斋闲览》等书。有《稗海》本、《四库全书》本、《笔记小说大观》本等。今人孔凡礼有点校本。

⑤《文昌杂录》，北宋庞元英撰。以尚书省有"文昌台"之称而名书。是书所记多为朝廷典章制度，兼及逸闻琐事，可补《宋史》之阙，为马端临《文献通考》所取，具有较高的史料价值。有《学津讨原》本、《雅雨堂丛书》本、1958 年中华书局点校本。

⑥《春渚纪闻》，宋何薳撰。是书卷一至五为《杂记》，卷六为《东坡事实》，卷七为《诗词事略》，卷八为《杂书琴事》，卷九为《记砚》，卷十为《记丹药》，具有一定的史料价值。有《津逮秘笈》本、《学津讨原》本、1983 年中华书局点校本等。

⑦《括异志》，题宋张师正撰，王铚《默记》认为是魏泰托名，《四库全书总目提要》同。是书记奇闻异事、神仙鬼怪。有《四部丛刊续编》本，白化文、许德楠点校《古小说丛刊》本。

12 世纪：

《闻见前录》①

《闻见后录》②（31）

《云仙杂记》③

《续博物志》④

《墨庄漫录》⑤（23）

《太平广记》⑥（58）

《鬼董》⑦

13 世纪：

### 《五色线》

① 《闻见前录》，又名《邵氏闻见录》，宋邵伯温撰。前十六卷记宋太祖以来朝野人物故事，兼及典章制度，十六卷后多记洛阳形胜、其父邵雍事迹等，具有一定的史料价值。有《津逮秘书》本、《学津讨原》本。今有李剑雄、刘德权点校本及王根林校点本。

② 《闻见后录》，宋邵博撰。是书为续其父邵伯温《闻见前录》而作，体例大致与《闻见前录》相同，但内容更加驳杂，也有语涉神怪的内容。有《津逮秘书》本、《学津讨原》本、《丛书集成初编》本等，以及今人李剑雄、刘德权点校本和王根林校点本。

③ 《云仙杂记》，又名《云仙散录》，题唐冯贽撰，实为后人伪托。是书内容驳杂，记文人逸事、神异灵怪以及风土习俗、民间秘方。因叙事怪诞不经，大量杜撰名物故事，为宋以来学者所贬斥。有《说郛》本、《唐宋丛书》本、《龙威秘书》本、《丛书集成初编》本、中华书局《古小说丛刊》本等。

④ 《续博物志》，宋李石撰。是书为晋张华《博物志》之续书。体例仿照《博物志》，补《博物志》之未载，但不分类，偶与《博物志》有重复，较之张华原书显得杂乱。有《古今逸史》本、《稗海》本等，另有今人李之亮点校本及唐子恒点校、清人陈逢衡疏证本。

⑤ 《墨庄漫录》，宋张邦基撰。是书杂记异闻传说、文物花鸟、经济户口，尤以士大夫故事及诗文评述等为多，有较高的史料价值。有《四部丛刊初编》本、《丛书集成初编》本、《笔记小说大观》本、今人丁如明点校本等。

⑥ 《太平广记》，北宋李昉等编。是书规模庞大，杂取从汉代到北宋初年的野史、笔记、小说等，成五百卷，另有目录十卷。是书为宋前文言小说之总集，保存了大量已经亡佚的文言小说，对后世文学、文献学有很大的影响，为"宋四大书"之一。有明谈恺刻本、今人汪绍楹点校本等。

⑦ 《鬼董》，南宋沈氏撰。沈氏，名不详。"鬼董"，典出《搜神记》，作者干宝被称为"鬼之董狐"。是书除鬼怪外，亦记佛教僧尼、转世报应、奇闻异事，其宋代故事有浓厚的市井味，情节曲折，语言生动。有《知不足斋丛书》《龙威秘书》《说库》诸本，另有今人栾保群点校本。

《旌异记》①

《清尊录》②

《癸辛杂识》③

《江行杂录》（1）

《养疴漫笔》④

《闲窗括异志》⑤

14 世纪：

《三国志演义》⑥

《辍耕录》⑦

《牡丹灯记》⑧（15）

---

①《旌异记》，隋侯白撰。《续高僧传》称其"多叙感应，即事丞涉弘演释门者"，其内容大体为佛教佛法之事，有宣扬佛教的性质。原书早佚，鲁迅《古小说钩沉》有辑本。

②《清尊录》，宋廉布撰。记宋代民间奇闻异事，有浓厚的市井气。原书不传，后世辑本，有《古今说海》本、《说郛》本、《五朝小说》本等。

③《癸辛杂识》，宋周密撰。宋亡则，周密正寓居杭州癸辛街，著书以寄亡国之痛，故以此名书。书分前、后、续、别四集，凡四百八十一条，杂记宋元之际逸闻琐事、典章制度、风土人情等，尤其歌颂为国捐躯的将士、坚持民族气节的士大夫，贬斥朝廷投降派的言行，以寄寓爱国之情。有《稗海》本、《津逮秘书》本、今人吴企明点校本等。

④《养疴漫笔》，题宋赵溍撰，盖后人伪托。是书杂记两宋奇闻异事、民间传说、君臣逸事、医术药方等。有《古今说海》《续百川学海》《学海类编》诸本。

⑤《闲窗括异志》，南宋鲁应龙撰。是书前半部主要记载嘉兴地方传闻，多有因果报应以及神鬼故事，后半部则杂抄前人道书、小说之类而成，叙事粗略，水平不高。有《稗海》本、重编《说郛》本、《五朝小说》本等。

⑥《三国志演义》，明罗贯中撰。作为一部历史演义小说，是书以东汉末年至西晋初年为历史背景，描写了这一动荡时代群雄割据、三国鼎立又归于统一的历史，呈现了一大批英雄人物和传奇故事，结构宏大、人物众多、情节曲折，是中国古代四大名著之一。

⑦《辍耕录》，又名《南村辍耕录》，元陶宗仪撰。是书为笔记体，内容广泛，杂记社会典章制度、风俗民情、民谣村谚、逸闻趣事，以及元末东南农民起义等，有一定的文学价值和史料价值。有明成化十年刊本、玉兰草堂刊本、《津逮秘书》本、《丛书集成初编》本、1959 年中华书局排印本、李梦生点校本等。

⑧《牡丹灯记》，出自明瞿佑《剪灯新话》，又名《双头牡丹灯记》。是文记载了明州乔生与已死的奉化州判女儿符漱芳相恋，后来乔生也化为鬼，被铁冠道人捉住的人鬼恋故事。

《龙兴慈记》①（24）

《西游记》②（222）

15世纪：

《异闻总录》③（39）

16世纪：

《松江府志》（44）④

17世纪：

《神仙通鉴》⑤

《列仙通纪》⑥

《聊斋志异》⑦（11、18、26、50、53、55、56、57、96、134、135、170、171）

---

①《龙兴慈记》，明王文禄撰。记载明初开国遗事，多涉明太祖朱元璋和刘伯温、常遇春等开国功臣的故事。今存《百陵学山》《监邑志林》《纪录汇编》《广百川学海》《续说郛》等本。

②《西游记》，明吴承恩撰。是书是根据民间长期流传的唐僧取经故事而创作的一部神魔小说，塑造了唐僧、孙悟空、猪八戒、沙僧师徒以及各路神仙妖怪等一大批形象，情节曲折、人物生动，是中国古代四大名著之一。

③《异闻总录》，元佚名撰。全书一百零二事，以宋代故事为主，乃抄撮《玄怪录》《夷坚志》《续夷坚志》等书而成，尤以《夷坚志》为多。有《稗海》本、《笔记小说大观》本、《丛书集成初编》本等。

④法文版书目未列此文献，但第44则故事选自该书，编者特加列此处。

⑤《神仙通鉴》，即《历代神仙通鉴》，又名《三教同原录》，前十七卷为徐道撰，卷十八至卷二十二为程毓奇续作。是书将中国历代神仙及其事迹串联在一起，涉及儒、佛、道三家，是一部关于中国神仙的重要论著。

⑥《列仙通纪》，原为明刘宇亮所编，书名《历代神仙通鉴》，后薛大训据以增订，康熙重刊时改名《古今列仙通纪》，题清薛大训辑。是书为采集《道藏》中的神仙故事而成，但时代参错，体例混乱。

⑦《聊斋志异》，清蒲松龄撰。全书共有短篇小说近五百篇。题材广泛，内容丰富，情节曲折，文笔简练细腻，有很高的艺术成就，是中国古代文言短篇小说的代表。是书版本达三十多种，著名版本有铸雪斋抄本、青柯亭刻本等。本书参考何种版本，编者难以确定。

《红楼梦》①（221）

18 世纪：

《通俗编》②

《新齐谐》③（2—10、13、14、17、19—22、34—36、40—43、45—49、51、52、54、70—95、97—131、139、143—145、147、148、153—156、160—163、166、169、172—182、186—213）

《古今图书集成》④

19 世纪：

《阅微草堂笔记》⑤

《玉历钞传警世》⑥

《关帝明圣真经》

《圣帝经诵本》

---

①《红楼梦》，又名《石头记》，清曹雪芹撰。是书以贾、王、史、薛四大家族的兴衰为背景，以贾宝玉和林黛玉的爱情悲剧为线索，展现了广阔的世俗人情，反映了封建社会末期的社会矛盾。规模宏大，描写细腻，文字优美，被誉为中国古典小说的巅峰之作，是中国古代四大名著之一。

②《通俗编》，清翟灏撰。是书搜集各地方言俚语，分为天文、地理、时序等三十八类，凡五千余条。每条之下，皆考辨语义及源流，征引详赡，其中多涉考证鬼神释道，对研究民间神鬼故事颇有参考价值。有乾隆间无不宜斋刊本等。

③《新齐谐》，原名《子不语》，清袁枚撰。是书为清代成就较高的志怪小说集，鲁迅《中国小说史略》评价"其文屏去雕饰，反近自然，然过于率意，亦多芜秽"。有乾隆五十三年随园刻本、嘉庆二十年美德堂刻本等，另有今人申孟、甘林点校本。戴遂良此书中半数以上故事均出自《新齐谐》。

④《古今图书集成》，清陈梦雷编。全书共一万卷，目录四十卷，体例完善，内容广博，集清代以前图书之大成，是现存规模最大的一部类书。有清雍正四年内府铜活字印本、光绪十年上海图书集成书局铅印本等。

⑤《阅微草堂笔记》，清纪昀撰。是书记神怪鬼狐故事，借以抒发己见、抑恶扬善，文笔雍容淡雅，间杂考辨，与《聊斋志异》同为清代文言小说的代表。有《笔记小说大观》本、《清代笔记丛刊》本等。

⑥《玉历钞传警世》，又名《玉历钞传》《玉历室宝钞传》《玉历至宝编》，题清澹痴道人授、勿迷道人述，记载佛道格言及故事。有北京龙光斋本、鉴光斋本、天津思过斋本等。

《文昌帝君本愿真经》

《重订敬灶章》

《灶神真经》

《暗室灯》[1]（214—220）

《群仙集》[2]

---

①《暗室灯》，清深山居士撰。是书为辑录道教文章而成，包括《崇仙道论规箴》《文昌帝君晓世文》《一清道人积福歌》《知足歌》《不知足歌》等，其思想基本是惩恶扬善。民间有多种版本。

②《群仙集》，又称《全真群仙集》，元李道纯撰，明宪宗朱见深重编，称《御制全真群仙集》。是书汇集太上老君、关尹子以至王重阳、丘处机等历代道教真人语录，论述修道法门，以修炼心性为主，体现"中派"丹法思想，其中彩绘插图非常生动。有明抄本传世。

# 主线（故事类型索引）<sup>①</sup>

### 主线一："至高无上"

在民间故事中，人们称最高神为"上天"或"上帝"，也称"玉皇大帝"。

### 主线二："关羽"

关羽又称"关帝"或"关公"，是三国时期的一名大将，中国人通常称之为"圣帝"或"武帝"。

### 主线三："阴官"

在此类故事中，上天至高无上，知晓凡间发生的所有事，但一般只能通过行政途径得知凡间的消息或回复凡间。其臣属按职位自上而下有：关帝——总管，城隍——城神，土地——地方神，灶君——户神。阴间（le monde inférieur）的等级和阳间（le monde supérieur）——对应，阴间的城隍及各级官员均为死去的人。各地的城隍可保佑当地死去的人；阴官也可以晋升、下野，各种职位变动与在阳间一样，传说中有时还会提到他们的配偶；知府衙门乃为本地的生者而建，城隍庙则为本地的死者而建；阴间有鬼差，与阳间的差史差不多。

---

① "主线"即为我们现在所说的故事类型，二十一条主线名称为编者所加，主线内容有删减。

### 主线四："雷公"

在此类故事中，上天命雷公严惩犯下重罪的人，以示威慑。雷公的形象是鹦鹉嘴，肩上有翅膀或脚下有轮，一手拿锤一手拿锥，准备锤敲。一般说法是世界上只有一个雷神，这就能解释为什么上天的惩罚往往姗姗来迟。如果犯罪之人在世时没有受到应有的惩罚，死后雷神会劈他的坟墓。有些故事称城隍手下有若干小雷神，如同衙门的刽子手。

### 主线五："阎王"

在此类故事中，阎王是地狱判官，煞神负责带走灵魂和录入生死簿。来生的命数依据生前的德行而定。人死后可被审判、惩罚，也可投胎再生。关于这点，各家有许多分歧。在民间故事中，贵族和文人死后在阴间仍然受到敬重，阎王遵从阳间官员的指令和意见，阎王和阳间官员均服从于裁判众生的上天。

### 主线六："死后去向"

在这些故事中，人之将死时能看到阴间的鬼差向自己出示"带走状"，也能看到鬼差威吓自己。有的鬼差还配备钩叉，用来取走死者的灵魂。关于死后去向，主要有两种说法：一是灵魂被遣至西方；二是灵魂穿过导致天昏地暗的黄色尘暴，到达与凡间非常相像的阴间地区。因为死亡无疼痛，所以灵魂经常没有注意到自己已死。

### 主线七："各种鬼"

在此类故事中，阴官不召唤自杀或暴毙之人，也不派鬼差带走。这些人死后无法找到通往阴间之路，只能暂时徘徊。佛教仪式能够超度他们的灵魂，使其投胎转世。在近世民间故事中，最无逻辑且荒诞（有些事情约定俗成地为人们所接受，却无法用理论来解释）的是：自杀者的灵魂如谋杀一个人或引导一个人自杀，那么后者的灵魂便可以替代前者受难，前者的灵魂得以投胎转世。因此我们可以在民间故事中看到，有缢死或者溺死人的地方会闹鬼，十分危险，这种鬼近似于佛教中的饿鬼

（prêtas）（见《哲学文献集》第 363 页）①。被饿鬼杀害的鬼叫作"冤鬼"，会向阴官控诉凶手或亲自复仇，这种鬼有时也被称作"伥"。

### 主线八："怪"

民间故事中还有特别的一类——妖怪。我认为这类妖怪都属于佛教阿修罗（asuras）的中国形象（见《哲学文献集》第 351 页），但更为强大和精明。佛教夜叉（yakchas）（见《哲学文献集》第 365 页）在中国传说故事中占有重要位置。山、河、林等都可成为"神"或"鬼""怪"，近代民俗倾向于将其归为"怪"类。

### 主线九："魂与魄"

在此类故事中，人有两种灵魂：魂（l'âme supérieure）与魄（l'âme inférieure）。魂也称"神"（精神），人死后，新儒家称魂会消散，佛家称魂会转世，道家说魂会去下界生活。在民间故事里，当妇女怀孕时，投胎的魄附体于胎儿或者成为胎儿，有时也附体于人、畜的新鲜尸体。只要尸体完整，灵魂亦可回到躯体中。魂还可附体于活人，用此人的嘴说话，用此人的手行动。魂离开人后，魄可以继续停留在尸体内，但能力逐渐衰弱，直至完全消散，此时躯体也分解损毁。若魄十分强大，则会一直停留并控制尸体。仅被魄附体的躯体叫作僵尸，是愚蠢而凶残的厉鬼，会杀人、吃人、强暴妇女等。为避免这种不幸，所有死后不能正常分解的尸体必须加以火化。骨架、头骨乃至任何一块骨头，都可被魄所附着，并在之后几百年时间里作恶。因此，人们畏惧骸骨，置其于远离居民区之地。此外，民间故事认为，人除了魂与魄，还有各种内脏的小魂。

### 主线十："梦"

在此类故事中，人们认为梦中所见是灵魂在游荡时的所遇或所感，是客观存在的。魂在梦中通过颅顶囟门离开人体在外游荡，可能会被抓

---

①戴遂良根据《业报差别经》《长阿含经》将 prêtas 分为鬼神（上品）与饿鬼（下品），"恶有三品，但造下品之恶，即生饿鬼趣中"，饿鬼"住处不定"。

住或者受到惊吓以至于回不到体内。在这种情况下，魄继续存于体内，人会变得癫狂；或者等到魄的能量殆尽后，躯体分解。在民间故事中，有的人能够在清醒的状态下随意遣灵魂至远处，以探索或获取信息。

### 主线十一："灵魂出窍"

在民间故事中，人们认为魂出窍后仍可保持原有的外形，包括衣着；魄停留在体内的情况有时也存在，此时，一个人会有两个分身，会出现同时在两个地点活动或自己与自己交谈等情形。这些奇幻的民间故事实际上与各家宗教理论俱不相合。灵魂出窍后有时会变成其他形态，如苍蝇、蟋蟀等。

### 主线十二："虽死犹生"

在此类故事中，死者保留着生前的爱恨情仇。他们继续从事生前喜爱的活动，如歌唱、弹奏、舞蹈、赌博、打猎等，士兵死后仍可征战。没有理论可以解释这些故事，也没有比中国民间故事中这些场景更加神奇的了。而最为不可思议的是死者与生者发生性行为。

### 主线十三："驱鬼"

在此类故事中，鬼在子夜显灵。鸡鸣和曙光会赶走一切邪祟；正直之人有时也能驱鬼；姜汤等可使受惊的人还魂。

### 主线十四："灵魂转移"

在此类故事中，灵魂能够从一个身体里出来附着到另一个身体上，也可以从一个身体的器官如头、心转移到另一个身体的头、心上。

### 主线十五："风水"

在此类故事中，任何形式和结论的风水占卜都能为人们所信服并付诸实践。埋葬于风水宝地的祖先骸骨可以保佑家族成员,骸骨像是指导者。如果悄悄在别人家的风水宝地埋一块自家人的骨头，即可将该家族风水之利据为己有。占星术不如过去盛行，但仍然有信徒。

## 主线十六："扶乩"

在此类故事中，人们相信可通过扶乩，在一定限度内了解将来和阴间的事情。扶乩是将毛笔悬于筛子下，笔下铺有纸张或者细灰；询问者提问，毛笔移动，在纸或灰上写出答案。

## 主线十七："道术"

在此类故事中，人们认为僧人、道士和智者没什么区别，都具有超凡的能力，尤其是道教始祖张天师（见《历史文献集》第 1845 页）。道士能够做驱鬼符，能够捉鬼和妖怪，并将鬼妖收入瓶中，封印并打入地牢。在民间，人们认为《易经》能够有效对抗鬼和妖术，狗血能使所有咒术失灵和消除巫师的法力。

## 主线十八："妖人"

在此类故事中，人们深信妖人能够用其妖术做出最奇幻的事情来。妖人无所不能，甚至能够将灵魂从活人身体中抽取出来，用欺骗的手段将其驯化，为己所用，还能随意改变身体形态，且会施行各种咒术，比如画一幅人像并用针刺可以使人痛苦或死亡，可以把纸扎物品或者塑像变活并指使其去害人，等等。这类故事不计其数，虽不可思议却被有些人信以为真，进而对所有超验情节缺乏批判精神。面对同类故事，这些人往往持有"我们的传说比这个更厉害"的心态。

## 主线十九："古物显灵"

在此类故事中，古物随时间推移会活过来，聪明伶俐，有的行善，多数作恶。比如，石碑、石狮、石龟于夜间活过来，变成其他形象，做一些不可思议的事情。坟墓里的东西同样如此。但还不止这些，旧绳子、旧扫帚、旧皮鞋、腐木，所有旧物都能变成"魅"，显灵且凶残地害人。庙里的塑像、桥上的雕塑、棋子等物，必须打碎并烧毁。这些凶物害人并溅血、发臭，它们的作恶叫"祟"或"眚"；噩梦之魔叫"魇"。

## 主线二十："动物显灵"

在此类故事中，有些动物能够随意以人形出现，表现得如同人类，还可与人交媾。特别是狐狸，可男可女，与中世纪传说中的梦魇（incubes）与女恶魔（succubes）相似。飞禽、狗、狼、猪等动物有时也会这样做。这种思想有其佛教起源，佛教认为人和动物本质上没有区别（见《哲学文献集》第359页[①]）。在这些故事中，老虎可奴役被它吞吃掉的人的灵魂，让此魂充当帮手，在前面探路，指出陷阱的位置；会打洞、住在洞穴里的动物都有可能是显灵的神，在这些故事里，它们可以在寂静的夜晚听到阴间所发生的事情。狐狸从属于一种特殊的统治势力，其权力中心位于圣山"泰山"。

## 主线二十一："鬼魂交媾"

在这些故事里，阴曹地府对在阳间不合法的媾合十分宽容。因为人们相信，是天与地的交合产生了万物（"淫媟虽非礼，然男女相爱不过天地生物之心"[②]）。

---

[①]《哲学文献集》第359页《长阿含经》："十恶二能令众生堕入地狱、饿鬼、畜生，后得人身"。

[②] 语出《新齐谐》。

魁星踢斗

（法文版第 12 页）

# 1

# 寐觉惊死①

  赵诗者，昔在学校，尝因斋生熟寐，与众戏以香烛花果楮钱之类，设供于卧榻前，而潜伺之。寝者既觉，见之曰："我已死邪！"因唏嘘不已。少顷复寐，久不起。视之，真死矣。乃彻供设之物，相与秘之。斯人岂乍觉见此，神魂惊散，遂不复还体也。（《江行杂录》）


  注：见主线九、十。
  ——13世纪的文章。②

---

  ①所有故事题目均为编者所加。
  ②法文版文后注释中故事文本的出处时间可能有误，编者未做改动，文献信息详见"民间故事常见书目"中编者注释。

# 2/
# 雷诛营卒

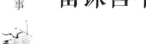

　　乾隆三年二月间，雷震死一营卒。卒素无恶迹，人咸怪之。有同营老卒告于众曰："某顷已改行为善，二十年前披甲时曾有一事，我因同为班卒，稔知之。某将军猎皋亭山下，某立帐房于路旁。薄暮，有小尼过帐外。见前后无人，拉入行奸。尼再四抵拦，遗其裤而逸。某追半里许，尼避入一田家，某怅怅而返。尼所避之家仅一少妇，一小儿，其夫外出佣工。见尼入，拒之。尼语之故，哀求假宿。妇怜而许之，借以己裤。尼约以三日后当来归还，未明即去。夫归<sup>①</sup>，脱垢衣欲换。妇启箧，求之不得，而己裤故在，因悟前仓卒中误以夫裤借去。方自咎未言，而小儿在旁曰：'昨夜和尚来穿去耳。'夫疑之，细叩踪迹。儿具告：和尚夜来哀求阿娘，如何留宿，如何借裤，如何带黑出门。妇力辨是尼非僧，夫不信，始以詈骂，继加捶楚。遍告邻佑，邻佑以事在昏夜，各推不知。妇不胜其冤，竟缢死。次早，其夫启门，见女尼持裤来还，并篮贮糕饵为谢。其子指以告父曰：'此即前夜借宿之和尚也。'夫悔，痛杖其子，毙于妇柩前，己亦自缢。邻里以经官不无多累，相与殡殓，寝其事。次冬，将军又猎其地。土人有言之者，余虽心识为某卒，而事既寝息，遂不复言。曾密语某，某亦心动<sup>②</sup>，自是改行为善，冀以盖愆，而不虞天诛之必不可逭也。"（《新齐谐》卷四）

---

①归，原本作"妇"，据清嘉庆间刻随园三十种《新齐谐》本改。

②动，原本作"恸"。

注：见主线四。

——和尚和尼姑均剃光头，穿着也几乎一样，小孩子很容易混淆。见《哲学文献集》第446、448页图及解释。

——中国农民的家具包括存钱箱、衣柜、盛食物的罐子和篮筐。

# 3/

# 符离楚客

康熙十二年冬，有楚客贸易山东，由徐州至符离。约二鼓，北风劲甚，见道旁酒肆灯火方盛。入饮，即假宿焉。店中人似有难色，有老者怜其仓迫，谓曰："方设馔以待远归之士，无余酒饮君。右有耳房，可以暂宿。"引客进。客饥渴甚，不能成寐，闻外间人马喧声，心疑之。起，从门隙窥，见店中匝地皆军士，据地饮食，谈说兵间事。皆不甚晓。少顷，众相呼曰："主将来矣。"远远有呵殿声，咸趋出迎候。见纸灯数十，错落而来，一雄壮长髯者下马，入店上坐，众人伺立门外。店主人具酒食上，铺啜有声。毕，呼军士入曰："尔辈远出久矣，各且归队，吾亦少憩，俟文书至，再行未迟。"众诺而退。随呼曰："阿七，来！"有少年军士从店左门出，店中人闭门避去。阿七引长髯者入左门，门隙有灯射出。客从右耳房潜至左门隙窥之，见门内有竹床，无睡具，灯置地上。长髯者引手撼其头，头即坠下，放置床上。阿七代捉其左右臂，亦皆坠下，分置床内外。然后倒身卧于床，阿七摇其身，自腰下对裂作两段，倒于地。灯亦旋灭。客悸甚，飞趋耳房，以袖掩面①卧，辗转不能寐。遥闻鸡鸣一二次，渐觉身冷。启袖，见天色微明，身乃卧乱树中。旷野无屋，亦无坟堆。冒寒行三里许，始有店。店主人方开门，讶问："客来何早？"客告以所遇，并问所宿为何地，曰："此间皆旧战场也。"（《新齐谐》卷四）

注：见主线十二。

——徐州府，旧称彭城，在中国历史上一直是十分重要的地区。这里长年战乱，死伤巨大。公元前 205 年的一次记录显示，项羽在此歼灭近三十万敌人。

---

① 面，原本作"而"。

见《历史文献集》第 316 页。[1]

　　——这则民间故事很有可能暗指过去一位大将战死沙场，士兵们为了领赏将其分尸。见项籍之死。见《历史文献集》第 330 页。[2]

[1]参见《史记·项羽本纪》。
[2]参见《史记·项羽本纪》。

# 4/5

# 藏魂坛

【4】云贵妖符邪术最盛。贵州臬使费元龙赴滇，家奴张姓骑马上，忽大呼坠马，左腿失矣。费知妖人所为，张示云："能补张某腿者，赏若干。"随有老人至，曰："是某所为。张在省时，倚主人势，威福太过，故与为恶戏。"张亦哀求。老人解荷包，出一腿，小若虾蟆，呵气持咒，向张掷之，两足如初，竟领赏去。或问："费公何不威以法？"曰："无益也。"

【5】在黔时，有恶棍某，案如山积。官杖杀之，投尸于河。三日还魂，五日作恶，如是者数次。诉之抚军。抚军怒，请王命斩之，身首异处。三日后又活，身首交合，颈边隐隐然红丝一条，作恶如初。后殴其母，母来控官，手一坛，曰："此逆子藏魂坛也。逆子自知罪大恶极，故居家先将魂提出，炼藏坛内。官府所刑杀者，其血肉之体，非其魂也。以久炼之魂，治新伤之体，三日即能平复。今恶贯满盈，殴及老妇，老妇不能容。求官府先毁其坛，取风轮扇扇散其魂，再加刑于其体，庶几恶子乃真死矣。"官如其言，杖毙之。而验其尸，不浃旬已臭腐。（《新齐谐》卷五）

注：见主线九及《哲学文献集》第184页①。

——灵魂可以通过吃某些食物（血）或药（朱砂）来维持体力或恢复体力。

——强的魂可以自愈，即使受到致命的伤害；弱的魂无法自愈。

---

① "人有不伏其死者，所以既死而此气不散，为妖为怪。"（《朱子全书》）

# 6

## 旁观因果

常州马秀才士麟，自言幼时从父读书北楼，窗开处，与卖菊叟王某露台相近。一日早起，倚窗望，天色微明，见王叟登台浇菊，毕，将下台。有担粪者荷二桶升台，意欲助浇。叟色不悦，拒之，而担粪者必欲上，遂相挤于台坡。天雨台滑，坡仄且高，叟以手推担粪者，上下势不敌，遂失足陨台下。叟急趋扶之，未起，而双桶压其胸，两足蹶然直矣。叟大骇，噤不发声，曳担粪者足，开后门，置之河干，复举其桶置尸傍，归，闭门复卧。马时虽幼，念此关人命事，不可妄谈，掩窗而已。日渐高，闻外轰传河干有死人，里保报官。日午，武进知县鸣锣至。仵作跪启："尸无伤，系失足跌死。"官询邻人，邻人齐称不知。乃命棺殓加封焉，出示招尸亲而去。

事隔九年，马年二十一，入学为生员。父亡，家贫，即于幼时读书所招徒授经。督学使者刘吴龙将临岁考，马早起温经，开窗，见远巷有人肩两桶冉冉来。谛视之，担粪者也。大骇，以为来报叟仇。俄而过叟门不入，别行数十步，入一李姓家。李颇富，亦近邻而居相望者也。马愈疑，起尾之，至李门。其家苍头踉跄出曰："吾家娘子分娩甚急，将往招收生婆。"问："有担桶者入乎？"曰："无。"言未毕，门内又一婢出，曰："不必招收生婆，娘子已产一官人矣。"马方悟担粪者来托生，非报仇也。但窃怪李家颇富，担粪者何修得此？自此，留心访李家儿作何举止。

又七年，李氏儿渐长，不喜读书，好畜禽鸟。而王叟康健如故，年八十余，爱菊之性，老而弥笃。一日者，马又早起倚窗，叟上台灌菊，李氏儿亦登楼放鸽。忽十余鸽飞集叟花台栏杆上。儿惧飞去，再三呼，鸽不动。儿不得已，寻取石子掷之，误中王叟。叟惊，失足陨于台下，良久不起，两足蹶然直矣。儿大骇，嗫不发声，默默掩窗去。日渐高，叟之子孙咸来寻翁，知是失足跌死，哭殓而已。（《新齐谐》卷五）

注：这是投胎转世和因果报应的情况。见主线九、十一。

——鬼，这里指死者的魂[1]，保留了死者的全部形态。

——心存怨气的魂变成鬼，会故意报复。心无怨念的魂有时会经过阴间审判而转世投胎，之后会无意识地为前世不公的命运复仇，正是本则故事的情形。

---

[1] 本书根据主线九，区分灵魂为魂、魄两种。下同。

# 1 / 青龙党

杭州旧有恶少，歃①血结盟，刺背为小青龙，号"青龙党"，横行闾里。雍正末年，臬司范国瑄擒治之，死者十之八九，首恶董超，竟以逃免。乾隆某年冬，梦其党数十人走告曰："子为党首，虽幸逃免，明年当伏天诛。"董惶恐求计，众曰："计惟投保叔塔草庵僧为徒，力持戒行，或可幸免。"董梦觉，访之塔下，果有老僧，结草棚趺②坐诵经。董长跪泣涕，自陈罪戾，愿度为弟子。老僧初犹逊谢，既见其情真，乃与剪发为头陀，令日间诵经，夜沿山敲木鱼念佛号。自冬至春，修持颇力。

四月某日，从市上化斋归，小憩土地祠。朦胧睡去，见其党来促曰："速归！速归！今夕雷至矣！"董惊觉，踉跄归棚，天已昏黑，果有雷声。董以梦告僧。僧令跪己膝下，两袖蒙其顶而诵经如故。不数刻，电光绕棚，霹雳连下，或中棚左石，或中棚右树，如是者七八击，皆不得中。少顷，风雷俱止，云开见月。老僧谓难已过，掖以起曰："从此当无事矣。"董惊魂少定，拜谢老僧。出棚外，忽电光烁然，震霆一声，已毙石上。(《新齐谐》卷四)

注：见主线四、十七。

---

①歃，原本作"插"。
②趺，原本作"跌"。

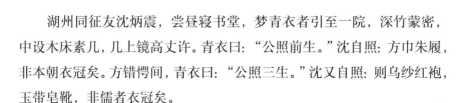

# 8/
# 文信王

　　湖州同征友沈炳震，尝昼寝书堂，梦青衣者引至一院，深竹蒙密，中设木床素几，几上镜高丈许。青衣曰："公照前生。"沈自照：方巾朱履，非本朝衣冠矣。方错愕间，青衣曰："公照三生。"沈又自照：则乌纱红袍，玉带皂靴，非儒者衣冠矣。

　　有苍头闯然入，跪叩头曰："公犹识老奴乎？奴曾从公赴大同兵备道任者也，今二百余年矣。"言毕，泣，手文卷一册献沈。沈问故，苍头曰："公前生在明嘉靖间，姓王名秀，为大同兵备道。今日青衣召公，为地府文信王处有五百鬼诉冤，请公质问。老奴记杀此五百人，非公本意，起意者乃总兵某也。五百人本刘七案内败卒，降后又反，故总兵杀之，以杜后患。公曾有手书劝阻，总兵不从。老奴恐公忘记此书，难以辨雪，故袖此稿奉公。"沈亦恍然记前世事，与慰劳者再。

　　青衣请曰："公步行乎？乘轿乎？"老仆呵曰："安有监司大员而步行者！"呼一舆二夫，甚华，掖沈行数里许。前有宫阙巍峨，中坐王者，冕旒白须；旁吏绛衣乌纱，持文簿呼："兵备道王某进。"王曰："且止，此总兵事也，先唤总兵。"有戎装金甲者从东厢入，沈视之，果某总兵，旧同官也。王与问答良久，语不可辨。随唤沈，沈至，揖王而立。王曰："杀刘七党五百人，总兵业已承认，公有书劝止之，与公无干。然明朝法，总兵亦受兵备道节制。公令之不从，平日懦恶可知。"沈唯唯谢过。总兵争曰："此五百人，非杀不可者也。曾诈降复反，不杀，则又将反。总兵为国杀之，非为私杀也。"言未已，阶下黑风如墨，声啾啾远来，血臭不可耐。五百头拉杂如滚球，齐张口露牙，来啮总兵，兼睨沈。沈大惧，向王拜不已，且以袖中文书呈上。王拍案厉声曰："断头奴！诈降复反事，有之乎？"群鬼曰："有之。"王曰："然则总兵杀汝诚当，尚何哓哓！"群鬼曰："当时诈降者，渠魁数人；复反者，亦渠魁数人。余皆胁从者也。何可尽杀？且总兵意欲迎合嘉靖皇帝严刻之心，非真为国为民也。"王笑曰："说总兵不为民可也，说总兵不为国不可也。"因谕五百鬼曰："此事沉搁二百余年，总为事属因公，阴官不能断。今总兵心迹未明，不能成神去；汝等怨气未散，又不能托生为人。我将以此事状，上奏玉皇，听候处置。惟兵备道某，所犯甚小，且有劝阻手书为据，可放还阳，他生罚作富家女子，以惩其柔懦之过。"五百鬼皆手持头叩阶，哒哒有声，曰："惟大王命。"王命青衣者引沈出。

行数里，仍至竹密书斋。老仆迎出，惊喜曰："主人案结矣。"跪送再拜。青衣人呼至镜所，曰："公视前生。"果仍巾履，一前朝老诸生也。青衣人又呼曰："公视今生。"不觉惊醒，汗出如雨，仍在书堂。家人环哭道："晕去一昼夜，惟胸间微温。"

文信王宫阙扁对甚多，不能记忆，只记宫门外金镌一联云："阴间律例全无，那有法重情轻之案件；天上算盘最大，只等水落石出的时辰。"

（《新齐谐》卷五）

注：见主线五、三、一。鬼，是不得投胎的痛苦之魂或恶魂；神，是不得转世的负责阴间事务之魂。

——阳间的大人物在阴间也受到尊重。

——关于镜子可以照出良心或者前世来生，见《哲学文献集》第367、340、342页"孟婆娘娘殿""五殿阎罗王""孽镜台"三幅图。

——人们往往在最后时刻得到上天召唤。

# 9/ 南昌士人

　　江西南昌县有士人某，读书北兰寺，一长一少，甚相友善。长者归家暴卒，少者不知也，在寺读书如故。天晚睡矣，见长者披阃入，登床抚其背曰："吾别兄不十日，竟以暴疾亡。今我鬼也，朋友之情，不能自割，特来诀别。"少者阴喝不能言。死者慰之曰："吾欲害兄，岂肯直告？兄慎弗怖。吾之所以来此者，欲以身后相托也。"少者心稍定，问："托何事？"曰："吾有老母，年七十余，妻年未三十，得数斛米，足以养生，愿兄周①恤之，此其一也。吾有文稿未梓，愿兄为镌刻，俾微名不泯，此其二也。吾欠卖笔者钱数千，未经偿还，愿兄偿之，此其三也。"少者唯唯。死者起立曰："既承兄担承，吾亦去矣。"言毕欲走。

　　少者见其言近人情，貌如平昔，渐无怖意，乃泣留之，曰："与君长诀，何不稍缓须臾去耶？"死者亦泣，回坐其床，更叙平生。数语，复起曰："吾去矣。"立而不行，两眼瞪视，貌渐丑败。少者惧，促之曰："君言既毕，可去矣。"尸竟不去。少者拍床大呼，亦不去，屹立如故。少者愈骇，起而奔，尸随之奔。少者奔愈急，尸奔亦急。追逐数里，少者逾墙仆地，尸不能逾墙，而垂首墙外，口中涎沫与少者之面相滴涔涔也。

　　天明，路人过之，饮以姜汁，少者苏。尸主家方觅尸不得，闻信，舁归成殡。

　　识者曰："人之魂善而魄恶，人之魂灵而魄愚。其始来也，一灵不泯，魄附魂以行；其既去也，心事既毕，魂一散而魄滞。魂在，则其人也；魂去，则非其人也。世之移尸走影，皆魄为之，惟有道之人为能制魄。"（《新

---
　　①周，原本作"眉"。

齐谐》卷一）

注：见主线九。

——死人的气息和口水能够杀死活人。

——寡妇如果仍然年轻且贫穷，会试图再嫁。如果遗孀再婚，那么死者的老母将无人奉养，因此，主人公对母亲的关心多过于妻子。

# 10 /

# 煞神受枊

　　淮安李姓者，与妻某氏，琴瑟调甚。李三十余病亡，已殓矣。妻不忍钉棺，朝夕哭，启而视之。故事：民间人死七日，则有迎煞之举，虽至戚，皆回避。妻独不肯，置子女于别室，己坐亡者帐中待之。

　　至二鼓，阴风飒然，灯火尽绿。见一鬼，红发圆眼，长丈余，手持铁叉，以绳牵其夫，从窗外入。见棺前设酒馔，便放叉解绳，坐而大啖。每咽物，腹中喷喷有声。其夫摩抚旧时几案，怆然长叹，走至床前揭帐。妻哭抱之，泠①然如一团冷云，遂裹以被。红发神竞前牵夺。妻大呼，子女尽至，红发神跟跄走。妻与子女以所裹魂放置棺中，尸渐奄然有气，遂抱置卧床上，灌以米汁，天明而苏。其所遗铁叉，俗所焚纸叉也。复为夫妇二十余年。

　　妻六旬矣，偶祷于城隍庙，恍惚中见二弓丁异一枊犯至。眲之，所枊者即红发神也。骂妇曰："吾以贪馋故，为尔所弄，枊二十年矣！今乃相遇，肯放汝耶！"妇至家而卒。（《新齐谐》卷一）

　　注：见主线六、九、十三。灵魂返回体内。

　　——"弓丁"（弓箭手）一词证明该故事发生于元代。

　　——灵魂停留七日或七日后还魂的说法非始自中国本土，实源自阿拉伯-土耳其地区。

---

　　①泠，原本作"冷"。

# 11
## 尸变

　　阳信某翁者，邑之蔡店人。村去城五六里，父子设临路店，宿行商。有车夫数人，往来负贩，辄寓其家。一日昏暮，四人偕①来，望门投止，则翁家客宿邸满。四人计无复之，坚请容纳。翁沉吟，思得一所，似恐不当客意。客言："但求一席厦宇，更不敢有所择。"时翁有子妇新死，停尸室中，子出购材木未归。翁以灵所室寂，遂穿衢②导客往。入其庐，灯昏案上，后有搭帐衣，纸衾覆逝者。又观寝所，则复室中有连榻。四客奔波颇困，甫就枕，鼻息渐粗。惟一客尚朦胧，忽闻灵床上察察有声，急开目，则灵前灯火照视甚了。女尸已揭衾起，俄而下，渐入卧室。面淡金色，生绢抹额。俯近榻前，遍吹卧客者三。客大惧，恐将及己，潜引被覆首，闭息忍咽以听之。未几，女果吹之如诸客。觉出房去，即闻纸衾声。出首微窥，见僵卧犹初矣。客惧甚，不敢作声，阴以足踏诸客，而诸客绝无少动。顾念无计，不如着衣以窜。裁起振衣，而察察之声又作。客惧，复伏，缩首衾中。觉女复来，连续吹数数始去。少间，闻灵床作响，知其复卧。乃从被底渐渐出手得裤，遽就着之，白足奔出。尸亦起，似将逐客。比其离帏，而客已拔关出矣。尸驰从之。客且奔且号，村中人无有警者。欲叩主人之门，又恐迟为所及，遂望邑城路极力窜去。至东郊，瞥见兰若，闻木鱼声，乃急挝山门。道人讶其非常，又不即纳。旋踵尸已至，去身盈尺，客窘益甚。门外有白杨，围四五尺许，因以树自障。彼右则左之，尸益怒。然各寝倦矣。尸顿立，客汗促气逆，庇树间。尸暴起，伸两臂隔树探扑之。客惊仆。尸捉之不得，抱树而僵。

---

①偕，原本作"皆"，据清铸雪斋本《聊斋志异》改。

②衢，原本作"斋"。

道人窃听良久，无声，始渐出，见客卧地上。烛之死，然心下丝丝有动气。负人，终夜始苏。饮以汤水而问之，客具以状对。时晨钟已尽，晓色迷蒙，道人觇树上，果见僵女，大骇。报邑宰，宰亲诣质验，使人拔女手，牢不可开。审谛之，则左右四指并卷如钩，入木没甲。又数人力拔，乃得下。视指穴，如凿孔然。遣役探翁家，则以尸亡客毙，纷纷正哗。役告之故，翁乃从往，舁尸归。客泣告宰曰："身四人出，今一人归，此情何以信乡里？"宰与之牒，赍送以归。（《聊斋志异》卷十三①）

注：见主线九。

——所有还未下葬的尸体对人们而言都极其危险。最有德行的人死后其魄也极为凶残，会杀人或吞食人。

---

①本书选录《聊斋志异》多个故事文本，其中部分文本结尾所注卷次与清铸雪斋本《聊斋志异》有出入，编者未做改动。

# 12

## 管辂传

　　时信都令家妇女惊恐，更互疾病，使管辂筮之。辂曰："君此堂西头，有两死男子，一男持矛，一男持弓箭，头在壁内，脚在壁外。持矛者主刺头，故头重痛不得举也。持弓箭者主射胸腹，故心中县痛不得饮食也。昼则浮游，夜来病人，故使惊恐也。"于是掘徙骸骨，家中皆愈。（《三国志》二十九《管辂传》）

　　注：见主线九。

　　——人们都相信，陪葬物可为死者所用。

# 13/
# 骷髅吹气

　　杭州闵茂嘉，好弈，其师孙姓者，常与之弈。雍正五年六月，暑甚，闵招友五人，循环而弈。孙弈毕，曰："我倦，去东厢少睡，再来决胜。"少顷，闻东厢有叫号声。闵与四人趋视之，见孙伏地，涎沫满颐。饮以姜汁，苏。问之，曰："吾床上睡未熟，觉背间有一点冷，如胡桃大，渐至盘楪①大，未几而半席皆冷，直透心骨，未得其故。闻床下咈咈然有声，俯视之，一骷髅张口，隔席吹我，不觉骇绝，遂仆于地。骷髅竟以头击我。闻人来，始去。"四人咸请掘之。闵家人惧有祸，不敢掘，遂扃东厢。（《新齐谐》卷一）

　　注：见主线九。
　　——与死人有关的触感都是冷的。因为呼出的气冰冷，所以魂未到，冷风先到。

---

　　①楪，原本作"揲"。

# 14

## 酆都知县

四川酆都县，俗传人鬼交界处。县中有井，每岁焚纸钱帛锭投之，约费三千金，名"纳阴司钱粮"。人或吝惜，必生瘟疫。国初，知县刘纲到任，闻而禁之，众论哗然。令持之颇坚。众曰："公能与鬼神言明乃可。"令曰："鬼神何在？"曰："井底即鬼神所居，无人敢往。"令毅然曰："为民请命，死何惜？吾当自行。"命左右取长绳，缚而坠焉。众持留之，令不可。其幕客李诜，豪士也，谓令曰："吾欲知鬼神之情状，请与子俱。"令沮之，客不可，亦缚而坠焉。

入井五丈许，地黑复明，灿然有天光，所见城郭宫室，悉如阳世。其人民藐小，映日无影，蹈空而行，自言"在此者不知有地也"。见县令，皆罗拜曰："公阳官，来何为？"令曰："吾为阳间百姓请免阴司钱粮。"众鬼啧啧称贤，手加额曰："此事须与包阎罗商之。"令曰："包公何在？"曰："在殿上。"引至一处，宫室巍峨，上有冕旒而坐者，年七十余，容貌方严。群鬼传呼曰："某县令至。"公下阶迎，揖以上坐，曰："阴阳道隔，公来何为？"令起立拱手曰："酆都水旱频年，民力竭矣。朝廷国课，尚苦不输，岂能为阴司纳帛锭，再作租户哉？知县冒死而来，为民请命。"包公笑曰："世有妖僧恶道，借鬼神为口实，诱人修斋打醮，倾家者不卜十力。鬼神幽明道隔，不能家喻户晓，破其诬罔。明公为民除弊，虽不来此，谁敢相违？今更宠临，具征仁勇。"语未竟，红光自天而下。包公起曰："伏魔大帝至矣，公少避。"刘退至后堂。

少顷，关神绿袍长髯，冉冉而下，与包公行宾主礼，语多不可辨。关神曰："公处有生人气，何也？"包公具道所以。关曰："若然，则贤令也，我愿见之。"令与幕客李惶恐出拜。关赐坐，颜色甚温，问世事甚悉，惟不及幽明之事。李素懦，遽问曰："玄德公何在？"关不答，色不怿，帽发尽指，即辞去。包公大惊，谓李曰："汝必为雷击死，吾不能救汝矣。此事何可问也！况于臣子之前呼其君之字乎！"令代为乞哀。包公曰："但令速死，免致焚尸。"取匣中玉印，方尺许，解李袍背印之。令与李拜谢毕，仍缒而出。甫至鄜都南门，李竟中风而亡。未几，暴雷震电，绕其棺椁，衣服焚烧殆尽，惟背间有印处不坏。（《新齐谐》卷一）

注：见主线六、二。

——玄德是蜀汉昭烈帝刘备的字，关羽为其战死沙场。见《历史文献集》第 975、970 页。[①]

——关羽在阴间的地位高于其旧主，因此不能在其面前提旧主的名字，也不应该以字直呼这位被关羽毕生效忠的君主。

——人们认为魄居于身体的腰背部（"惟背间有印处不坏"）。

——视被雷劈死为一种侮辱。

——尸体如果被火化，魄一定会随之消亡。因此要除掉厉鬼或其他恶鬼，就要焚烧尸体。

---

① "汉主耻关羽之没"。（《资治通鉴》卷六十九《魏纪》）

# 15

# 双头牡丹灯

　　方氏之据浙东也，每岁元夕，于明州张灯五夜。倾城士女，皆得纵观。至正庚子之岁，有乔生者，居镇明岭下。初丧其偶，鳏居亡聊，不复出游，但倚门伫立而已。十五夜三更尽，游人渐稀。见一丫鬟，挑双头牡丹灯前导，一美人随后，约年十七八，红裙翠袖，迤逦投西而去。生于月下视之，韶颜稚齿，真国色也。神魂飘荡，不能自持，乃尾之而去，或先之，或后之。行数十步，女忽回顾微哂曰："初无桑中之期，乃有月下之遇，事非偶然也。"生即趋前揖之曰："敝居咫尺，佳人可能回顾否？"女无难意，即呼丫鬟曰·"金莲可挑灯同往也。"于是金莲复回。生与女携手至家，极其欢昵。自以为巫山、洛浦之遇，不是过也。生问其姓名、居址，女曰："姓符，丽卿其字，淑芳其名。故奉化州判女也。先人既没，家事零替，既无兄弟，仍鲜族党，止妾一身，遂与金莲侨居湖西尔。"

　　生留之宿。天明辞别而去，及暮则又至，如是者将半月。邻翁疑焉，穴壁窥之，则见一粉妆髑髅，与生并坐于灯下，大骇。明旦诘之，秘不肯言。邻翁曰："嘻，子祸矣。人乃至盛之纯阳，鬼乃幽阴之邪秽。今子与幽阴之魅同处而不知，邪秽之物共宿而不悟，一日真元耗尽，灾眚来临，惜乎以青春之年，而遽为黄壤之客也，悲夫！"生始惊惧，备述厥繇。邻翁曰："彼言侨居湖西，往访问之，则可知矣。"

　　生如其教，径投月湖之西，往来长堤之上，高桥之下，访于居人，询于过客，并言无有。将夕矣，乃入湖心寺少憩。行遍东廊，复转西廊，廊尽得一暗室，则有旅榇，白纸题其上曰："故奉化州判女丽卿之柩"。柩前悬一双头牡丹灯，灯下立明器女子，背上有金莲二字。生见之，毛发尽竖，寒栗①遍身，奔走出寺，不敢回顾。是夜借宿邻翁之家，忧怖之色可掬。邻翁曰："元妙观魏法师，故开府王真人弟子，符箓为当今第一，汝宜急往求焉。"明日，生谒。法师望见其至，惊曰："妖气甚浓，何为来此？"生拜座下，具述其事。法师以朱书符二道授之，令其一置于门，一悬于榻，仍戒不得再往湖心寺。生受符而归，如法安顿，自此果绝来矣。

一月有余，不觉又往袤绣桥访友，留饮至醉，却忘法师之戒，径取湖心寺路以回。将及寺门，复见金莲迎拜于前曰："娘子久待，何一向薄情如是。"遂与生俱入内廊，直抵室中。女子宛然在坐，数之曰："妾与君素非相识，灯下一见，感君之意，遂以全体事君。暮往朝来，于君不薄，奈何信妖道之言，遽生疑惑，便欲永绝。薄情如是，妾恨之深矣，今幸得见，岂能相舍。"即握生手至于柩前，柩忽自开，拥之同入，随即闭矣，生遂死于柩中。邻翁怪其不归，远近寻问。

及至寺侧西廊停柩之室，见生之衣裾微露于柩外。请于寺僧而发之，死已久矣。与女子之尸，俯仰卧于柩内。女貌如生。寺中僧众叹曰："此奉化州判符君之女也。死时年十有七。权厝于此，举家还去，竟绝音耗，至今十有三年矣。不意作怪如是。"遂以尸柩及生，殡于西门之外。是后云阴之昼，月黑之夜，往往见生与女子携手同行，一丫鬟挑灯前导。遇之者辄得重疾，寒热交作。荐以功德，祭以牢醴，庶获可痊，否则不起矣。（《牡丹灯记》）


注：见主线十二。

——中国民间有习俗，将客死他乡之人的棺椁暂时放在寺庙里，以待运回家乡入土。

——阴阳论中，"阳"代表生者所在的阳间，"阴"代表死人所在的阴间。见《哲学文献集》之"阴阳"相关介绍。

---

①栗，原本作"粟"，据明正德六年杨氏清江堂刻本《剪灯新话》改。

# 16

## 韦秀庄

开元中，滑州刺史韦秀庄，暇日来城楼望黄河。楼中忽见一人，长三尺许，紫衣朱冠，通名参谒。秀庄知非人类，问是何神，答曰："即城隍之主。"又问何来①，答曰："黄河之神，欲毁我城，以端河路，我固不许。克后五日，大战于河湄。恐力不禁，故来求救于使君尔。若得二千人，持弓弩物色相助，必当克捷。君之城也，惟君图之。"秀庄许诺，神乃不见。至其日，秀庄率劲卒二千人登城，河中忽尔晦冥。须臾，有白气直上十余丈，楼上有青气出，相萦绕。秀庄命弓弩乱射白气，气形渐小，至灭，惟青气独存，逶迤如云峰之状，还入楼中。初时，黄河俯近城之下，此后②渐退，至今五六里也。（《广异记》）

注：见主线三。

——中国民间的山川崇拜十分古老。见《历史文献集》第41页。③

——现在黄河已离滑州较远，滑州也只是一个小县城。

---

①来，原本作"求"，据民国景明嘉靖谈恺刻本《太平广记》引《广异记》改。

②后，原本作"复"。

③"舜献祭于日月、四季、山川、万物。"《哲学文献集》第14页"山川"："望秩于山川。"（《尚书·舜典》）

# 17

# 滇绵谷秀才半世女妆

　　蜀人滇谦六，富而无子，屡得屡亡。有星家教以压胜之法，云："足下两世命中所照临者多是雌宿，虽获雄，无益也。惟获雄而以雌畜之，庶可补救。"已而绵谷生。谦六教以穿耳、梳头、裹足，呼为"小七娘"，娶不梳头、不裹足、不穿耳之女以妻之。果长大，入泮，生二孙。偶以郎名孙，即死。于是每孙生，亦以女畜之。绵谷韶秀。（《新齐谐》卷二）

　　注：见主线十五。

# 18

## 考城隍

予姊夫之祖宋公，讳焘，邑廪生。一日病卧，见吏持牒，牵白颠马来，云："请赴试。"公言："文宗未临，何遽得考？"吏不言，但敦促之。公力疾乘马从去，路甚生疏，至一城郭，如王者都。移时入府廨，宫室壮丽。上坐十余官，都不知何人，惟关壮缪可识。檐下设几①、墩各二，先有一秀才坐其末，公便与连肩。几上各有笔札。俄题纸飞下，视之，八字，云："一人二人，有心无心。"二公文成，呈殿上。公文中有云："有心为善，虽善不赏。无心为恶，虽恶不罚。"诸神传赞不已。召公上，谕曰："河南缺　城隍，君称其职。"公方悟，顿首泣曰："辱膺宠命，何敢多辞？但老母七旬，奉养无人，请得终其天年，惟听录用。"上一帝王像者，即令稽母寿籍。有长须吏捧册翻阅一过，白："有阳算九年。"共踌躇间，关帝曰："不妨令张生摄篆九年，瓜代可也。"乃谓公："应即赴任，今推仁孝之心，给假九年。及期当复相召。"又勉励秀才数语。二公稽首并下。秀才握手，送诸郊野，自言长山张某。公既骑，乃别而去，及抵里，豁若梦寤。时卒已三日，母闻棺中呻吟，扶出，半日始能语。问之长山，果有张生于是日死矣。后九年，母果卒，营葬既毕，浣濯入室而没。其岳家居城中西门内，忽见公镂膺朱幩，舆马甚众。登其堂，一拜而行。相共惊疑，不知其为神，奔讯乡中，则已没矣。（《聊斋志异》卷一）

注：见主线三、二、五。

——阴间与阳间相似，均有都邑、公堂等。

——神，不投胎之魂，高贵且强大，乃阴官。

①几，原本作"凡"。

# 19 / 灵璧女借尸还魂

王砚庭知灵璧县事。村中有农妇李氏，年三十许。一夕卒，夫入城买棺。棺到，将殓，妇已生矣。夫喜，近之。妻坚拒，泣曰："吾某村中王姑娘也，尚未婚嫁，何为至此？吾之父母姊妹，俱在何处？"其夫大骇，急告某村，则举家哭其幼女，尸已埋矣。其父母狂奔而至。妇一见泣抱，历叙生平，事皆符合。其未婚之家亦来眙视，妇犹羞涩，赤见于面。两家争此妇，鸣于官。砚庭为之作合，断归村农。乾隆二十一年事。（《新齐谐》卷一）

注：见主线九、十四。

——死者（非自杀者）的魂可以进入他人的新鲜尸体。

——未过门的女孩不能见未来的丈夫和夫家之人，因此复生之女羞涩。

# 20

## 田烈妇

江苏巡抚徐公士林，素正直。为安庆太守时，日暮升堂，月色皎然，见一女子以黑帕蒙首，肩以上眉目不可辨，跪仪门外，若诉冤者。徐公知为鬼，令吏卒持牌喝曰："有冤者魂许进！"女子冉冉入，跪阶下，声嘶如小儿，吏卒不见，但闻其声。自言姓田，寡居守节，为其夫兄方德逼嫁谋产，致令缢死。徐公为拘夫兄，与鬼对质。初讯时，殊不服，回首见女子，大骇，遂吐情实。乃置之法，一郡哗以为神。公作《田烈妇碑记》以旌之。（《新齐谐》卷一）

注：见主线七。

——大部分知府夜晚也设堂。

——执事时，吏卒手持带柄木质令牌，其上写有一个或几个字，表示不同号令。

# 21

# 常格诉冤

乾隆十六年八月初三日，阅邸抄。见景山遗失陈设古玩数件，内务府官疑挑土工人所窃，召执役者数十人，立而讯之。一人忽跪诉曰："我常格也，系正黄旗人，年十二岁。赴市买物，为工人赵二图奸不遂，将刀杀死，埋我于厚载门外堆炭地方。我家父母某，尚未知也。求大人掘验伸冤。"言毕仆地。少顷，复跃而起曰："我即赵二，杀常格者我也。"内务府大人见其状，知有冤，移交刑部掘验，尸伤宛然。访其父母，曰："我家儿遗失已一月，尚未知其死也。"随拘询赵二，尽吐情实。刑部奏："赵二自吐凶情，迹似自首，例宜减等。但为冤鬼所凭，不便援引此例，拟斩立决。"奉旨依议。（《新齐谐》卷一）

注：见主线七。

——满族人以旗来划分。

——死者灵魂控诉凶手时，可能以原貌示人，如上则故事；可能临时附体于凶手，强制其说话，如本则故事；还可能附体于一个女巫，如下则故事。甚至可以附体于任何人，而被附体者当时和之后都不知道自己说过什么。

# 22

# 山西王二

熊翰林涤斋先生为余言：康熙年间游京师，与陈参政仪、计副宪某饮报国寺。三人俱早贵，喜繁华，以席间不得声妓为怅，遣人召女巫某唱秧歌劝酒。女巫唱终，半席腹胀，将溲焉，出至墙下。少顷返，则两目瞪视，跪三人前呼曰："我山西王二也，某年月日为店主赵三谋财杀死，埋骨于此寺之墙下。求三长官代为伸冤。"三人相顾大骇，莫敢发声。熊晓之曰："此司坊官事，非我辈所能主张。"女巫曰："现任司坊官俞公，与熊爷有交，但求熊爷转请俞公到此掘验足矣。"熊曰："此事重大，空言无信，如何可行？"巫曰："论理某当自陈，但某形质朽烂，须附生人而言，诸位老爷替我筹之。"言毕，女巫仆地。良久醒，问之，茫然无知。三公谋曰："我辈何能替鬼诉冤？诉亦不信。明日，盍请俞司坊官共饮此处，召女巫质之，则冤白矣。"

次日，招俞司坊至寺饮，告之故，召女巫。巫大惧，不肯复来。司坊官遣役拘之，巫始至。既入寺门，言状悉如昨日。司坊官启巡城御史，发掘墙下，得白骨一具，颈下有伤。询之土①人，云："从前此墙系山东济南府赵三安歇客寓之所，某年卷店逃归山东。"乃移文专差关提至济南，果有其人。文到之日，赵三一叫而绝。（《新齐谐》卷一）

注：见上则故事注释。

——担惊受怕的魂一般尚未投胎。

---

①土，原本作"士"。

# 23/

# 范纯佑善能出神

范文正公长子监簿纯佑，自幼警悟，明敏过人，文正公所料事必先知之，善能出神。公在西边，凡卤情几事皆预遥知，盖出神之卤庭得之。故公每制胜，料敌如神者，监簿之力也。因出神为人所惊，自此神观不足，未几而亡，时甚少也。（《墨庄漫录》）

注：见主线十。

——魂可以自由出窍。

# 24

## 刘伯温异事

刘伯温少时读书寺中，僧房有一异人，每出神去，锁门，或一月半月。偶有北来使客无房可宿，见此空房击开之，曰："此人死矣，可速焚葬，我住之。"僧不能禁，遂焚之。其神夜返，身已焚，无复可生。每夜叫呼曰："我在何处？"基知之，开窗应曰："我在此！"神即附之，聪明增前数倍。（《龙兴慈记》）

注：见主线九、十。

——出窍的灵魂要及时返回活着的肉体中。

——聪明加倍的原因是两个魂同附一个肉体。

——亡僧一律焚化。

# 25 / 郭知运

　　开元中，凉州节度郭知运出巡，去州百里，于驿中暴卒。其魂遂出，令驿长锁房勿开，因而却回府，徒从不知也。至舍四十余日，处置公私事毕，遂使人往驿迎己丧。既至，自看其殓。殓讫，因与家人辞诀，投身入棺，遂不复见。（《广异记》）

　　注：见主线十一。

　　——魂以人形出现，举止如常人。

# 26
## 叶生

　　淮阳叶生者，失其名字。文章词赋，冠绝当时，而所如不偶，困于名场。会关东丁乘鹤来令是邑，见其文，奇之，召与语，大悦。使即官署，受灯火，时赐钱谷恤其家。值科试，公游扬于学使，遂领冠军。公期望綦切，闱后，索文读之，击节称叹。不意时数限人，文章憎命，榜既放，依然铩羽。生嗒丧而归，愧负知己①，形销骨立，痴若木偶。公闻，召②之来而慰之。生零涕不已。公怜之，相期考满入都，携与俱北。生甚感佩，辞而归，杜门不出。无何，寝疾。公遗问不绝，而服药百裹，殊罔所效。

　　公适以忤上官免，将解任去。函致生，其略曰："仆东归有日，所以迟迟者，待足下耳。足下朝至，则仆夕发矣。"传之卧榻。生持书啜泣，寄语来使："疾革难遽瘥，请先发。"使人返白。公不忍去，徐待之。

　　逾数日，门者忽通叶生至。公喜，逆而问之，生曰："以犬马病，劳夫子久待，万虑不宁。今幸可从杖履。"公乃束装戒旦。抵里，命子师事生，夙夜与俱。公子名在昌，时年十六，尚不能文。然绝慧，凡文艺三两过，辄无遗忘。居之期岁，便能落笔成文。益之公力，遂入邑庠。生以生平所拟举业，悉录授读，闱中七题，并无脱漏，中亚魁。公一日谓生曰："君出余绪，遂使孺子成名。然黄钟长弃，奈何！"生曰："是殆有命！借福泽为文章吐气，使天下人知半生沦落，非战之罪，愿亦足矣。且士得一人知可无憾，何必抛却白纻，乃谓之利市哉！"

　　公以其久客，恐误岁试，劝令归省。惨然不乐，公不忍强，嘱公子至都，为之纳粟。公子又捷南宫，授部中主政，携生赴监，与共晨夕。逾岁，

　　① 己，原本作"已"。
　　② 召，原本作"石"。

生入北闱，竟领乡荐。会公子差南河典务，因谓生曰："此去离贵乡不远。先生奋迹云霄，锦还为快。"生亦喜。择吉就道，抵淮阳界，命仆马送生归。

见门户萧条，意甚悲恻。逡巡至庭中。妻携簸箕以出，见生，掷且骇走。生凄然曰："我今贵矣！三四年不觏，何遂顿不相识？"妻遥谓曰："君死已久，何复言贵？所以久淹君枢者，以家贫子幼耳。今阿大亦已成立，行将卜窀穸，勿作怪异吓生人。"生闻，抚然惆怅，逡巡入室，见灵枢，扑地而灭。妻惊视之，衣冠履舄如蜕委，大恸，抱衣悲哭。子自塾中归，见结驷于门，审所自来，骇奔告母。母挥涕告诉。又细询从者，始得颠末①。从者返，公子闻之，涕瞳垂膺。即命驾哭诸其室，出橐营丧，葬以孝廉礼。又厚遗其子，为延师教读。言于学使，逾年游泮。（《聊斋志异》卷一）

注：见主线九、十、十一。

——叶生病死，他的魂随姓丁的官员去其家中教导丁姓官员的儿子学习，丁姓官员的儿子高中。灵魂出窍后完全以常人的形态存在。当魂知道自己肉身已死后，会散灭。

——灵魂脱离身体时无苦无痛，所以往往不知道自己已死。

---

①末，原本作"未"。

# 27

# 被中人

宋时有一人，忘其姓氏，与妇同寝。天晓，妇起出。后其夫寻亦出外。妇还，见其夫犹在被中眠。须臾，奴子自外来，云："郎<sup>①</sup>求镜。"妇以奴诈，乃指床上以示奴。奴云："适从郎间<sup>②</sup>来。"于是白驰其夫。夫大愕，便入。与妇共视，被中人高枕安寝，正是其形，了无一异。虑是其神魂，不敢惊动。乃共以手徐徐抚床，遂冉冉入席而灭。夫妇惋怖不已。少时，夫忽得病，性理乖错，终身不愈。（《搜神后记》）

注：见主线九、十。

——丈夫精神错乱是由于丢魂后，魄仍然在体内，肉体得以持续生存。

——魂受到惊吓会逃走，继而找不到返回的路，或者因为害怕不愿返回。

——丢魂是由于没有叫魂。夫妇二人应当大声唤丈夫的名字，而不是抚摸，导致魂散去。

---

①郎，原本作"即"，据明《津逮秘书》本《搜神后记》改。

②间，原本作"闻"。

# 28

## 中雷神

建安李明仲秀才山居，偶赴远村会集，醉归侵夜，仆从不随，中道为山鬼推堕涧仄，醉不能支。因熟睡中，其神径还其家。见母妻于烛下共坐，乃于母前声嗒，而母略不之应；又以肘撞其妇，亦不之觉。忽见一白髯老人自中雷而出，揖明仲而言曰："主人之身，今为山鬼所害，不亟①往则真死矣。"乃拉明仲自家而出，行十里许，见明仲之尸卧涧仄，老人极力自后推之，直呼明仲姓名。明仲忽若睡醒，起坐惊顾，而月色明甚，乃一路而归，至家已三鼓矣。乃语母妻其故，晨起率家人具酒醴，敬谢于神云。②（《春渚纪闻》）

注：见主线九。

——山上常会出现大鬼小鬼，有的是好鬼，多数是恶鬼。这种思想在中国民间可追溯至很早时期。见《历史文献集》第48页。③

——魂藏于肉体之中，但是很轻，人们既听不到也感觉不到。

——中雷神乃家神之一。见《哲学文献集》第74页。④老者为李家祖先之魂。

——一般神像背后有一个洞，可通过此洞引入神力。

——人们可以通过大声叫晕厥者、垂死者或者死者的名字来唤回准备逃走的灵魂，称作"叫魂"。见《哲学文献集》第78页。

---

① 亟，原本作"极"，据明《津逮秘书》本《春渚纪闻》改。

② "而归"至"晨起"一段，原本缺。

③ "故民入川泽山林，不逢不若。螭魅罔两，莫能逢之，用能协于上下以承天休。"（《左传·宣公三年》）

④ "五祀，为门、行、户、灶、中雷。"

# 29

## 柳少游卜筮

　　柳少游善卜筮，著名于京师。天宝中，有客持一缣，诣少游。引入问故，答曰："愿知年命。"少游为作卦，成而悲叹曰："君卦不吉，合尽今日暮。"其人伤叹久之，因求浆，家人持水至，见两少游，不知谁者是客。少游指神为客，令持与客，客乃辞去，童送出门，数步遂灭。俄闻空中有哭声，甚哀，还问少游："郎君识此人否？"具言前事，少游方知客是精神。遂使看缣，乃一纸缣尔，叹曰："神舍我去，我其死矣。"日暮果卒。（《广异记》）

　　注：见主线十一。
　　——两个一模一样的分身。该故事中，肉体中的魂一旦消散，魄在肉体中停留的时间很短。
　　——见《哲学文献集》第 86 页以下《易经》的卦象和注释。

# 30 /

# 苏莱

　　天宝末，长安有马二娘者，善于考召。兖州刺史苏诜，与马氏相善。初，诜欲为子莱求婚卢氏，谓马氏曰："我惟有一子，为其婚娶，实要婉淑。卢氏三女，未知谁佳，幸为致之，一令其母自阅视也。"马氏乃于佛堂中，结坛考召。须臾，三女魂悉至，莱母亲自看。马云："大者非不佳，不如次者，必当为刺史妇。"苏乃娶次女。天宝末，莱至永宁令，死于安禄山之难，其家憝马氏失言。后二京收复，有诏赠莱怀州刺史焉。（《广异记》）

　　注：见主线十八。

　　——故事中提及的史实"安禄山之难"，见《历史文献集》第 1677、1690 页。

# 31
# 汤保衡遇汉张陵

汤保衡遇汉张[①]陵，授以符箓，可摄制鬼神。一日，保衡语其友人曰："予适过西车子曲，见一小第，门有车马，有数妇人始下车，皆不以物蒙蔽其首。其第二下车者，年二十许，颇有容色，意其士大夫自外至京师者，必其妻也。予欲今夕就子前舍小饮，当召向所见妇人观之。"友人曰："良家子，汝焉可妄召，必累我矣。"保衡曰："非召其人，乃摄其生魂，聊以为戏耳。然必至夜，俟其寝寐乃召之。若梦中至此，止可远观，慎勿近之。近之则魂不得还，其人必死矣。"遂与友人薄暮出门，过其舍，伺少顷，闻门中有妇人声，保衡心[②]知乃适所见妇人，即吸其气，以彩线系其中指，既而至友人学舍，命仆取酒至，与之对饮，令从者就寝。至夜，保衡起开门，有妇人自外至，乃所见者，形质皆如人，但隐隐然若空中物，其语声如婴儿，见保衡拜之。保衡问其谁氏，具道某氏，其夫适自外罢官还京师，复问保衡曰："此何所也？适记已就寝，不意至此。又疑是梦寐，而比[③]梦寐差分明；又疑死矣，此得非阴府邪？"保衡曰："此亦人间耳，今便可归，当勿忧也。"命立于前，款曲与语，至五更始遣去。（《闻见后录》）

注：见主线十八。

——张陵（张道陵）乃道教天师，是大法师，见《历史文献集》第920

---

①张，原本无，据明《津逮秘书》本《闻见后录》补。
②心，原本作"必"。
③比，原本作"此"。

页①。

——去往京城的路上，夜里有车辆按站停靠，京城里客栈遍布。

——吞吸被施法者呼出的气，用线将人或者物系上，可以施行咒术。

---

① "张道陵，汉留侯良八世孙。生于天目山，学长生之术，退隐于广信龙虎山。"（《资治通鉴纲目》）

# 32

## 郑生

郑生者，天宝末，应举之京。至郑西郊，日暮，投宿主人。主人问其姓，郑以实对。内忽使婢出云："娘子合是从姑。"须臾，见一老母，自堂而下。郑拜见，坐语久之，问其婚姻，乃曰："姑有一外孙女在此，姓柳氏，其父见任淮阴县令，与儿门地相埒。今欲将配君子，以为何如？"郑不敢辞。其夕成礼，极人世之乐。遂居之数月，姑谓郑生，可将妇归柳家。郑如其言，挈其妻至淮阴。先报柳氏，柳举家惊愕。柳妻意疑令有外妇生女，怨望形言。俄顷，女家人①往视之，乃与家女无异。既入门下车，冉冉行庭中。内女闻之，笑出裈，相值于庭中。两女忽合，遂为一体。令即穷其事，乃是妻之母先亡，而嫁外孙女之魂焉。生复寻旧迹，都无所有。（《灵怪录》）

注：见主线十一。

——郑生与有形之魂一起生活了几个月。可见姑娘的魄很聪明，其父母并未察觉女儿有什么不同。

——鬼可以建屋、拥有大宅等，而这一切可以按其意愿突然消失。

——二者合为一体后，肉体应该穿上两个人的所有衣饰，该故事没有提及此细节。

——经常外出的富人，如商人、官员，往往在不同地方有不同的配偶，而原配并不知情。

---

① 人，原本作"入"，据民国景明嘉靖谈恺刻本《太平广记》引《灵怪录》改。

# 33/

# 郑齐婴

郑齐婴，开元中，为吏部侍郎河南黜陟使。将归，途次华州，忽见五人，衣五方色衣，诣厅再拜。齐婴问其由，答曰："是大使五脏神。"齐婴问曰："神当居身中，何故相见？"答曰："神以守气，气竭当散。"齐婴曰："审如是，吾[①]其死乎？"曰："然。"齐婴仓卒求延晷刻，欲为表章及身后事，神言还至后衙则可。齐婴为设酒馔，皆拜而受。既修表，沐浴，服新衣，卧西壁下，至时而卒。（《广异记》）

注：见主线九。

——五脏神，是小魄，性质同魄一样。是比较晚近的发明，很可能是"五行说"的产物。见《哲学文献集》第28页。[②]五脏神在中医理论中十分重要，在医书中以动物形象画出。

---

①吾，原本无。

②戴遂良在《哲学文献集》第28页对"五行"的解释为："五行之质合于人身者，为肝心肺肾脾，五行之神存于人心者，为仁义礼智信。"

# 34

# 平阳令

平阳令朱铄，以俸满，迁山东别驾。挈眷至茌①平旅店，店楼封锁甚固，朱问故。店主曰："楼中有怪，历年不启。"朱素慐，曰："何害？怪闻吾威名，早当自退！"妻子苦劝不听。乃置妻子于别室，已独携剑秉烛坐。至三鼓，有扣门进者，白须绛冠，见朱长揖。朱叱："何怪？"老人曰："某非怪，乃此方土地神也。闻贵人至此，正群怪殄灭之时，故喜而相迎。"且嘱曰："公，少顷怪至，但须以宝剑挥之，某更相助，无不授首矣。"朱大喜，谢而遣之。

须臾，青面者、白面者，以次第至。朱以剑斫，应手而倒，最后有长牙黑嘴者来，朱以剑击，亦呼痛而陨。朱喜自负，急呼店主告之。时鸡已鸣，家人秉烛来照，横尸满地，悉其妻妾子女也。朱大叫曰："吾乃为妖鬼所弄乎！"一恸而绝。（《新齐谐》卷二）

注：见主线八。

——假扮土地神的老者实为妖怪，改变平阳令家人的容貌，使平阳令产生幻觉，与家人依次相见，大开杀戒。实为妖怪戏弄平阳令。

——中国的剑乃双刃，与古罗马的双刃剑十分相似。

---

①茌，原本作"茬"。

# 35

## 李通判

　　广西李通判者，巨富也。家畜七姬，珍宝山积。通判年二十七疾卒。有老仆者，素忠谨，伤其主早亡，与七姬共设斋醮。忽一道人持簿化缘，老仆呵之曰："吾家主早亡，无暇施汝。"道士笑曰："尔亦思家主复生乎？吾能作法，令其返魂。"老仆惊，奔语诸姬，群讶然。出拜，则道士去矣。老仆与群妾悔轻慢神仙，致令化去，各相归咎。

　　未几，老仆过市，遇道士于途。老仆惊且喜，强持之，请罪乞哀。道士曰："非我靳尔主之复生也，阴司例：死人还阳，须得替代。恐尔家无人代死，吾是以去。"老仆曰："请归商之。"

　　拉道士至家，以道士语告群妾。群妾初闻道士之来也，甚喜；继闻将代死也，皆恚，各相视，噤不发声。老仆毅然曰："诸娘子青年可惜，老奴残年何足惜？"出见道士曰："如老奴者代，可乎？"道士曰："尔能无悔无怖则可。"曰："能。"道士曰："念汝诚心，可出外与亲友作别。待我作法，三日法成，七日法验矣。"

　　老仆奉道士于家，旦夕敬礼。身至某某家，告以故，泣而诀别。其亲友有笑者，有敬者，有怜者，有揶揄不信者。老仆过圣帝庙，素所奉也。入而拜且祷曰："奴代家主死，求圣帝助道士放回家主魂魄。"语未竟，有赤脚僧立案前叱曰："汝满面妖气，大祸至矣！吾救汝，慎弗泄。"赠一纸包曰："临时取看。"言毕不见。老仆归，偷开之：手爪五具，绳索一根。遂置怀中。

　　俄而三日之期已届，道士命移老仆床与家主灵柩相对，铁锁扃门，凿穴以通食饮。道士与群姬相近处筑坛诵咒。居亡何，了无他异。老仆疑之。心甫动，闻床下飒然有声，两黑人自地跃出，绿睛深目，通体短毛，长二尺许，头大如车轮。目眈眈视老仆，且视且走，绕棺而行，以齿啮棺缝。缝开，二鬼启棺之前和，扶家主出。状奄然若不胜病者。二鬼手摩其腹，口渐有声。老仆目之，形是家主，音则道士。愀然曰："圣帝之言，得无验乎！"急揣怀中纸。五爪飞出，变为金龙，长数丈，攫老仆于空中，以绳缚梁上。老仆昏然，注目下视，二鬼扶家主自棺中出，至老仆卧床，无人焉者。家主大呼曰："法败矣！"二鬼狰狞，绕屋寻觅，卒不得。家主怒甚，取老仆床帐被褥，碎裂之。一鬼仰头，见老仆在梁，大喜，与家主腾身取之。未及屋梁，震雷一声，仆坠于地，棺合如故，二鬼亦不复见矣。

群妾闻雷，往启户视之。老仆具道所见。相与急视道士[①]。道士已为雷震死坛所，其尸上有硫黄大书"妖道炼法易形，图财贪色，天条决斩如律令"十七字。（《新齐谐》卷一）

注：见主线二、十八。

——为了占有死者的财产和妻妾，道士将自己的灵魂附于尸体之上，并关起老仆以防坏事。最终关帝救了老仆。

——这则故事似是一则佛家传说，被道家以关帝替代了佛祖——侍奉关帝的不是僧人，而是道士。佛祖现身时，均身披袈裟、赤脚，但是中国僧人都穿鞋。

——附体后的声音（"法败矣！"）是由魂发出的。当时的人们不知道发声的原理，认为是魂在说话。

---

① "士"，原本作"土"。

# 36/
# 缆将军

　　鄱阳湖客舟遇风，常有黑缆如龙，扑舟而来，舟必损伤，号"缆将军"，年年致祭。雍正十年，大旱，湖水干处，有朽缆横卧沙上。农人斫而烧之，涎尽血出。从此，缆将军不复作祟，而舵工亦不复致祭矣。（《新齐谐》卷十八）

　　注：见主线十九。

　　——旧物变成了作恶之魅。

# 37

## 刘威

丁卯岁，庐州刺史刘威移镇江西。既去任，而郡中大火，而往往有持火夜行者，捕之不获。或射之殪，就视之，乃棺材板腐木败帛之类。郡人愈恐。数月，除张宗为庐州刺史，火灾乃止。（《稽神录》）

注：见主线十九。

——好官有吓退恶人的能力，传说其美德能够震慑鬼和魅。

# 38/
# 枕魅

宋中山刘玄，居越城。日暮，忽见一著乌裤褶来取火，面首无七孔，面①莽党②然。乃请师筮之。师曰："此是家先代时物，久则为魅，杀人。及其未有眼目，可早除之！"刘因执缚，刀断数下，乃变为一枕。此乃是祖父时枕也。（《集异记》）

注：见主线十九。

——显灵之物没有眼睛，是因为变形（transcendance）不充分。偶像如果没有瞳孔，就只是一座雕像而不是神。中国民间认为，可以通过其背上的洞施法，雕上黑色瞳孔，为其开眼，来使偶像显灵。

---

①面，原本作"而"，据民国景明嘉靖谈恺刻本《太平广记》引《集异记》改。
②党，原本作"撞"。

# 39

## 髑髅食咸

至元丙子<sup>①</sup>，庐陵印冈罗某，数人夜行，至习家湖，因食盐梅，以核置道旁髑髅之口，问曰："咸不咸？"前行至长坑，月光灿然，见后有黑团旋转随逐而来，呼曰："咸咸！"诸人大惧，疾行十余里，至荣村渡水，乃不闻其声。（《异闻总录》）

---

①子，原本作"丁"，据清康熙振鹭堂据明商氏刻《稗海》本重编补刻本《异闻总录》改。

# 40/
# 骷髅报仇

　　常熟孙君寿，性狞恶，好慢神虐鬼。与人游山，胀如厕，戏取荒冢骷髅，蹲踞之，令吞其粪，曰："汝食佳乎？"骷髅张口曰："佳。"君寿大骇，急走。骷髅随之，滚地如车轮然。君寿至桥，骷髅不得上。君寿登高望之，骷髅仍滚归原处。君寿至家，面如死灰，遂病。日遗屎，辄手取吞之，自呼曰："汝食佳乎？"食毕更遗，遗毕更食，三日而死。（《新齐谐》卷一）

　　注：见主线九。

　　——在身体各部位中，魄最喜附于颅骨上。骷髅头总被认为是不吉利和极为危险的。

　　——中国的桥梁很多都有又高又陡的坡道。

　　——一般来说，人们认为鬼无法逾越墙壁、运河、沟渠等障碍。然而总有例外。

　　——另外，既然下颌骨与骷髅头骨分离，我不知道怎样才能把东西放进颅骨嘴里。但是民间故事毕竟和解剖学是两回事。

# 41
## 西园女怪

杭郡周姓者，与友陈某游邗上，住某绅家。时初秋，尚有余暑，所居屋颇隘。主人西园精舍数间，颇幽静，面山临池。二人移榻其中，数夜安然。

一夕，步月至二鼓，入室将寝，闻庭外步屧声，徐徐吟曰："春花成往事，秋月又今宵。回首巫山远，空将两鬓凋。"两人初疑主人出游，既而语气不类，披衣窃视，见一美女，背栏干立。两人私语：未闻主人家有此人，且装束殊不似近时，得毋世所谓鬼魅者此乎？陈少年情动，曰："有此丽质，魅亦何妨？"因呼曰："美人何不入室一谈？"庭外应声曰："妾可入，君独不可出耶？"陈拉周启户出，不复见人。呼之，随呼随应，而人不可得。寻声以往，若在树间，审视之，则柳枝下倒悬一妇人首。二人骇极，大呼。首坠地，跳跃而来。二人急奔避入室，首已随至。两人关门，尽力抵之。首啮门限，咋咋有声。俄闻鸡鸣，跳跃去，至池而没。迨天明，两人急移住旧所，各病虐数十日。（《新齐谐》卷四）

注：见主线九。

——这是一个自缢之女的灵魂，其骸骨已被丢入池塘。

# 42/43

## 水鬼帚

【42】表弟张鸿业，寓秦淮潘姓河房。夏夜如厕，漏下三鼓，人声已绝，月色大明。张爱月凭栏，闻水中窣然有声，一人头从水中出。张疑此时安得有泅水者，谛视之，眉目无有，黑身僵立，颈不能动，如木偶然。以石掷之，仍入于水。次日午后，有一男子溺死，方知现形者水鬼也。

【43】以此告同寓人。有米客因言水鬼索命之奇。客少时贩米嘉兴，过黄泥沟，因淤泥太深，故骑水牛而过。行至半沟，有黑手出泥中，拉其脚。其人将脚缩上，黑手即拉牛脚，牛不得动。客大骇，呼路人共牵牛。牛不起，乃以火炙牛尾。牛不胜痛，尽力拔泥而起，腹下有敝帚紧系不解，腥秽难近。以杖击之，声啾啾然，滴下水皆黑血也。众人用刀截帚下，取柴火焚之，臭经月才散。自此，黄泥沟不复溺人矣。（《新齐谐》卷二）

注：见主线七、十九。

——在中国，厕所独立在住房之外。

——想让动物尽全力干活，可扭拽或用炉钩子烫其尾巴。

——第一则故事里，水鬼要找一个替死鬼，无眼睛与上下文无关。

——第二则故事讲的是一个魅，属于旧物作恶的情况，并非鬼。

# 44

## 捕鱼者遇鬼

　　万历间，西郊秀才①浜上有捕鱼者，夜闻鬼云："我受苦一年，求得代者。然此妇怀妊，不忍害其二命也。"旦日，一妇失足下水，即起无恙，果有妊七月矣。至次年，又闻鬼言："今代我者又有细布重役，死则一家星散，吾宁再俟一年。"旦日，有人从桥堕下，亦不死。是夕，鬼向捕鱼者索饭，云："我有二念，诸神为奏上帝，帝命将下，不复在此方索食。"捕鱼者许之。明夕，鬼又来别，云："我已作泖桥司土地矣。"（《松江府志》）

　　注：见主线七、三。
　　——饥饿的游荡鬼。
　　——当地的神叫作土地神或城隍神。

---

　　①秀才，原本作"修船"。此事见于《金山县志》，据清乾隆十六年刻《金山县志》改。

# 45/

# 陈鹏年吹气退鬼

陈公鹏年未遇时，与乡人李孚相善。秋夕，乘月色过李闲话。李故寒士，谓陈曰："与妇谋酒不得，子少坐，我外出沽酒，与子赏月。"陈持其诗卷，坐观待之。门外有妇人，蓝衣蓬首，开户入，见陈，便却去。陈疑李氏戚也，避客，故不入，乃侧坐避妇人。妇人袖物来，藏门槛下，身走入内。陈心疑何物，就槛视之，一绳也，臭，有血痕。陈悟此乃缢鬼，取其绳置靴中，坐如故。

少顷，蓬首妇出，探藏处，失绳，怒，直奔陈前，呼曰："还我物！"陈曰："何物？"妇不答，但耸立张口吹陈，冷风一阵，如冰，毛发噤龄。陈私念："鬼尚有气，我独无气乎？"乃亦鼓气吹妇。妇当公吹处，成一空洞，始而腹穿，继而胸穿，终乃头灭。顷刻，如轻烟散尽，不复见矣。

少顷，李持酒入，大呼："妇缢于床！"陈笑曰："无伤也，鬼绳尚在我靴。"告之故，乃共入解救，灌以姜汤，苏，问："何故寻死？"其妻曰："家贫甚，夫君好客不已。头止一钗，拔去沽酒。心闷甚，客又在外，未便声张。旁忽有蓬首妇人，自称左邻，告我以夫非为客拔钗也，将赴赌钱场耳。我愈郁恨，且念夜深，夫不归，客不去，无面目辞客。蓬首妇手作圈曰：'从此入即佛国，欢喜无量。'余从此圈入，而手套不紧，圈屡散。妇人曰：'取吾佛带来，则成佛矣。'走出取带，良久不来。余方冥然若梦，而君来救矣。"访之邻，数月前果缢死一村妇。（《新齐谐》卷四）

注：见主线七。

——吊死鬼寻找替死之人。

——这些鬼魂利用生气的女人或绝望之妇，诱其上吊并提供帮助，直接使用暴力（例如下则故事）较为罕见。

——房内如有妇人，则客人不得入内，须在庭院停留。

# 46

## 钉鬼脱逃

句容捕者殷乾，捕贼有名，每夜伺人于阴僻处。将往一村，有持绳索者贸贸然急奔，冲突其背，殷私忆此必盗也，尾之。至一家，则逾垣入矣。殷又私忆捕之不如伺之。捕之不过献官，未必获赏；伺其出而劫之，必得重利。

俄闻隐隐然有妇女哭声，殷疑之，亦逾垣入。见一妇梳妆对镜，梁上有蓬头者以绳钩之，殷知此<sup>①</sup>乃缢死鬼求代耳，大呼，破窗入。邻佑惊集，殷具道所以，果见妇悬于梁，乃救起之。妇之公姑咸来致谢，具酒为款。散后，从原路归，天犹未明。背簌簌有声，回顾，则持绳鬼也。骂曰："我自取妇，干汝何事，而破我法！"以双手搏之。殷胆素壮，与之对搏，拳所著处，冷且腥。天渐明，持绳者力渐惫，殷愈奋勇，抱持不释。路有过者，见殷抱一朽木，口喃喃大骂，上前谛视，殷恍如梦醒，而朽木亦坠地矣。殷怒曰："鬼附此木，我不赦木！"取钉钉之庭柱，每夜闻哀泣声，不胜痛楚。

过数夕，有来共语者、慰唁者、代乞恩者，啾啾然声如小儿，殷皆不理。中有一鬼曰："幸主人以钉钉汝，若以绳缚汝，则汝愈苦矣。"群鬼噪曰："勿言，勿言，恐泄漏机关，被殷学乖。"次日，殷以绳易钉，如其法。至夕，不闻鬼泣声。明日视朽木，竟遁去。（《新齐谐》卷六）

注：见主线七、十九。
——鬼与魅混杂。
——殷乾被鬼欺骗，改变缚鬼的方式而使鬼痛苦尽消，于是鬼便趁机逃脱。鬼总是表现出狡诈甚于凶恶的特点。

————————————
①知此，原本作"此知"。

# 47

# 常熟程生

乾隆甲子，江南乡试，常熟程生，年四十许，头场已入号矣，夜忽惊叫，似得疯病者。同号生怜而问之，俯首不答。日未午，即收拾考篮，投白卷求出。同号生不解其意，牵裾强问之，曰："我有亏心事发觉矣。我年未三十时，馆某搢绅家，弟子四人，皆主人之子侄也。有柳生者，年十九，貌美，余心慕，欲私之，不得其间。适清明节，诸生俱归家扫墓，惟柳生与余相对，余挑以诗。柳见之脸红，团而嚼之。余以为可动矣，遂强以酒，俟其醉而私焉。五更，柳醒，知已被污，大恸。余劝慰之，沉沉睡去。天明，则柳已缢死床上矣。家人不知其故，余不敢言，饮泣而已。不料昨进号，见柳生先坐号中，旁一皂隶，将我与柳齐牵至阴司处。有官府坐堂上，柳诉良久，余亦认罪。神判曰：'律载：强奸者杖一百。汝为人师，而居心淫邪，应加一等治罪。汝命该两榜，且有禄籍，今尽削去。'柳生争曰：'渠应抵命，杖太轻。'阴官笑曰：'汝虽死，终非程所杀也。倘程因汝不从而竟杀汝，将何罪以抵之？且汝身为男子，上有老母，此身关系甚大，何得学妇女之见羞忿轻生？《易》称："窥观女贞，亦可丑也。"从古朝廷旌烈女不旌贞童，圣人立法之意，汝独不三思耶？'柳闻之，大悔，两手自搏，泪如雨下。神笑曰：'念汝迂拘，著罚往山西蒋善人家作节妇，替他谨守闺门，享受旌表。'判毕，将我杖二十放还，魂依然在号中。现在下身痛楚，不能作文。就作文，亦终不中也。不去何为？"遂呻吟颓唐而去。（《新齐谐》卷六）

注：见主线二十一。

——圣人之训，概为仿效天地。

——有很多这种类型的故事：年轻书生丧命后，受苦之魂在考场复仇或导致仇人失利。

——清明节大致在四月五日，家家户户要为祖先扫墓。

# 48/49

## 陈州考院

【48】河南陈州学院，衙堂后有楼三间，封锁，相传有鬼物。康熙中，汤先生亦以老吏言，扃其楼如故。时直盛暑，幕中人多屋少，王秀才、景秀才欲移居高楼。汤告以所闻，不信。断锁登楼，则明①窗四敞，梁无点尘，愈疑前言为妄。景榻于楼之外间，王榻于楼之内间，让中一间为憩座所。漏下二鼓，景先睡，王从中间持烛归寝，语景曰："人言楼有祟②，今数夕无事，可知前人无胆，为书吏所愚。"景未答，便闻楼梯下有履声徐徐登者。景呼王曰："楼下何响？"王笑曰："想楼下人故意来吓我耳。"少顷，其人连步上，景大窘，号呼。王亦起，持烛出。至中间，灯光收缩如萤火。二人惊，急添烧数烛。烛光稍大，而色终青绿。楼门洞开，门外立一青衣人，身长二尺，无目无口无鼻而有发，发直竖，亦长二尺许。二人大声唤楼下人来，此物遂倒身而下。窗外四面啾啾然作百种鬼声，房中什物皆动跃。二人几骇死，至鸡鸣始息③。

【49】次日，有老吏言："先是潘公督学时，岁试毕，明日当发案，潘已就寝。将二更，忽闻堂上击鼓声。潘遣僮问之，值堂吏云：'顷有披发妇人从西考棚中出，上阶求见大人。'吏以深夜，不敢传答。曰：'吾有冤，欲见人人陈诉。吾非人，乃鬼也。'吏惊仆，鬼因自击鼓。署中皆惶遽，不知所为。仆人张姓者，稍有胆，乃出问之。鬼曰：'大人见我何碍？今既不出，即烦致语。我，某县某生家仆妇也。主人涎我色，

---

① 明，原本作"门"。

② 祟，原本作"崇"。

③ 息，原本作"悉"。

奸我，不从，则鞭挞之。我语夫，夫醉后有不逊语，渠夜率家人杀我夫喂马。次早入房，命数人抱我行奸。我肆口詈之，遂大怒，立捶死，埋后园西石槽下。沉冤数载，今特来求申。'言毕大哭。张曰：'尔所告某生，今来就试否？'鬼曰：'来，已取在二等第十三名矣。'张入告潘公。公拆十三名视之，果某生姓名也，因令张出慰之曰：'当为尔檄府县查审。'鬼仰天长啸去。潘次日即以访闻檄县，果于石槽下得女尸，遂置生于法。"

（《新齐谐》卷四）

注：见主线八、七。

——第一则故事里出现的是妖怪，第二则故事里的是冤鬼。

——每个公堂门口都挂有一面大鼓，一旦有人击鼓，官吏要立刻升堂听取冤情。这种做法自帝国之初就有。

# 50

## 妖术

于公者，少任侠，喜拳勇，力能持高壶[1]，作旋风舞。崇祯[2]间，殿试在都，仆疫不起，患之。会市有善卜者，能决人生死，将代问之。既至，未言。卜者曰："君莫欲问仆病乎？"公骇应之。曰："病者无害，君可危。"公乃自卜。卜者起卦，愕然曰："君三日当死！"公惊诧良久。卜者从容曰："鄙人有小术，报我十金，当代禳之。"公自念生死已定，术岂能解，不应而起，欲出。卜者曰："惜此小费，勿悔勿悔！"爱公者皆为公惧，劝罄橐以哀之。公不听。

倏忽至三日，公端坐旅舍，静以觇之，终日无恙。至夜，阖户挑灯，倚剑危坐。一漏向尽，更无死法。意欲就枕，忽闻窗隙窣窣有声。急视之，一小人荷戈入。及地，则高如人。公捉剑起，急击之，飘空未中。遂遽小，复寻窗隙，意欲遁出。公疾斫之，应手而倒。烛之，则纸人，已腰断矣。公不敢卧，又坐待之。逾时，一物穿窗入，怪狞如鬼。才及地，急击之，断而为两，皆蠕动。恐其复起，又连击之，剑剑皆中，其声不软。审视，则土偶，片片已碎。于是移坐窗下，目注隙中。久之，闻窗外如牛喘，有物推窗棂，房壁震摇，其势欲倾。公惧覆压，计不如出而斗之，遂豁然脱扃，奔而出。见一巨鬼，高与檐齐。昏月中，见其面黑如煤，眼闪烁有黄光，上无衣，下无履，手弓而腰矢。公方骇，鬼则弯矣[3]。公以剑拨矢，矢堕。欲击之，则又弯矣。公急跃避，矢贯于壁，战战有声。鬼怒甚，拔佩刀，挥如风，望公力劈。公猱进，刀中庭石，石立断。公出

---

① 高壶，原本作"二壶高"。

② 祯，原本作"正"。

③ 矣，原本作"矢"。

其股间，削鬼中踝，铿然有声。鬼益怒，吼如雷，转身复剁。公又伏身入。刀落，断公裙。公已及胁下，猛斫之，亦铿然有声，鬼仆而僵。公乱击之，声硬如柝。烛之，则一木偶，高大如人。弓矢尚缠腰际，刻画狰狞。剑击处，皆有血。公因秉烛待旦。方悟鬼物皆卜人遣之，欲致人于死，以神其术也。次日，遍告交知，与共诣卜所。卜人遥见公，瞥不可见。或曰："此翳形术也，犬血可破。"公如言，戒备而往。卜人又匿如前。急以犬血沃立处，但见卜人头面，皆为犬血模糊，目灼灼如鬼立。乃执付有司而杀之。（《聊斋志异》卷一）

注：见主线十八、十七。

——欲用妖术取人命者，按律当处以死刑。

# 51

## 马盼盼

寿州刺史刘介石，好扶乩。牧泰州时，请仙西厅。一日，乩盘大动，书"盼盼"二字，又书有"两世缘"三[①]字。刘以为关盼盼也，书纸焚之曰："可得见面否？"曰："在今晚。"果薄暮而病，目定神昏。片时，阴风飒然，一女子容色绝世，遍身衣履甚华，手执红纱灯，从户外入，向刘直扑。刘冷汗如雨下，心有悔意。女子曰："君怖我乎？缘尚未到故也。"复从户外出，刘病稍差。嗣后，意有所动，女子辄来。

刘一日寓扬州天宁寺，秋雨闷坐，复思此女，取乩焚纸。乩盘大书曰："我韦驮佛也。念汝为妖孽所缠，特来相救。汝可知天条否？上帝最恶者，以生人而好与鬼神交接，其孽在淫、嗔以上。汝嗣后速宜改悔，毋得邀仙媚鬼，自戕其命。"刘悚然叩头，焚乩盘，烧符纸，自此妖绝。

数年后，阅《西湖佳话》："泰州有宋时营妓[②]马盼盼墓，在州署之左偏。"《青箱杂志》载："盼盼机巧，能学东坡书法。"始悟现形之妖，非关盼盼也。（《新齐谐》卷二）

注：见主线十六。

——筛子下悬一支毛笔，笔下放一个盛有纸张或细灰的盘子，此为"乩盘"。人们可以口头提出问题，也可以写在纸上，随后焚烧。这种做法在寺庙里也可见到。求愿者将愿望写在黄表上，通过焚烧送至神所在之处，把愿望传递给神。

——关于护法神"韦驮"，见《哲学文献集》第324、327页的"韦驮护法"图和解释。但是这则故事中，此佛神口出"天条""上帝"之词（见《哲学文

①三，原本作"二"。
②妓，原本作"妖"。

献集》第 339 页），可见中国民间宗教信仰的务实特点最终将各个教派的思想混为一谈。

  ——苏东坡是公元 11 世纪的大诗人。

  ——本则故事写于 18 世纪。

# 52

## 城隍替人训妻

　　杭州望仙桥周生，业儒，妇凶悍，数忤其姑。每岁逢佳节，著麻衣拜姑于堂，诅其死也。周孝而懦，不能制妻，惟日具疏祷城隍神，愿殛妇以安母。章凡九焚，不应。乃更为忿语，责神无灵。

　　是夕，梦一卒来，曰："城隍召汝。"周随往，入跪庙中。城隍曰："尔妇忤逆状，吾岂不知，但查汝命，只一妻，无继妻，恰有子二人。尔孝子，胡可无后，故暂宽汝妇。汝何哓哓！"周曰："妇恶如是，奈堂上何！且某与妇恩义既绝，又安得有嗣？"城隍曰："尔昔何媒？"曰："范、陈二姓。"乃命拘二人至，责曰："某女不良，而汝为媒，嫁于孝子，害皆由汝。"呼杖之。二人不服，曰："某无罪。女处闺中，其贤否，某等无由知。"周亦代为祈免，曰："二人不过要好作媒，非贪媒钱作诳语者，与伊何罪？据某愚见，妇人虽悍，未有不畏鬼神念经拜佛者。但求城隍神呼妇至，示之惩警，或得改逆为孝，事未可定。"城隍曰："甚是。但尔辈皆善类，故以好面目相向，妇凶悍，非吾变相，不足示威。尔辈无恐。"命蓝面鬼持大锁，往擒其妻，而以袍袖拂面①。顷刻，变成青靛色，朱发睁眼。召两旁兵卒执刀锯者，皆狰狞凶猛。油铛肉磨，置列庭下。须臾，鬼牵妇至，觳觫跪阶前。城隍厉声数其罪状，取登注册示之。命夜叉②："拉卜剥皮，放油锅中。"妇哀号伏罪，请后不敢。周及两媒代为之请，城隍曰："念汝夫孝，姑宥汝，再犯者③有如此刑。"乃各放归。

---

①面，原本作"而"。

②叉，原本作"义"。

③再犯者，原本作"再者犯"。

次日，夫妇证此梦皆同。妇自此善视其姑，后果生二子。(《新齐谐》卷五)

注：见主线三。

——这则18世纪的故事无须评论。

# 53

# 长清僧

　　长清僧某，道行高洁，年八十余犹健。一日，颠仆不起，寺僧奔救，已圆寂矣。僧不自知死，魂飘去，至河南界。河南有故绅子，率十余骑，按鹰猎兔。马逸，堕毙。魂适相值，翕然而合，遂渐苏。厮仆还问之。张目曰："胡至此！"众扶归。入门，则粉白黛绿者，纷集顾问。大骇曰："我僧也，胡至此！"家人以为妄，共提耳悟之。僧亦不自申解，但闭目不复有言。饷以脱粟则食，酒肉则拒。夜独宿，不受妻妾奉。

　　数日后，忽思少步。众皆喜。既出，少定，即有诸仆纷来，钱簿谷籍，杂请会计。公子托以病倦，悉谢绝之。惟问："山东长清具，知之否？"共答："知之。"曰："我郁无聊赖，欲往游瞩，宜即治任。"众谓新瘳，未应远涉。不听，翼日遂发。抵长清，视风物如昨。无烦问途，竟至兰若。弟子见贵客至，伏谒甚恭。乃问："老僧焉往？"答云："吾师曩已物化。"问墓所。群导以往，则三尺孤坟，荒草犹未合也。众僧不知何意。既而戒马欲归，嘱曰："汝师戒行之僧，所遗手泽，宜恪守，勿俾损坏。"众唯唯，乃行。既归，灰心木坐，了不勾当家务。

　　居数月，出门自遁，直抵旧寺，谓弟子："我即汝师。"众疑其谬，相视而笑。乃述返魂之由，又言生平所为，悉符，众乃信。居以故榻，事之如平日。后公子家屡以舆马米，哀请之，略不顾瞻。友人或至其乡，敬造之。见其人默然诚笃，年仅而立，而辄道其八十余年事。（《聊斋志异》卷一）

　　注：见主线九。
　　——这则18世纪的故事，在佛家外衣下，实则暗藏新儒学思想。故事中，僧人的灵魂占据了尸体，或者说是尸体容纳了灵魂，但是此灵魂不能与其他灵魂融合。而据朱子新儒学，人死后，气散则魂游于空中，精魂相似交感，与阴阳之气（la norme universelle）融为一体，或者说生命就此结束。

# 54

## 山东林秀才

　　山东林秀才长康，四十不第。一日，有改业之想，闻旁有呼者曰："莫灰心。"林惊问："何人？"曰："我鬼也，守公而行，并为公护驾者数年矣。"林欲见其形，鬼不可。再四言，鬼曰："公必欲见我，无怖而后可。"林许之。遂跪于前，丧面流血，曰："某蓝城县市布者也，为掖县张某谋害，以尸压东城门石磨盘之下。公异日当宰掖县，故常侍公，求为申冤。"且言公某年举乡试，某年成进士，言毕，不复见。至期，果举孝廉，惟进士之期爽焉。林叹曰："世间功名之事，鬼亦有不知者乎！"言未毕，空中又呼曰："公自行有亏耳，非我误报也！公于某月日私通孀妇某，幸不成胎，无人知觉。阴司记其恶而宽其罪，罚迟二科。"林悚然，谨身修善，逾二科而成进士，授官掖县。抵任巡城，见一石磨，启之，果得尸。立拘张某，讯之，尽吐杀人情实，置之于法。（《新齐谐》卷二）

　　注：见主线七。

　　——该文出自 18 世纪的故事集，但故事中的地名（掖县）表明该故事可追溯至更早时期。

　　——鬼不能预见未来之事。但是，阴官为了安抚鬼，有时会告诉他们一些与之相关的事。

# 55 / 任秀

　　任建之，鱼台人。贩毡裘为业，竭资赴陕。途中逢一人，自言申竹亭，宿迁人。话言投契，盟为弟昆，行止与俱。至陕，任病不起，申善视之，积十余日，疾大渐。谓申曰："吾家故无恒产，八口衣食，皆恃一人犯霜露。今不幸，殂谢异域。君，我手足也，两千里外，更有谁何！囊金二百余，一半君自取之，为我小备殓具，剩者可助资斧。其半寄吾妻子，俾辇吾槥而归。如肯携残骸旋故里，则装资勿计矣。"乃扶枕为书付申，至夕而卒。申以五六金为市薄材，殓已。主人催其移榇，申托寻寺观，竟遁不返。任家年余方得确耗。

　　任子秀，时年十七，方从师读，由此废学，欲往寻父柩。母怜其幼，秀哀涕欲死，遂典资治任，俾老仆佐之行，半年始还。殡后，家贫如洗。幸秀聪颖，释服，入鱼台泮。而佻达善博，母教戒綦严，卒不改。一日，文宗案临，试居四等。母愤泣不食。秀惭惧，对母自矢。于是闭户年余，遂以优等食饩。母劝令设帐，而人终以其荡无检幅，咸诮薄之。

　　有表叔张某，贾京师，劝使赴都，愿携与俱，不耗其资。秀喜，从之。至临清，泊舟①关外。时盐航舣集，帆樯如林。卧后，闻水声人声，聒耳不寐。更既静，忽闻邻舟骰声清越，入耳萦心，不觉旧技复痒。窃听诸客，皆已酣寝，将囊中自备千文，思欲过舟一戏。潜起解囊，捉钱踟蹰，回思母训，即复束置。既睡，心怔忡，苦不得眠；又起，又解：如是者三。兴勃发，不可复忍，携钱径去。至邻舟，则见两人对博，钱注丰美。置钱几上，便求入局。二人喜，即与共掷。秀大胜。一客钱尽，即以巨金质舟主，渐以十余贯作孤注。赌方酣，又有一人登舟来，耽视良久，亦

---

①舟，原本作"州"。

倾囊出百金质主人，入局共博。张中夜醒，觉秀不在舟，闻骰声，心知之，因诣邻舟，欲挠沮之。至，则秀胯侧积资如山，乃不复言，负钱数千而返。呼诸客并起，往来移运，尚存十余千。未几，三客俱败，一船之钱俱空，尽归秀。天已曙，放晓关矣，共运资而返。三客亦去。主人视所质二百余金，尽箔灰耳。大惊，寻至秀舟，告以故，欲取偿于秀，及问姓名里居，知为建之之子，缩颈羞汗①而退。过访旁人，乃知主人即申竹亭也。秀至陕时，亦颇闻其姓字。至此鬼已报之，遂不复追其前郄矣。乃以资与张合业而北，终岁获息倍蓰。遂援例入监。益权子母，十年间，财雄一方。

（《聊斋志异》卷一）

注：见主线七。

——经阴官准许，鬼可以伸张正义，或将所受冤屈诉诸律法。

——不同的钱币有不同的价值。白银的价值也不同。以前白银非常昂贵，铜很便宜，不过现在人们不用银子买东西。二百金值一万贯钱。

---

①汗，原本作"污"。

# 56 / 酒友

车生者，家不中资，而耽饮，夜非浮三白不能寐也，以故床头尊常不空。一夜睡醒，转侧间，似有人共卧者，意是覆裳堕耳。摸之，则茸茸有物，似猫而巨。烛之，狐也，酣醉而犬卧。视其瓶，则空矣。笑曰："此我酒友也。"不忍惊，覆衣与之共寝。留烛以观其变。半夜，狐欠伸。生笑曰："美哉睡乎！"启覆视之，儒冠之俊人也。起拜榻前，谢不杀之恩。生曰："卿可常相临，无相猜。"狐诺之。

生既醒，则狐已去。乃治旨酒一盛，专伺狐。抵夕，果至。狐曰："君贫，当为君少谋酒资。"

明夕，来告曰："去此东南七里，道侧有遗金，可早取之。"诘旦①而往，果得二金，乃市佳殽，以佐夜饮。狐又告曰："院后有窖藏，宜发之。"如其言，果得钱百余千。异日，谓生曰："市上荞价廉，此奇货可居。"从之，收荞四十余石，人咸非笑之。未几，大旱，禾豆尽枯，惟荞可种。售种，息十倍。由此益富，治沃田二百亩。但问狐，多种麦则麦收，多种黍则黍收。一切种植之早晚，皆取决于狐。日稔密，呼生妻以嫂，视子犹子焉。后，生卒，狐遂不复来。（《聊斋志异》卷一）

注：见主线二十。

——狐狸在人类中寻找朋友，嗜酒。酒味或者酒鬼的气味会引来狐狸。

——狐狸可以随意化为人形且能够持续。但是当其失去意识，如睡觉或醉酒时，会不自主地现回原形。

①旦，原本作"且"。

——狐狸能够获知失物或宝藏的信息，能够随心所欲地将其占有或者告知朋友。它们也可预测气候，这对中国人来说十分重要。

——中国的种植业收成好坏取决于春天是否下雨。荞麦生长周期只有几个星期，即便春天不下雨或者夏季少雨，也可以播种。

——丰年时庄稼种得少或者不种，年景不好时就难觅种子。

# 57

## 狐嫁女

历城殷天官，少贫，有胆略。邑有故家之第，广数十亩，楼宇连亘。常见怪异，以故废无居人。久之，蓬蒿渐满，白昼亦无敢入者。会公与诸生饮，或戏云："有能寄此一宿者，共醵为筵。"公跃起曰："是亦何难！"携一席往。众送诸门，戏曰："吾等暂候之，如有所见，当急号。"公笑云："有鬼狐，当捉证耳。"遂入，见长莎蔽径，蒿艾如麻。时值上弦，新月色昏黄，门户可辨。摩娑数进，始抵后楼。登月台，光洁可爱，遂止焉。西望月明，惟衔山一线耳。坐良久，更无少异，窃笑传言之讹。席地枕石，卧看牛女。

一更①向尽，恍惚欲寐。楼下有履声，籍籍而上。假寐睨之，见一青衣人，挑莲灯，猝见公，惊而却退。语后人曰："有生人在。"下问："谁也？"答云："不识。"俄一老翁上，就谛视，曰："此殷尚书，其睡已酣。但办吾事，相公偶悦，或不叱怪。"乃相率入楼，楼门尽辟。移时，往来者益众。楼上灯辉如昼。公稍稍转侧，作嚏咳。翁闻公醒，乃出，跪而言曰："小人有箕帚女，今夜于归。不意有触贵人，望勿深罪。"公起，曳之曰："不知今夕嘉礼，惭无以贺。"翁曰："贵人光临，压除凶煞，幸矣。即烦陪坐，倍益光宠。"公喜，应之。入视楼中，陈设芳丽。遂有妇人出拜，年可四十余。翁曰："此拙荆。"公揖之。俄闻笙乐聒耳，有奔而上者，曰："至矣！"翁趋迎，公亦立俟。少选，笼纱一簇，导新郎入。年可十七八，丰采韶秀。翁命先与贵客为礼。少年目公。公若礼俟，执半主礼。次翁婿交拜，已，乃即席。少间，粉黛云从，酒戢雾霈，玉碗金瓯，光映几案。酒数行，翁唤女奴请小姐来。女奴诺而入，良久不出。翁自起，搴帏促之。俄婢媪数辈，拥新人出，环佩璆

---

① 一更，原本无。

然，兰麝散馥。翁命向上拜。起，即坐母侧。既而酌以金爵，公思此物可以持验同人，阴内袖中。伪醉隐几，颓然而寐。皆曰："相公醉矣。"居无何，闻新郎告行，笙乐暴作，纷纷下楼而去。已而主人敛酒具，少一爵，冥搜不得。或窃议卧客。翁急戒勿语，惟恐公闻。移时，内外俱寂，公始起。暗无灯火，惟脂香酒气，盈溢四堵。视东方既白，乃从容出。探袖中，金爵犹在。及门，则诸生先俟，疑其夜出而早入者。公出爵示之。众骇问，因以状告。共思此物非寒士所有，乃信之。

后举进士，任于肥邱。有世家朱姓宴公，命取巨觥，久之不至。有细奴掩口与主人语，主人有怒色。俄奉金爵劝客饮。视之，款式雕文，与狐物更无殊别。大疑，问所从制。答云："爵凡八只，大人为京卿时，觅良工监制。此世传物，什袭已久。缘明府辱临，适取诸箱篚，仅存其七，疑家人所窃取。而十年尘封如故，殊不可解。"公笑曰："金杯羽化矣。然世守之珍不可失。仆有一具，颇近似之，当以奉赠。"终筵归署，拣爵驰送之。主人审视，骇绝。亲诣谢公，诘所自来。公乃历陈颠末。始知千里之物，狐能摄致，而不敢终留也。（《聊斋志异》卷一）

注：见主线二十。

——狐狸将所需之物借来再物归原主的说法，主要出现在华北地区。

# 58

## 河间女子

　　晋武帝时，河间有男女相悦，许相配适。而男从军，积年不归。女家更以适人。女不愿行，父母逼之而去。寻病死。其夫戍还，问女所在。其家具说之。乃至冢<sup>①</sup>，欲哭之叙哀，而不胜情。遂发冢开棺，女即苏活。因负还家，将养平复。后夫闻，乃诣官争之。郡县不能决，以谳廷尉。奏以精诚之至，感于天地，故死而更生。是非常事，不得以常理断，请还开棺者。（《太平广记》卷三百七十五）

　　注：见主线九。

---

　　①冢，原本作"家"。

# 59

## 吴唐射鹿

吴唐者，庐陵人也。少好射猎，矢不虚发。尝方春，将其子出猎，乃值一麂，将麑戏焉。麂觉有人气，引麑潜去。麑未知所畏，因前就唐。唐射之而死。麂惊还，悲鸣。唐乃置麑净地，自藏草中。麂来俯舐，顿伏，唐又射之，应弦而倒。既而又逢一麂，张弩之间，箭忽自发，激中其子。唐即投弓抱子，抚膺而哭，忽闻空中呼曰："吴唐，麂[1]之爱子，与汝何异！"惊视左右，虎从旁出，遥前，搏折其臂，还家一宿而死。（《宣室志》）

注：出自公元 9 世纪的文集。

——声音来自林神，即森林的保护神。

---

①麂，原本无，据民国景明嘉靖谈恺刻本《太平广记》引《宣室志》补。

# 60

## 买粉儿

　　有人家甚富，止有一男，宠恣过常。游市，见一女子美丽，卖胡粉。爱之，无由自达，乃托买粉。日往市，得粉便去，初无所言。积渐久，女深疑之。明日复来，问曰："君买此粉，将欲何施？"答曰："意相爱乐，不敢自达，然恒欲相见，故假此以观姿耳。"女怅然有感，遂相许以私，克以明夕。其夜，安寝堂屋，以俟女来。薄暮果到，男不胜其悦，欢踊遂死。女惶惧，不知所以，因遁去，明还粉店。至食时，父母怪男不起，往视，已死矣。当就殡殓。发箧笥<sup>①</sup>中，见百余裹胡粉，大小一积。其母曰："杀我儿者，必此粉也。"入市遍买胡粉，次此女，比之，手迹如先。遂执问女曰："何杀我儿？"女闻呜咽<sup>②</sup>，具以实陈。父母不信，遂以诉官。女曰："妾岂复吝死！乞一临尸尽哀。"县令许焉。径往，抚之，恸哭曰："不幸致此，若死魂而灵，复何恨哉！"男豁然更生，具说情状，遂为夫妇，子孙繁茂。（《幽明录》）

　　注：见主线九。

　　——出自公元 5 世纪的文集。

<hr>

①箧笥，原本作"司"，据民国景明嘉靖谈恺刻本《太平广记》引《幽明录》改。
②呜咽，原本作"呜幽"。

# 61

# 吴宗嗣

军使吴宗嗣者，尝有父吏某从之贷钱二十万，月计利息。一年后不复肯还，求索不可得。宗嗣怒，召而数之曰："我前世负汝钱，我今还矣。汝负我，当作驴马还我。"因焚券而遣之。逾年，宗嗣独坐厅事，忽见吏白衣而至，曰："某来还债。"宗嗣曰："已焚券，何为复来？"吏不答，径自入厩中。俄而，厩人报马生白驹。使诣吏舍问之，云："翌日已死矣。"驹长，卖之，正得吏所欠钱。（《稽神录》）

注：出自公元 10 世纪的文集。

# 62

# 松阳人

　　松阳人入山采薪，会暮，为二虎所逐，遽得上树。树不甚高，二虎迭跃之，终不能及。忽相语云："若得朱都事应必捷。"留一虎守之，一虎乃去。俄而又一虎，细长善攫。时夜月正明，所以其人备见。小虎频攫其衣，其人樵刀犹在腰下，伺其复攫，因以刀砍之，断其前爪。大吼，相随①皆去。至明，人始得还。会村人相问，因说其事。村人云："今县东有朱都事，往候之，得无是乎？"数人同往问讯，答曰："昨夜暂出伤手，今见顿卧。"乃验其真虎矣。遂以白县令，命群吏持刀，围其所而烧之。朱都事忽起，奋迅成虎，突人而出，不知所之。（《广异记》）

　　注：见主线二十。

　　——出自公元 10 世纪的文集。

---

　　①随，原本作"遂"。

# 63

## 浔阳猎人

浔阳有一猎人，常取虎为业，于径施弩弓焉。每日视之，见虎迹而箭已发，未曾得虎。旧说云：人为虎所食，即作伥鬼之事。即于其侧，树上密伺。二更后，见一小鬼青衣，髡发齐眉，蹩躠而来弓所，拨箭发而去。后食顷，有一虎来履弓而过。既知之，更携一只箭而去，复如前状。此人速下树，下架箭，而登树觇之。少顷虎至，履弓箭发，其虎贯胁而死。其伥鬼良久却回，见虎死，遂鼓舞①而去也。（《原化记》）

注：见主线二十。

——被老虎奴役的魂十分罕见。这则故事讲的是被虎吞吃的人之灵魂，借助活人之手向老虎复仇。我知道一个类似的故事，发生在公元 755 年。

——通常情况下，被老虎吞吃的人的灵魂会热情敬业地为老虎寻找目标。因为如果老虎吃了另一个人类，那么新魂就会成为老虎的新向导，之前那个灵魂便可投胎了。同样，这个理论也适用于吊死鬼和溺死鬼。

——一般来说，如果老虎死了，它所奴役的魂会非常痛苦。因为失去了老虎的供养，寻找替死鬼的希望也就破灭，这个魂便成了孤魂野鬼。

①戴遂良在法文中将"鼓舞"翻译为"暴跳如雷、张牙舞爪"（gesticuler）而非"欢欣鼓舞"。

# 64
# 陈寨

陈寨者，泉州晋江巫也，善禁咒之术。为人活疾，多效者。澶州逆旅苏猛，其子病狂。人莫能疗，乃往请陈。陈至，苏氏子见之，戟手大骂。寨曰："此疾入心矣<sup>①</sup>。"乃立坛<sup>②</sup>于堂中，戒人无得窃视。至夜，乃取苏氏子，劈为两片，悬堂之东壁，其心悬北檐下。寨方在堂中作法，所悬之心，遂为犬食。寨求之不得，惊惧，乃持刀宛转于地，出门而去。主人弗知，谓其作法耳。食顷，乃持心而入，内于病者之腹。被发连叱，其腹遂合。苏氏子既寤，但连呼："递铺，递铺。"家人莫之测。乃其日去家十里，有驿吏<sup>③</sup>手持官文书，死于道傍。初，南中驿路，二十里至一递铺。吏持符牒，以次传授。欲近前铺，辄连呼以警之。乃寨取驿吏之心而活苏氏，苏遂愈如故。（《稽神录》）

注：见主线十四。

——公元 10 世纪的文章。

——中国民间认为，心乃灵魂所居之处。他们认为归因于心的东西，我们认为应归于大脑。

---

①矣，原本作"疾"，据民国景明嘉靖谈恺刻本《太平广记》引《稽神录》改。

②坛，原本作"增"。

③吏，原本作"史"。

# 65

## 正平县村人

唐永泰末，绛州正平县有村间老翁患病数月。后不食十余日，至夜辄失所在，人莫知其所由。他夕，村人有诣田[①]采桑者，为牡狼所逐，遑遽上树。树不甚高，狼乃立衔其衣裾。村人危急，以桑斧斫之，正中其额。狼顿卧，久之始去。村人平曙方得下树，因寻狼迹，至老翁家。入堂中，遂呼其子，说始末。子省父额上斧痕，恐更伤人，因扼杀之，成一老狼。诣县自理，县不之罪。（《广异记》）

注：见主线二十。

——可与第 62 则故事相较。

---

①田，原本作"出"。

# 66 小儿化狼

　　唐永泰末，绛州某村有小儿，年二十许。因病后，颇失精神，遂<sup>①</sup>化为狼，窃食村中童儿甚众。失子者不知其故，但追寻无所。小儿恒为人佣作。后一日，从失儿家过，失儿父呼其名曰："明可来我家作，当为置一盛馔。"因大笑曰："我是何人，更为君家作也！男儿岂少异味耶！"失儿父怪其辞状，遂诘问，答云："天比使我食人，昨食一小儿，年五六岁，其肉至美。"失儿父<sup>②</sup>视其口吻内有臊血，遂乱殴，化为狼而死。（《广异记》）

　　注：见主线十、二十。

---

①遂，原本作"送"。

②父，原本无。

# 67

## 王含

太原王含者，为振武军都将。其母金氏，本胡人女，善弓马，素以犷悍闻。常驰健马，臂弓腰矢，入深山，取熊鹿狐兔，杀获甚多。故北人皆惮其能而雅重之。后年七十余，以老病，遂独止一室，辟侍婢，不许左右辄近，至夜即扃户而寝。往往发怒，过杖其家人辈。后一夕，既扃其户，家人忽闻轧然之声，遂趋而视之，望见一狼，自室内开户而出。天未晓，而其狼自外还，入室又扃其门。家人甚惧，旦白王含。是夕，于隙中潜窥，如家人言。含忧悸不自安。至晓，金氏召含，且令即市麇鹿。含熟以献，金氏曰："吾所须牛者耳。"于是，以生麇鹿致于前，金氏啖立尽。含益惧。家人辈或窃语其事，金氏闻之，色甚惭。是夕，既扃门，家人又伺而觇之，有狼遂破户而出。自是竟不还。（《宣室志》）

注：变狼（lycanthropie）。

——出自公元 9 世纪的文集。

# 68

# 冀州刺史子

　　唐冀州刺史子，传者忘其姓名。初，其父令之京，求改任。子往未出境，见贵人家宾从众盛，中有一女，容色美丽。子悦而问之，其家甚愕。老婢怒云："汝是何人，辄此狂妄！我幽州卢长史家娘子，夫主近亡，还京。君非州县之吏，何诘问顿剧？"子乃称父见任冀州，欲求允好。初甚惊骇，稍稍相许。后数日野合，中路却还。刺史夫妻深念其子，不复诘问。然新妇对答有理，殊不疑之。其来人马且众，举家莫不忻悦。经三十余日。一夕，新妇马相蹋，连使婢等往视，遂自拒户。及晓，刺史家人至子房所，不见奴婢。至枥中，又不见马，心颇疑之，遂白刺史。刺史夫妻遂至房前，呼子不应。令①人坏窗门开之，有大白狼冲人走去，其子遇食略尽矣。（《广异记》）

　　注：在中国，二次娶妻不举行仪式。

　　——新妇变狼。在该故事中，新妇的仆从也是狼，吞吃了马匹和奴婢，母狼吞吃了她的丈夫。

　　——出自公元 10 世纪的文集。

---

①令，原本作"今"。

# 69

# 板桥三娘子

唐汴州西有板桥店，店主三娘子者，不知何从来。寡居，年三十余，无男女，亦无亲属。有舍数间，以鬻餐①为业。然而家甚富资，多有驴畜，往来公私车乘，有不逮者，辄贱其估以济之。人皆谓之有道，故远近行旅多归之。

元和中，许州客赵季和将诣东都，过是宿焉。客有先至者六七人，皆据便榻。季和后至，最得深处一榻，榻邻比主人房壁。既而三娘子供给诸客甚厚，夜深致酒，与诸客会饮极欢。季和素不饮酒，亦预言笑。

至二更许，诸客醉倦，各就寝。三娘子归室，闭关息烛。人皆熟睡，独季和转展不寐。隔壁闻三娘子窣窣，若动物之声。偶然隙中窥之，即见三娘子向覆器下，取烛挑明之，后于巾箱中取一副耒耜，并一木牛，一木偶人，各大六七寸，置于灶前，含水噀之，二物便行走。木人则牵牛驾耒耜，遂耕床前一席地，来去数番。又于箱中取出一裹荞麦子，援于木人种之。须臾生，花发麦熟，令木人收割持践，可得七八升。又安置小磨子，碽成面讫，却收木人子于箱中。即取面②作烧饼数枚。有顷鸡鸣，诸客欲发。三娘子先起点灯，置新作烧饼于食床③上，与客点心。季和心动遽辞，开门而去，即潜于户外窥之。

乃见诸客围床，食烧饼未尽，忽一时蹐地，作驴鸣，须臾皆变驴矣。三娘子尽驱入店后，而尽没其货财。季和亦不告于人，私有慕其术者。后月余日，季和自东都回。将至板桥店，预作荞麦烧饼，大小如前。既

---

①餐，原本作"粲"，据民国景明嘉靖谈恺刻本《太平广记》引《幻异志》改。

②面，原本作"麦"。

③床，原本作"壮"。

至，复寓宿焉。三娘子欢悦如故。其夕更无他客，主人供待愈厚。夜深，殷勤问所欲。季和曰："明晨发，请随事点心。"三娘子曰："此事无疑，但请稳睡。"

半夜后，季和窥见之，一依前所为。天明，三娘子具盘食，果实烧饼数枚于盘中讫，更取他物。季和乘间走下，以先有者易其一枚，彼不知觉也。季和将发，就食，曰："请主人尝客一片烧饼。"乃拣所易者与啖之。才入①口，三娘子据地作驴声，即立变为驴，甚壮健。季和即乘之发，兼尽收木人、木牛子等。然不得其术，试之不成。季和乘策所变驴，周游他处，未尝阻失，日行百里。

后四年，乘入关，至华岳庙东五六里。忽睹一老人，拍手大笑曰："板桥三娘子，何得作此形骸？"因捉驴谓季和曰："彼虽有过，然遭君亦甚矣。可怜请许从此放之。"老人乃从驴口鼻边，以两手擘开，三娘子自皮中跳出，宛复旧身。向老人拜讫，走去，更不知所之。（《幻异志》）

注：见主线十八。

——公元9世纪的文章。

——典型的道家传说。最后的老者是位有慧眼的道士。

①入，原本作"八"。

# 70

# 鬼借力制凶人

俗传凶人之终，必有恶鬼，以其力能相助也。扬州唐氏妻某，素悍妒，妾婢死其手者无数。亡何，暴病，口喃喃詈骂，如平日撒泼状。邻有徐元，膂力绝人，先一日昏晕，鼾呼叫骂，如与人角斗者，逾日始苏。或问故，曰："吾为群鬼所借用耳。鬼奉阎罗命拘唐妻，而唐妻力强，群鬼不能制，故来假吾力缚之。吾与斗三日，昨被吾拉倒其足，缚交群鬼，吾才归耳。"往视唐妻，果气绝，而左足有青伤。（《新齐谐》卷二）

注：有时，活人也可做阴间鬼差。见下则故事。

# 71

## 长鬼被缚

竹墩沈翰林厚余，少与友张姓同学读书。数日张不至，问之，张患伤寒甚剧，因往问候。入门悄然，将升堂，见堂上先有一长人端立，仰面视堂上题额。沈疑非人，戏解腰带，潜缚其两腿。长人惊，转面相视。沈叩以何处来，长人云："张某将死，余为勾差，当先来与其家堂神说明，再动手勾捉。"沈以张寡母在堂，未娶无子，胡可以死，恳画计缓之。长人亦有怜色，而谢以无术。沈代恳再三，长人曰："只一法耳。张明日午时当死，先期有冥使五人，偕余自其门外柳树下入。冥中鬼饥渴久，得饮食即忘事。君可预设二席，置六人座，君候于门外柳树边。有旋风自上而下，即拱揖入门，延之入座，勤为劝酬。视日影逾午，则起散。张可以免。"沈允诺，即入语张家人。届期，一一如所教。张至巳刻，已昏晕，当午惟存一息，外席散而神气渐复。沈大喜。

归月余，夜梦前长人作痛楚状，攒眉告曰："前为君画策，张君得延一纪，入学，且当中某科副车，举二子。而余以泄冥事，为同辈所告，责四十板，革役矣。余本非鬼，乃峡石镇挑脚夫刘先。今遭冥责，不复能行起。尚有三年阳数未终，须君语张君，给日用费，终我余年。"沈语张，张即持数十金，偕沈买舟访之，果得其人，方以瘫疾卧床。乃拜谢床下，以所携金赠之而返。张后一如梦中所语。（《新齐谐》卷四）

注：见主线五、六。

——逃过劫数。我们还会看到更加精彩的同类故事。

# 72

## 吴三复

　　苏州吴三复者，其父某，饶于财，晚年中落，所存只万金，而负人者众。一日，谓三复曰："我死则人望绝，汝辈犹得以所遗资生。"遂缢死。三复实未防救。其友顾心怡者，探知其事，伪设乩仙位，而召三复请仙。三复往，焚香叩头。乩盘大书曰："余，尔父也。尔明知父将缢死，而汝竟不防于事先，又不救于事后，汝罪重，不日伏冥诛矣。"三复大惧，跪泣求忏悔。乩盘又书曰："余舐犊情深，为汝想，无他法，惟捐三千金，交顾心怡立斗姥阁，一以超度我之亡魂，一以忏汝之罪逆，方可免死。"三复深信之，即以三千金与顾，立收券为凭。顾伪辞让，若不得已而后受者。少顷，饮三复酒，乘其醉，遣奴窃其券焚之。三复归家，券已遗失，遣人促顾立阁，顾曰："某未受金，何能立阁？"三复心悟其奸，然其时家尚有余，亦不与校。

　　又数年，三复窘甚，求贷于顾。顾以三千金营运，颇有赢余，意欲以三百金周给之。其叔某止之曰："若与三百，则三千之说遂真矣，是小不忍而乱大谋也。"心怡以为然，卒不与。三复控官，俱以无券不准。三复怨甚，作牒词诉于城隍。焚牒三日，卒。再三日，顾心怡及其叔某偕亡。其夜，顾之邻人见苏州城隍司灯笼满巷。时乾隆二十九年四月事。（《新齐谐》卷五）

　　注：见主线三、十六。
　　——这些传说恰恰揭露了那些招魂骗术。中国民间相信这种召唤可使人与神灵相通，同时也明白，事前永远不会知道召唤来的是什么样的神灵，也不知道召唤来的神灵是否说谎。

——通过轮回（奈何）桥将人从阴间再带回阳间。

——该故事反映了阴间的正义：顾从吴那里骗走了吴父当年舍不得分与合股人①的酬劳，顾因此受到惩罚。

——与阳间一样，阴官处理诉讼也需要时日，因此最后等了两个三日。

---

① 戴遂良在法文中将"负人者众"翻译为"其中大部分属于其合股人"。

# 73

## 画工画僵尸

杭州刘以贤，善写照。邻人有一子一父而居室者，其父死，子外出买棺，嘱邻人代请以贤为其父传形。以贤往，入其室，虚无人焉。意死者必居楼上，乃蹑梯登楼，就死人之床，坐而抽笔。尸忽蹶然起，以贤知为走尸，坐而不动。尸亦不动，但张口肉皱而已。以贤念身走则尸必追，不如竟画，乃取笔申纸，依尸样描摹。每臂动指运，尸亦如之。俄而其子上楼，见父尸起，惊而仆。又一邻上楼，见尸起，亦惊滚落楼下。以贤窘甚，强忍待之。俄而，抬棺者来。以贤徐记尸走畏苕帚，乃呼曰："汝等持苕帚来！"抬棺者心知有走尸之事，持帚上楼，拂之，倒。乃取姜汤灌醒仆者，而纳尸入棺。（《新齐谐》卷五）

注：见主线九。

——但愿这个可怜的老人不是被活葬的。[1]

——鬼害怕苕帚，这种认知可追溯至上古。古代的苕帚多是芦苇编制，现代的多是竹制。见《哲学文献集》第83、85页"巫"。

---

[1] 其父可能未死。

# 祭雷文

　　黄湘舟云：渠田邻某有子，生十五岁，被雷震死，其父作文祭雷云："雷之神，谁敢侮？雷之击，谁敢阻？虽然，我有一言问雷祖。说是我儿今生孽，我儿今年才十五。说是我儿前世孽，何不使他今世不出土？雷公雷公作何语？"祭毕，写其文于黄纸焚之。忽又霹雳一声，其子活矣。（《新齐谐》卷六）

　　注：见主线四。

　　——佛家认为，灵魂首先要为确切的错误赎罪。这种错误使其在炼狱中受折磨，投胎转世后还要继续赎罪，报应在来世的生活条件上。

　　——罪大恶极之人会遭雷劈，或者死后坟墓被雷劈，虚假的名誉尽毁，周围的人当即看清其人本质。在极少数情况下，犯罪者一世又一世被雷击中，如"人屠"白起，见《历史文献集》第 224 页 [1]。每次闪电都将恶人的名字写在被劈者的身体上、有毒的爬行动物或其他物品上。人们认为上天憎恶它们，希望所有人也都对其深恶痛绝。

　　[1] 参见《史记·白起王翦列传》。《群谈采余》云："洪武初吴山三茅观。雷击白蜈蚣。身长尺许。背有白起二字。"

# 75

## 老妪变狼

广东崖州农民孙姓者，家有母，年七十余。忽两臂生毛，渐至腹背，再至手掌，皆长寸余；身渐伛偻，尻后尾生。一日，仆地化作白狼，冲门而去。家人无奈何，听其所之。每隔一月，或半月，必还家视其子孙，照常饮啖。邻里恶之，欲持刀箭杀之。其子妇乃买豚蹄，俟其再至，嘱曰："婆婆享此，以后不必再来。我辈儿孙深知婆婆思家，无恶意，彼邻居人那能知道？倘以刀箭相伤，则做儿媳者心上如何忍得？"言毕，狼哀号良久，环视各处，然后走出。自后，竟不来矣。（《新齐谐》卷六）

注：见主线二十。

——变狼。

# 76

# 门夹鬼腿

尹月恒住杭州艮山门外，自沙河滩归，怀菱半斤。路经钵盂潭，人稀地旷，有义冢数堆。觉怀内轻松，探所买菱，已失去矣。因转身寻至义冢，见菱肉剖碎，并聚冢尖。尹复拾至怀内，踉跄归家。食未竟而病大作，喊云："吾等不尝菱肉久矣，欲借以解宿馋，汝必尽数取回，何吝啬若是？今吾等至汝家，非饱食不去。"其家惧，即供饭为主人赎罪。

杭俗例，凡送鬼者，前人送出门，后人把门闭。其家循此例，闭门过急，尹复大声云："汝请客当恭敬。今吾等犹未走，而汝门骤闭，夹坏我腿，痛苦难禁。非再大烹请我，则吾永不出汝门矣。"因复祈禳，尹病稍安。然旋好旋发，不脱体，卒以此亡。（《新齐谐》卷六）

注：见主线九。

——被饿鬼附体。

——见第 21 则故事注释。

# 11

# 怪弄爆竹自焚

　　绍兴民家有楼，终年镝闭。一日，有远客来求宿。主人曰："宅东有楼，君敢居乎？"客问故，曰："此楼素积辎重，二仆居之。夜半闻叫号声，往视之，见二仆颜色如土，战栗不能言。少顷云：'我二人甫睡，尚未灭烛，见一物长尺许，至榻前，搴帏欲上。我等骇极，不觉大呼，狂奔而下。'所见如此，自是莫敢有楼居者。"客闻笑曰："仆请身试之。"主人不能挽，为涤尘土，列<sup>①</sup>几席而下榻焉。

　　客登楼，燃烛佩剑以待。漏三下，有声索索，自室北隅起。凝睇窥之，见一怪如主人所言状，跳而登座，翻阅客之书卷。良久，复启其箧，陈物几上，一一审视。箧内有徽州炮竹数枚，怪持向灯前，把玩良久。烛花飞落药线上，轰然一声，响如霹雳。此怪唧唧滚地，遂殁不见。心大异之，虞其复来，待至漏尽，竟匿迹销声矣。

　　晨起，告主人，互相惊诧。至夜，客仍宿楼上，杳无所见。此后，楼中怪绝。（《新齐谐》卷六）

　　注：见主线八。

　　——爆竹声可驱走鬼和怪。因此很多情况下，为了保护人和住宅，要大量燃放爆竹。

---

　　①列，原本作"例"。

# 78 / 孝女

　　京师崇文门外花儿市居民，皆以制通草花为业。有幼女奉老父居，亦以制花生活。父久病不起，女忘啜废寝，明慰暗忧。适有邻媪纠众妇女往丫髻山进香者，女因问："进香可能疗父病否？"媪曰："诚心祈祷，灵应如响。"女曰："此间去山，道里几何？"曰："百余里。"曰："一里几何？"媪曰："二百五十步。"女谨记①之。每夜静父寝，持香一炷，自计步数里数，绕院叩头，默祝身为女子不能朝山之故。如是者半月有余。向例，丫髻山奉祀碧霞元君，凡王公搢绅，每至四月，无不进香，以鸡鸣时即上殿拈香者为头香。头香必待大富贵家，庶人无敢僭越。时有太监张某，往进头香，甫辟殿门，已有香在炉中。张怒，责庙主。庙主曰："殿不曾开，不识此香何由得上。"张曰："既往不咎，明日当来上头香，汝可待我，毋许别人先入。"庙主唯唯。

　　次日始四更，张已至。至则炉中香已宛然，一女子方礼拜伏地，闻人声，倏不见。张曰："岂有神圣之前鬼怪敢公然出现者？此必有因。"坐二山门外，聚香客而告之，并详述所见容态服饰。一媪听良久，曰："据君所见，乃吾邻女某也。"因说其在家救父礼拜之事。张叹曰："此孝女，神感也。"进香毕，即策马至女家，厚赐之，认为义女，父病旋②愈。因太监周恤故，家渐温饱。女嫁大兴张氏，为富商妻。（《新齐谐》卷六）

---

①记，原本作"计"。
②旋，原本作"旅"。

注：见主线十。

——"碧霞元君"乃道教重要人物（见《历史文献集》第1845页），是泰山上的著名女神，泰山神的小女儿。现代道教认为，碧霞元君总管天下狐仙，颇受民间崇拜，俗称"天奶奶"。

# 79

## 斧断狐尾

河间府丁姓者，不事生业，以狎邪为事。闻某处有狐仙迷人，丁独往，以名帖投之，愿为兄弟。是晚，狐果现形，自称愚兄吴清，年五十许。相得如平生欢。凡所求请，愚兄必为张罗。丁每夸于人，以为交人不如交狐。

一日，丁谓吴曰："我欲往扬州观灯，能否？"狐曰："能。河间至扬，离二千里，弟衣我衣，闭目同行，便至矣。"从之，凭空而起，两耳闻风声，顷刻至扬。有商家方演戏，丁与狐在空中观。忽闻场上锣鼓声喧，关圣单刀步出。狐大惊，舍丁而奔，丁不觉坠于席上。商人以为妖，械送江都县。鞫讯再三，解回原籍。

见狐咎之。狐曰："兄素胆小，闻关帝将出，故奔。且偶忆汝嫂，故急归。"丁问："嫂何在？"曰："我狐也，焉能婚娶？不过魔迷良家妇耳。邻家李氏女，即汝嫂也。"丁心动，求见嫂。狐曰："有何不可。但汝人身，无由入人密室。我有小袄，汝著之，便能出入窗户，如履无人之境。"丁如其言，竟入李家。

注：此处删去不雅段落，尽管十分有趣。删去的段落描述了假扮狐狸的丁姓者与李氏女的亲密行为，与西方中古传说中关于同熟睡男子性交的女恶魔的描写别无二致。

狐妒丁夺妇宠，阴就女子之床，取小袄归。丁傍晓钻窗，窗不开矣，块然坠地。女家父母大惊，以为获怪。先喷狗血，继沃屎溺，针炙倍至，受无量苦。丁以实情告，其家不信，幸女爱之，私为解脱，曰："彼亦被狐惑耳，不如送之还家。"丁得脱归，将寻狐咎之，狐避不见。（《新

齐谐》卷五）

注：见主线二十、二。

——关圣，统管阴阳二界秩序，是孤魂野鬼、妖怪包括狐精的宿敌，一现身便吓得它们即刻逃走。

——当然，在舞台上，关帝是一个角色，是很多民间剧目中的大救星。

# 80

# 陈圣涛遇狐

绍兴陈圣涛者，贫士也，失偶。游扬州，寓天宁寺侧一小庙。陈见庙有小楼扃闭，问僧何故。僧曰："楼有怪。"陈必欲登，乃开户入。见几上无丝毫尘，有镜架梳奁等物。大疑，以为僧藏妇人，不语出。过数日，望见美妇倚楼窥，陈亦目挑之。妇腾身下，已至陈所。陈始惊，以为非人。妇曰："我仙也，汝毋怖，为有夙缘故耳。"款接甚殷，竟成夫妇。

每月朔，妇告假七日，云："往泰山娘娘处听差。"陈乘妇去，启其箱，金珠烂然。陈一丝不取，代扃锁如初。妇归，陈私谓曰："我贫甚，而君颇有余资，盍假我屯货为生业乎？"妇曰："君骨相贫，不能富，虽作商贾无益。且喜君行义甚高，开我之箱，分文不取，亦足敬也。请资君衣食。"自后，陈不起炊，中馈之事，妇主之。

居年余，妇谓陈曰："妾所畜金，已为君捐纳飞班通判，赴京投供，即可选也。妾请先入京师置屋待君。"陈曰："娘子去，我从何处访寻？"曰："君第入都，到彰义门，妾自遣人相迎。"陈如其言，后妇人两月入都，至彰义门，果有苍头跪曰："主君到迟，娘娘相待久矣。"引至米市胡同，则崇垣大厦，奴婢数十人，皆跪迎叩头，如旧曾服侍者。陈亦不解其故。登堂，妇人盛服出迎，携手入房。陈问："诸奴婢何以识我？"曰："勿声张。妾假君形貌，赴部投捐，又假君形貌，买宅立契，诸奴婢投身时，亦假君形貌以临之，故皆认识君。"因私教陈曰："若何姓，若何名，唤遣时须如我所嘱，毋为若辈所疑。"陈喜甚，因通书于家。

明年，陈之长子来，知父已续娶后母，入房拜见。母慈恤倍至，如所生。子亦孝敬不违。妇人曰："闻儿有妇，何不偕来？明年可同至别驾任所。"

长子唯唯。妇人赠舟车费，迎其妻入京同居。忽一日，门外有少年求见。陈问："何人？"少年曰："吾母在此。"陈问妇人，妇人曰："是吾儿，妾前夫所生也。"唤入，拜陈，并拜陈之长子，呼为兄。

居亡何，妇假日也，不在家，长子亦外出。妻王氏方梳妆，少年窥嫂有色，排窗入。王氏畏恶，大呼乞命。少年惧，奔出。长子夜归被酒，见妻容色有异，问之，具道所以。长子不胜忿，拔儿上刀寻少年。少年已卧，就帐中斫之。烛照，一狐断首而毙。陈知其事，惊骇。惧妇人假满归，必索其子命，乃即夜父子逃归绍兴。官不赴选，一钱不得著身，贫如故。

（《新齐谐》卷四）

注：见主线二十。

——泰山娘娘，即碧霞元君，狐仙听其差遣、受其保护。见第78则故事注释。

# 81/

# 猎户除狐

　　海昌元化镇，有富家，卧房三间在楼上。日间，人俱下楼理家务。一日，其妇上楼取衣，楼门内闭，加橛<sup>①</sup>焉。因思：家中人皆在下，谁<sup>②</sup>为此者？板隙窥之，见男子坐于床，疑为偷儿，呼家人齐上。其人大声曰："我当移家此楼。我先来，家眷行且至矣。假尔床桌一用，余物还汝。"自窗间掷其箱箧零星之物于地。少顷，闻楼上聚语声，三间房内，老幼杂沓，敲盘而唱曰："主人翁！主人翁！千里客来，酒无一钟？"其家畏之，具酒四桌置庭中，其桌即凭空取上。食毕，复从空掷下。此后，亦不甚作恶。

　　富家延道士为驱除，方在外定议归，楼上人又唱曰："狗道，狗道，何人敢到！"明日，道士至，方布坛，若有物捶之，跟跄奔出，一切神像、法器，皆撒门外。自此，日夜不宁。乃至江西求张天师，天师命法官某来。其怪又唱曰："天师，天师，无法可施。法官，法官，来亦枉然。"俄而，法官至，若有人捽其首而掷之，面破衣裂，法官大惭，曰："此怪力量大，须请谢法官来才可。"谢住长安，镇某观中。主人迎谢来，立坛施法，怪竟不唱。富家喜甚。忽红光一道，有白须者从空中至楼，呼曰："毋畏谢道士。谢所行法，我能破之！"谢坐厅前诵咒，掷钵于地，走如飞，周厅盘旋，欲飞上楼者屡矣，而终不得上。须臾，楼上摇铜铃，琅琅声响，钵遂委地，不复转动。谢惊曰："吾力竭，不能除此怪。"即取钵走，而楼上欢呼之声彻墙外。自是，作祟无所不至。如是者又半年。

　　冬暮大雪，有猎户十余人来借宿，其家告以"借宿不难，恐有扰累"。猎户曰："此狐也，我辈猎狐者也，但求烧酒饮醉，当有以报君。"其

---

家则沽酒具殽馔，彻内外燃巨烛。猎[①]户轰饮，大醉，各出鸟枪，装火药，向空点放。烟尘障天，竟夕震动，迨天明雪止始去。其家方虑惊骇之，当更作祟，乃竟夕悄然。又数日，了无所闻。上楼察之，则群毛委地，窗槅尽开，而其怪迁矣。（《新齐谐》卷四）

注：文中出现的地名表明本文可追溯至 6 世纪。[②]

——狐狸无论有多么强大的超凡力量，都不具备刀枪不入的能力：剑和枪会像杀死其他动物一样杀死它。因此狐狸害怕火药。

——天师，道教始祖，见《历史文献集》第 920 页"张道陵"，以及主线十七。

---

①猎，原本作"兽"。
②海昌郡，南朝宋置，隋废，故治在今广东电白区境。

# 82

## 囊囊

桐城南门外章云士，性好神佛。偶过古庙，见有雕木神像，颇尊严，迎归作家堂神，奉祀甚虔。夜梦有神，如所奉像，曰："我灵钧法师也。修炼有年，蒙汝敬我，以香火祀我，倘有所求，可焚牒招我，我即于梦中相见。"章自此倍加敬信。

邻有女，为怪所缠，痛楚难忍，女哀求见饶。怪曰："我非害汝者，不过爱汝姿色耳。"女曰："某家女比我更美，汝何不往缠之，而独苦我乎？"怪曰："某家女正气，我不敢犯。"女子怒骂曰："彼正气，偏我不正气耶！"怪曰："汝某月日烧香城隍庙，路有男子方走，汝在轿帘中暗窥，见其貌美，心窃慕之，此得为正气乎？"女面赤，不能答。

女母告章，章为求家堂神。是夜梦神曰："此怪未知何物，宽三日限，当为查办。"过期，神果至，曰："怪名囊囊，神通甚大，非我自往剿除不可。然鬼神力量，终需恃人而行。汝择一除日，备轿一乘，夫四名，快手四名，绳索、刀斧八物，剪纸为之，悉陈于厅。汝在旁喝曰'上轿'，曰'抬到女家'，更喝曰'斩！'如此，则怪除矣。"

两家如其言。临期，扶纸轿者果觉重于平日。至女家，大喝"斩"字，纸刀盘旋如风，飒飒有声。一物掷墙而过。女身霍然如释重负。家人追视之，乃一蠹衣虫，长三尺许，细脚千条，如耀丝闪闪，自腰斫为三段。烧之，臭闻数里。桐城人不解囊囊之名，后考《庶物异名疏》，方知蠹衣虫一名囊囊。（《新齐谐》卷三）

注：见主线八、十九、二十、十八。

# 83

# 酆都皂隶

四川酆都县皂隶丁恺，持文书往夔州投递。过鬼门关，见前有石碑，上书"阴阳界"三字。丁走至碑下，摩观良久，不觉已出界外。欲返，迷路。不得已，任足而行。至一古庙，神像剥落，其旁牛头鬼蒙灰丝蛛网而立。丁怜庙中之无僧也，以袖拂去其尘网。

又行二里许，闻水声潺潺，中隔长河，一妇人临水洗菜。谛视渐近，乃其亡妻。妻见丁大惊曰："君何至此？此非人间。"丁告之故，问妻："所居何处？"妻曰："妾亡后，为阎罗王隶卒牛头鬼所娶，家住河西槐树①下。"丁问妻："可能使我还阳否？"妻曰："待吾夫归，商之。但妾既为君妇，又为鬼妻，新夫旧夫，殊觉启齿为羞。"语毕，邀至其家，谈家常，讯亲故近状。

少顷，外有敲门者，丁惧，伏床下。妻开门，牛头鬼入，取牛头掷于几上，一假面具也。既去面具，眉目言笑，宛若平人，谓其妻曰："惫甚！今日侍阎王审大案数十，脚跟立久酸痛，须斟酒饮我。"徐惊曰："有生人气！"且嗅且寻。妻度不可隐，拉丁出，叩头告之故，代为哀求。牛头曰："是人非独为妻故，将救之，是实于我有德。我在庙中蒙灰满面，此人为我拭净，是一长者。但未知阳数何如，我明日往判官处偷查其簿，使当了然。"命丁坐，三人共饮。有殽馔至，丁将举箸，牛头与妻急夺之，曰："鬼酒无妨，鬼肉不可食，食则常留此间矣。"

次日，牛头出，及暮，归，欣欣然贺曰："昨查阴司簿册，汝阳数未终，且喜我有出关之差，正可送汝出界。"手持肉一块，红色臭腐，曰："以赠汝，可发大财。"丁问故，曰："此河南富人张某之背上肉也。张有

①槐树，原本作"树槐"。

恶行，阎王擒而钩其背于铁锥山。半夜肉溃，脱逃去。现在阳间，患发背疮，千医不愈。汝往，以此肉研碎敷之即愈，彼必重酬汝。"丁拜谢，以纸裹而藏之，遂与同出关，牛头即不见。

丁至河南，果有张姓患背疮。医之痊，获五百金。（《新齐谐》卷五）

注：见主线六。可与第 14 则故事相较。

——见《哲学文献集》第 365 页。①

---

①佛教天神天龙八部之一"紧那罗（Kinnara）"，男性乃半人半马形象。戴遂良将本文中的佛教鬼差"牛头"翻译为 Kinnara。

牛头马面

（法文版第 158 页，对应第 83 则故事）

# 84

## 火焚人不当水死

泾县叶某[①]，与人贸易安庆。江行遇风，同船十余人皆溺死矣，独叶坠水中，见红袍人抱而起之，因以得免。自以为获神人之助，必大贵。忘何，家居不戒于火，竟烧死。（《新齐谐》卷三）

注：火神身穿红袍，从水中救出应死于火中的人。

---

①泾县叶某，原本作"火焚人不当水死，泾县叶某"。

# 85

## 羊骨怪

杭人李元珪，馆于沛县韩公署中，司书禀事。偶有乡亲回杭，李托带家信，命馆童调面糊封信。家童调盛碗中，李用毕，以其余置几上。夜闻窸窣声，以为鼠来偷食也。揭帐伺之，见灯下一小羊，高二寸许，浑身白毛，食糊尽乃去。李疑眼花，次日，特作糊待之。夜间小羊又至，因留心细观其去之所在，到窗外树下而没。次日，告知主人，发掘树下，有朽羊骨一条，骨窍内浆糊犹在。取而烧之，此后怪绝。（《新齐谐》卷三）

注：见主线九。

——此乃羊魂。

——动物骸骨与人骨一样可怕。

# 86 / 狐撞钟

陈公树著任汀漳道时，海上忽浮一钟至，大可容百石。人以为瑞，告之官，遂于城西建高楼，悬此钟焉。撞之，声闻十里外，选里中老民李某，掌守此楼。亡何，海水屡啸，陈公以为金水相应，海啸者，钟声所召也。命知县用印封闭此楼，并严谕李叟，不许人再撞。

有美少年常来楼中，与李闲谈，偶需食物之类，往往凭空而至。李知为狐仙，忽起贪心，跪曰："君为仙人，何不赐我银物，徒以酒食来耶？"少年晓之曰："财有定数，尔命穷薄，不可得也。得且有灾，将生懊悔。"李固请不已，少年笑而应曰："诺。"少顷，见几上置大元宝一锭。嗣后，少年不至矣。李大喜，收藏衣箱中。一日，邑宰路过，闻撞钟声，怒李守护不谨，召而责之，笞十五板。李无以自明。归视印封，宛好如故，然业已受笞，闷闷而已。未几，邑宰又过，楼上钟声乱鸣。遣役视之，并无一人。邑宰悟曰："楼上得毋有妖乎？"李无奈何，具以实告。命取宝视之，即其库物也。持归复所，钟不复鸣。（《新齐谐》卷三）

注：是狐仙撞钟，以惩罚李将狐仙偷取的库银据为己有。见第 57 则故事。

——有很多故事讲述水上漂来钟、塑像等物品，人们往往将其供奉起来。

# 87

# 智恒僧

苏州陈国鸿，彭芸楣<sup>①</sup>先生丁酉乡试所取孝廉，性好古玩。家园内有种荷花缸，年久不起，陈命扛起，阅其款识。缸下又得一坛，黄碧色，花纹甚古，中有淤泥朽骨数片。陈投骨于水，携坛<sup>②</sup>入室。夜梦一僧来曰："我唐时僧智恒也。汝所取磁坛，乃我埋骨坛，速还我骨而土掩焉。"陈素豪，晓告友朋，不以为意。又三日，其母梦一长眉僧挟一恶状僧至，曰："汝子无礼，贪我磁坛，抛撒我骨，我诉之不理，欺我老耳。我师兄大千闻之不平，故同来索汝子之命。"母惊醒，命家人遍寻所弃之骨，仅存一片。问孝廉，则已迷闷不省人事矣。未十日而病亡。（《新齐谐》卷四）

注：见主线九。

——在民间，"涅槃"（nirvana）的概念与"湮灭"（annihilation）大有不同。

---

① 彭芸楣，原本无。
② 坛，原本作"缸"。

# 88

# 土地神告状

洞庭棠里徐氏，家起造花园，不足于地。东边有土地庙，香火久废，私向寺僧买归，建造亭台。已年余矣。一日，其妻韩氏方梳头，忽仆于地。小婢扶之，亦与俱仆。少顷婢起，取大椅置堂上，扶韩氏南向坐，大言曰："我苏州城隍神也，奉都城隍神差委，来审汝家私买土地神庙事。"语毕，婢跪启："原告土地神来。"韩氏命徐家子弟、奴婢："听点名，分东西班侍立。"唤买地人姓名，即其夫也。问："价若干？中证何人？"口音绝非平素吴音，乃燕赵间男子声。其夫惊骇伏地，愿退地基，建还原庙。

韩氏素不识字，忽索纸笔判云："人夺神地，理原不应。况土地神既老且贫，露宿年余，殊为可怜。屡控城隍，未蒙准理，不得已，越诉都城隍。今汝既有悔心，许还庙宇，可以牲牢香火供奉之。中证某某，本应治罪，姑念所得无多，罚演戏赎罪。寺僧某，于事未发时业已身死，可毋庸议。"判毕，掷笔而卧。少顷起立，仍作女音，梳头如故。问其原委，茫然不知。其夫一一如所判而行。从此，棠里土地神香火转盛。（《新齐谐》卷三）

注：见主线三。

——阴间诉讼程序与人间无异。此处，一位"委员"（专员）被派来断案。

土地

城隍

土地神与城隍神

（法文版第 176 页，对应第 88、181、203 则故事）

**89**

# 鬼神欺人以应劫数

　　本朝定鼎后，有顾姓者妄欲纠常熟、无锡两邑民为乱。有黠者某，知其无益，而难于相禁，乃号于众曰："某村关帝庙甚灵，盍祷于帝，取周将军铁刀，重百二十斤者，投河以卜之，沉则败，不可起兵，浮则胜，可以起兵。"其意以为铁刀必沉之物，故试之以阻众也。先祷于神，聚众投刀。刀浮水面，如蕉叶一片。众惊喜，即日揭竿起者数万人。俄而王师至，剿绝无遗。（《新齐谐》卷五）

　　注：寓意关帝系秩序维护者，把这些意欲反叛的人送上了绝路。

# 90

# 关神断狱

溧阳马孝廉丰，未第时，馆于邑之西村李家。邻有王某，性凶恶，素捶其妻。妻饿饥，无以自存，窃李家鸡烹食之。李知之，告其夫。夫方被酒，大怒，持刀牵妻至。审问得实，将杀之。妻大惧，诬鸡为孝廉所窃。孝廉与争，无以自明，曰："村有关神庙，请往掷环珓卜之。卦阴者妇人窃，卦阳者男子窃。"如其言，三掷皆阳。王投刀放妻归，而孝廉以窃鸡故，为村人所薄，失馆数年。

他日，有扶乩者，方登坛，自称关神。孝廉记前事，大骂神之不灵。乩书灰盘曰："马孝廉，汝将来有临民之职，亦知事有缓急重轻耶？汝窃鸡，不过失馆；某妻窃鸡，立死刀下矣。我宁受不灵之名，以救生人之命。上帝念我能识政体，故超升三级。汝乃怨我耶？"孝廉曰："关神既封帝矣，何级之升？"乩神曰："今四海九州皆有关神庙，焉得有许多关神分享血食？凡村乡所立关庙，皆奉上帝命，择里中鬼平生正直者，代司其事，真关神在帝左右，何能降凡耶？"孝廉乃服。（《新齐谐》卷二）

注：见主线十六。

——鬼，死人的灵魂。城隍神等阴间大小官员都是鬼。

# 91

## 替鬼做媒

　　江浦南乡①，有女张氏，嫁陈某，七年而寡，日食不周，改适张姓。张亦丧妻七年，作媒者以为天缘巧合。婚甫半月，张之前夫附魂妻身曰："汝太无良！竟不替我守节，转嫁庸奴！"以手自批其颊。张家人为烧纸钱，再三劝慰，作厉如故。未几，张之前妻又附魂于其夫之身，骂曰："汝太薄情！但知有新人，不知有旧人！"亦以手自击撞。举家惊惶。

　　适其时原作媒者秦某在旁，戏曰："我从前既替活人作媒，我今日何妨替死鬼作媒。陈某既在此索妻，汝又在此索夫，何不彼此交配而退，则阴间不寂寞，而两家活夫妻亦平安矣。何必在此吵闹耶？"张面作羞缩状，曰："我亦有此意，但我貌丑，未知陈某肯要我否。我不便自言。先生既有此好意，即求先生一说，何如？"秦乃向两处通陈，俱唯唯。忽又笑曰："此事极好，但我辈虽鬼，不可野合，为群鬼所轻。必须媒人替我剪纸人作舆从，具锣鼓音乐，摆酒席，送合欢杯，使男女二人成礼而退，我辈才去。"张家如其言，从此，两人之身安然无恙。乡邻哄传某村替鬼做媒，替鬼做亲。（《新齐谐》卷四）

　　注：见主线九。

　　——这则小故事看似好笑，实含教益。

　　——大婚之日，新娘新郎要同饮一杯酒。这杯酒盛在一种"合欢杯"中，由两个相同的杯子组成。

---

　　①乡，原本作"邻"。

# 92

## 影光书楼事

苏州史家巷蒋申吉，有子，娶徐氏，年十九，琴瑟颇调。生产弥月，忽置酒唤郎君共饮，曰："此别酒也。予与君缘满，将去，昨日宿冤已到，势难挽回。谚曰：'夫妻本是同林鸟，大难来时各自飞。'我死后，君亦勿复相念。"言毕大恸。蒋愕然，犹慰以好语。氏忽掷杯起立，竖眉瞋目，非复平日容颜，卧床上，向西大呼曰："汝记万历十二年，影光书楼上事乎？两人设计杀我，我死何惨！"呼毕，以手批颊，血出未已，又以剪刀自刺。察其音，山东人语也。蒋家人环跪哀求，卒不解。如是者三日。

有某和尚者，素有道行，申吉遣人召之。和尚至门，徐氏啐曰："秃奴可怖，且去，且去。"和尚谓申吉曰："此前世冤业，已二百余年，才得寻著。积愈久者报愈深。老僧无能为。"走出，不肯复来，徐氏遂死。竟不知是何冤。此乾隆二十九年二月事。（《新齐谐》卷五）

注：见主线七。

# 93

## 阿龙

苏州徐世球，居木渎，幼入城中，读书于韩其武家。韩有仆曰阿龙，年二十，侍书室颇勤。一夕，徐读书楼上，命阿龙下取茶。少顷，阿龙失色而至，曰："某见一白衣人在楼下狂走，呼之不应，殆鬼耶？"徐笑而不信。次夕，阿龙不敢上楼，徐命柳姓者代其职。至二更，柳下取茶，足有所触，遂仆地，视之，阿龙死于阶下。柳大呼，徐与韩氏诸宾客共来审视，见阿龙颈下有手搦痕，青黑如柳叶大，耳目口鼻尽塞黄泥，尸横而气未绝。饮以姜汁，乃苏，曰："吾下阶时，昨白衣者当头立，年可四十余，短髯黑面，向我张嘴，伸其舌，长尺许。吾欲叫喊，遂为所击，以手夹我喉。旁有一老者，白须高冠，劝曰：'渠年少，未可欺侮。'我尔时几欲气绝，适柳某撞我脚上，白衣者冲屋去矣。"徐命众人扶之登床，床上鬼灯数十，如极大萤火，彻夜不绝。次日，阿龙痴迷不食，韩氏召女巫眕之。巫曰："取县官堂上朱笔，在病者心上书一'正'字，颈上书一'刀'字，两手书两'火'字，便可救也。"韩氏如其言。书至左手"火"字，阿龙张目大叫曰："勿烧我！我即去可也。"自此怪遂绝。阿龙至今犹存。（《新齐谐》卷一）

注：见主线五、八。

——写的意思是防止"怪"伤害那个老实人阿龙。如果"怪"作祟，就用铁刀和火来对付。

# 94 / 狮子大王

　　贵州人尹廷洽，八月望日早起，行礼土地神前。上香讫，将启门，见二青衣排闼入<sup>①</sup>，以手推尹仆地，套绳于颈而行。尹方惶遽间，见所祀土地神出而问故。青衣展牌示之，上有"尹廷洽"字样。土神笑不语，但尾尹而行里许。道旁有酒饭店，土神呼青衣入<sup>②</sup>饮，得间语尹曰："是行有误，我当卫君前行。倘遇神佛，君可大声叫冤，我当为君脱祸。"尹颔之，仍随青衣前去。约行大半日，至一所，风波浩渺，一望无际。青衣曰："此银海也。须深夜乃可渡，当少憩片时。"俄而，土神亦曳杖来，青衣怪之。土神曰："我与渠相处久<sup>③</sup>，情不能已于一送，前路当分手耳。"

　　正谈说间，忽天际有彩云旌旗，侍从纷然。土神附耳曰："此朝天诸神回也。汝遇便可叫冤。"尹望见车中有神，貌狞狞然，目有金光，面阔二尺许，即大声喊冤。神召之前，并饬行者少停，问："何冤？"尹诉为青衣所摄。神问："有牌否？"曰："有。""有尔名乎？"曰："有。"神曰："既有牌，又有尔名，此应摄者，何冤为？"厉声叱之。尹词屈，不知所云。

　　土神趋而前，跪奏："此中有疑，是小神令其伸冤。"神问："何疑？"曰："某为渠家中雷，每一人始生，即准东岳文书知会，其人应是何等人，应是何年月日死，共计在阳世几岁，历历不爽。尹廷洽初生时，东岳牒文中开'应得年七十二岁'。今未满五十，又未接到折算文

---

①入，原本作"人"。

②入，原本作"人"。

③相处久，原本作"相久处"。

书，何以忽尔勾到？故恐有冤。"神听说，亦迟疑久之，谓土神曰："此事非我职司，但人命至重，尔小神尚肯如此用心，我何可膜视。惜此间至东岳府往还辽远，当从天府行文至彼方速。"乃唤一吏作牒，口授云："文书上只须问民魂尹廷洽有勾取可疑之处，乞飞天符下东岳到银海查办，急急勿迟。"尹从旁见吏取纸作书封印，不殊人世，但皆用黄纸。封讫，付一金甲神持投天门。又呼召银海神，有绣袍者趋进。命："看守尹某生魂，俟岳神查办，毋误。"绣袍者叩头，领尹退，而神已倏忽入云雾中矣。此时尹憩一大柳树下，二青衣不知所往，尹问土神："面阔二尺者是何神耶？"曰："此西天狮子大王也。"

少顷，绣衣者谓土神曰："尔可领尹某往暗处少坐，弗令夜风吹之。我往前途迎引天神，闻呼可即出答应。"尹随土神沿岸行，约半里许，有破舟侧卧滩上，乃伏其中。闻人号马嘶及鼓吹之音，络绎不绝，良久始静。土神曰："可以出矣。"尹出，见绣衣人偕前持牒金甲人引至岸上空阔处，云："立此少待，岳司即到。"

须臾，海上数十骑如飞而来，土神挟尹伏地上。数十骑皆下马，有衣团花袍、戴纱帽者上坐，余四人著吏服，又十余人武士装束，余悉狰狞如庙中鬼面，环立而侍。上坐官呼海神，海神趋前，问答数语，趋而下，扶尹上。尹未及跪，土神上前叩头，一一对答如前。上坐官貌颇温良，闻土神语即怒，瞋目竖眉，厉声索二青衣。土神答："久不知所往。"上坐者曰："妖行一周，不过千里；鬼行一周，不过五百里。四察神可即查拿。"有四鬼卒应声腾起，怀中各出一小镜，分照四方，随飞往东去。

少顷，挟二青衣掷地上，云："在三百里外枯槐树中拿得。"上坐官诘问误勾缘由，二青衣出牌呈上，诉云："牌自上行，役不过照牌行事。倘有舛误，须问官吏，与役无干。"上坐官诘云："非尔舞弊，尔何故远飏？"青衣叩首云："昨见狮子大王驾到，一行人众皆是佛光。土神虽微员，尚有阳气，尹某虽死，未过阴界，尚系生魂，可以近得佛光。鬼役阴暗之气，如何近得佛光，所以远伏。及狮王过后，鬼役方一路追寻，又值朝天神圣接连行过，以故不敢走出，并未知牌中何弊。"上坐官曰："如此，必亲赴森罗一决矣。"令力士先挟尹过海，即呼车骑排衙而行。

尹怖甚，闭目不敢开视，但觉风雷击荡，心魂震骇。

少顷，声渐远，力士行亦少徐。尹开目即已坠地。见官府衙署，有冕服者出迎，前官入，分两案对坐。堂上先闻密语声，次闻传呼声，青衣与土神皆趋入。土神叩见毕，立阶下；青衣问话毕，亦起出。有鬼卒从庑下缚一吏入，堂上厉声喝问，吏叩头辨，若有所待者然。又有数鬼从庑下擒一吏，抱文卷入，尹遥视之，颇似其族叔尹信。既入殿，冕服者取册查核。许久，即掷下一册，命前吏持示后吏，后吏惟叩首哀求而已。殿内神喝："杖！"数鬼将前吏曳阶下，杖四十；又见数鬼领朱单下，剥去后吏巾服，锁押牵出。过尹旁，的是其族叔，呼之不应。叩何往，鬼卒云："发往烈火地狱去受罪矣。"

尹正疑惧间，随呼尹入殿。前花袍官云："尔此案已明。本司所勾，系尹廷治，该吏未尝作弊。同房吏有尹姓者，系廷治亲叔，欲救其侄，知同族有尔名适相似，可以朦混，俟本司吏不在时，将牌添改'治'字作'洽'字，又将房册换易，以致出牌错误。今已按律治罪，尔可生还矣。"回头顾土神云："尔此举极好，但只须赴本司详查，不合向狮子大王路诉，以致我辈均受失察处分。今本司一面造符申覆，一面差勾本犯，尔速引尹廷洽还阳。"土神与尹叩谢出，遇前金甲者于门迎贺曰："尔等可喜！我辈尚须候回文，才得回去。"

尹随土神出走，并非前来之路，城市一如人间。饥欲食，渴欲饮，土神力禁不许。城外行数里，上一高山，俯视其下，有一人僵卧，数人守其旁而哭。因叩土神："此何处？"土神喝曰："尚不省耶！"以杖击之，一跌而寤，已死两昼夜矣。棺椁具陈，特心头微暖，故未殓耳。遂坐起，稍进茶水，急唤其子趋廷治家视之。归云："其人病已愈二日，顷复死矣。"（《新齐谐》卷十）

注：见主线三。

——每月初一和十五要烧香拜神。八月十五是民间的重大节日，众神这一天要朝拜玉皇大帝。

——现代道教认为，泰山是阴曹地府的阳间机构，因此泰山神"东岳大帝"

持有生死簿的副本。该神的女儿（碧霞元君）掌管天下狐仙（见第80则故事注释）。

——阴间门口有些小饭店，鬼差和阴官们在审判间歇可以去吃喝。

——第83则故事讲过，活人与鬼共餐可致命。

手持牌牒与钩镣的鬼差

（法文版第 178 页，对应第 94、119、163 则故事）

# 95

# 刘刺史奇梦

陕西刘刺史介石，补官江南，寓苏州虎邱。夜二鼓，梦乘轻风归陕。未至乡里，路遇一鬼尾之，长三尺许，囚首丧面，狞丑可憎，与刘对搏。良久，鬼败。刘挟鬼于腋下而趋，将投之河。路遇余姓者，故邻也，谓曰："城西有观音庙，何不挟此鬼诉于观音，以杜后患？"刘然其言，挟鬼入庙。

庙门外韦驮金刚神皆怒目视鬼，各举所持兵器作击鬼状，鬼亦悚惧。观音望见，呼曰："此阴府之鬼，须押回阴府。"刘拜谢。观音目金刚押解，金刚跪辞，语不甚解，似不屑押解者。观音笑目刘曰："即著汝押往阴府。"刘跪曰："弟子凡身，何能到阴府？"观音曰："易耳。"捧刘面呵气者三，即遣出。鬼俯伏无语，相随而行。

刘自念：虽有观音之命，然阴府未知在何处。正徘徊间，复遇余姓者，曰："君欲往阴府，前路有竹笠覆地者是也。"刘望路北有笠，如俗所用酱缸篷状，以手起之，洼然一井。鬼见大喜，跃而入。刘随之，冷不可耐。每坠丈许，必为井所夹，有温气自上而下，则又坠矣。

三坠后，豁然有声，乃落于瓦上。张目视之，别有天地，白日丽空，所坠之瓦上，即王者之殿角也。闻殿中群神震怒，大呼曰："何处生人气？"有金甲者，擒刘至王前。王衮龙衣，冕旒，须白如银，上坐，问："尔生人，胡为至此？"刘具道观音遣解之事。王目金甲神捽其面，仰天谛视之，曰："面有红光，果然佛遣来。"问："鬼安在？"曰："在墙脚下。"王厉声曰："恶鬼难留！著押归原处。"群神叉戟交集，将鬼又戟上投池，池中毒蛇怪鳖争脔食之。

刘自念：已到阴府，何不一问前生事？揖金甲神曰："某愿知前生事。"金甲神首肯，引至廊下，抽簿示之，曰："汝前生九岁时，曾盗人卖儿银八两，卖儿父母懊恨而亡。汝以此孽夭①死。今再世矣，犹应为瞽，以偿前愆。"刘大惊曰："作善可禳乎？"神曰："视汝善何如耳。"语未毕，殿中呼曰："天符至矣，速令刘某回阳，毋致泄漏阴司案件。"金甲神掖至王前。刘复跪求曰："某凡身，何能出此阴界？"王持刘背，吸气者三，遂耸身于井。三耸三夹如前，有温气自下而上，身从井出。

至长安道上，复命于观音庙，跪陈阴府本末。旁一童子嚅嚅不已，所陈语与刘同。刘骇视之，耳目口鼻俨然己之本身也，但缩小如婴儿。刘大惊，指童子呼曰："此妖也！"童子亦指刘呼曰："此妖也！"观音谓刘曰："汝毋恐，此汝魂也。汝魂恶而魄善，故作事坚强而不甚透彻，今为汝易之。"刘拜谢。童子不谢，曰："我在彼上，今欲易我，必先去我。我去，独不于彼有伤乎？"观音笑曰："毋伤也。"手金簪长尺许，自刘之左胁插入，剔一肠出，以②腕绕之。每绕尺许，则童子身渐缩小。绕毕，童子不复见矣。观音以掌拍案，刘悸而醒，仍在苏州枕席间，胁下红痕犹隐然在焉。月余，陕信至，其邻人余姓者亡矣。此事介石亲为余言。
（《新齐谐》卷二）

注：18世纪晚期的文章。

——见主线十、十一。

——病人做梦。该故事中，来往阴间的经历明显是病人发烧时做的梦。异教徒的各种迷信思想奇异地联系在一起。

——"观音"，见《哲学文献集》第467—478页。"捧刘面呵气"时便将其魂移出并关起来，避免恶魂一起入阴间。刘返回阳间后，观音将其魂所附着的器官去除，以刚死去的"邻人余姓者"之魂替代。

---

①夭，原本作"妖"。
②以，原本作"一"。

# 96

## 种梨

　　有乡人货梨于市，颇甘芳，价腾贵。有道士破巾絮衣，丐于车前。乡人咄之，而不去；乡人怒，加以叱骂。道士曰："一车数百颗，老衲止丐其一，于居士亦无大损，何怒为？"观者劝置劣者一枚令去，乡人执不肯。肆中佣保者，见喋聒不堪，遂出钱市一枚，付道士。道士拜谢，谓众曰："出家人不解吝惜。我有佳梨，请出供客。"或曰："既有之，何不自食？"曰："吾特需此核作种。"于是掬梨大啖。且尽，把核于手，解肩上镵，坎地上深数寸，纳之而覆以土。向市人索汤沃灌。好事者于临路店索得沸沈，道士接浸坎处。万目①攒视，见有勾萌出，渐大；俄成树，枝叶扶疏；倏而花，倏而实，硕大芳馥，累累满树。道人乃即树头摘赐观者，顷刻而尽。已，乃以镵伐树，丁丁良久，乃断；带叶荷肩头，从容徐步而去。

　　初，道士作法时，乡人亦杂众中，引领注目，竟忘其业。道士既去，始顾车中，则梨已空矣。方悟适所俵散，皆己物也。又细视车上一靶亡，是新凿断者。心大愤恨。急迹之，转过墙隅，则断靶弃垣下，始知所伐梨本，即是物也。道士不知所在。一市粲然。（《聊斋志异》卷一）

　　注：见主线十八。

----

　　①万目，原本作"目万"。

# 97

# 妖道乞鱼

余姊夫王贡南，居杭州之横河桥。晨出，遇道士于门，拱手曰："乞公一鱼。"贡南嗔曰："汝出家人吃素，乃索鱼肉耶？"道士曰："公吝于前，必悔于后。"遂去。是夜，闻落瓦声。旦视之，瓦集于庭。次夜，衣服尽入厕溷中。

贡南乞符于张有虔秀才家。张曰："我有二符，其价一贱一贵。贱者张之，可制之于旦夕；贵者张之，现神获怪。"贡南取贱者归，悬中堂。是夜，果安。越三日，五更，訇然有声，符已不见。从此，每夜群鬼毕集，撞门掷碗。贡南大骇，以五十金重索符于张氏。悬后，鬼果寂然。

一日，王怒其长男后曾，将杖之。后曾逃，三日不归。余姊泣不已。贡南亲自寻求，见后曾彷徨于河，将溺焉，急拉上肩舆，其重倍他日。到家，两眼瞪视，语喃喃不可辨。卧席上，忽惊呼曰："要审！要审我即去。"贡南曰："儿何去？我当偕去。"后曾起，具衣冠，跪符下，贡南与俱。贡南无所见，后曾见一神上坐，眉间三目，金面红须，旁跪者皆渺小①丈夫。神曰："王某阳寿未终，尔何得以其有畏惧之心，便惑之以死？"又曰："尔等五方小吏，不受上清敕令，乃为妖道奴仆耶！"各谢罪，神予杖三十，鬼啾啾乞哀。视其臀，作青泥色。事毕，以靴脚踢后曾，如梦之初醒，汗浃于背。嗣后，家亦安宁。（《新齐谐》卷二）

注：见主线十八、七。

——符咒的法力众所周知。

---

① 小，原本作"少"。

——在王家无法作祟，道士就去找出逃的王家之子后曾。此时，某个投河溺死鬼寻找替死鬼，附体于后曾。"重倍"说明后曾已被溺死之鬼附体，两魂附在一个躯体上。

# 98

# 空心鬼

杭州周豹先，家住东青巷。屋之大厅上，每夜立一人，红袍乌纱，长髯方面。旁侍二人，琐小猥鄙，衣青衣，听其使唤。其胸以下至肚腹，皆空透如水晶，人视之，虽隔肚腹，犹望见厅上所挂画也。

周氏郎，年十四，卧病，见乌纱者呼从者谋曰："若何而害之？"从者曰："明日渠将服卢浩亭之药，我二人变作药渣，伏碗中，俾渠吞入，便可抽其肺肠。"次日，卢浩亭来诊脉，毕，周氏郎不肯服药，告家人以鬼语如此。家人买一钟馗挂堂上，鬼笑曰："此近视眼钟先生，目昏昏然，人鬼不辨，何足惧哉！"盖画者戏为小鬼替钟馗取耳，钟馗忍痒，微合其目故也。

居月余，鬼又言曰："是家气运未衰，闹之无益，不如他去。"乌纱者曰："若如此，空过一家，将来成例，何以得血食乎？"抢其指曰："今已周年，可索一属猪者去。"未几，果一奴属猪者死，而主人愈。（《新齐谐》卷五）

注：钟馗，相传为公元 5 世纪大将尧，字辟邪。[1] 死后由于其字"辟邪"而得以成为避邪之神。据说，钟馗的画像能够驱赶鬼怪。

——十二生肖周期是中国民间的一种纪年方式。

---

[1] 明代郎瑛认为，钟馗原型为北朝将军尧暄；明代胡应麟认为，尧暄曾取名钟葵，字辟邪。

# 99

## 周若虚

　　松溪周若虚，久困场屋，在城外谢家店教读四十余年，凡村内长幼，靡不受业。一日，晚膳后在馆独坐，有学生冯某，向前作揖，邀若虚至家，有要事相恳。言毕告别，辞色之间，甚觉惨惋。若虚忆冯某已死，所见者系鬼，不觉大惊，即诣其家。

　　冯某之父梦兰在门外伫立，见即挽留小饮。若虚亦不道其所以，闲话家常。不觉漏下三鼓，不能回家，梦兰留宿楼上。在中间设榻，间壁即冯某之妻王氏住房，隐隐似有哭声。若虚秉烛不寐。见楼梯上有青衣妇人，屡屡伸头窥探，始露半面，继现全身。若虚呵问："何人？"其妇厉声曰："周先生，此时应该睡矣。"若虚曰："我睡与不睡，与汝何干？"妇曰："我是何人，与先生何干？"即披发沥血，持绳奔犯。若虚惊骇欲倒，忽背后有人用手扶持，曰："先生休怕，学生在此保护。"谛视之，即已故之冯生也，随亦不见。

　　若虚喊叫，其父梦兰持烛上楼，若虚具道所见。梦兰即叫媳妇王氏开门，杳无声息，抉门入，则身已悬梁上矣。若虚协同解救，逾时始苏。因午前王氏与小姑争闹，被翁责骂，短见轻生，恶鬼乘机而至。其夫在泉下知之，故求援于若虚。（《新齐谐》卷六）

　　注：见主线七。

　　——死人知道阳间发生的事。

# 100

# 水仙殿

杭州学院临考，诸廪生会集明伦堂，互保应试童生，号曰"保结"。廪生程某，在家侵晨起，肃衣冠出门。行二三里，仍还家，闭户坐，嗫嗫若与人语。家人怪之，不敢问。少顷，又出，良久不归。明伦堂待保童生到其家问信，家人愕然。方惊疑间，有箍桶匠扶之而归，则衣服沾湿，面上涂抹青泥，目瞪不语。灌以姜汁，涂以朱砂，始作声，曰："我初出门，街上有黑衣人向我拱手，我便昏迷，随之而行。其人云：'你到家收拾行李，与我同游水仙殿，何如？'我遂拉渠到家，将随身钥匙系腰。同出涌金门，到西湖边，见水面宫殿金碧辉煌，中有数美女艳妆歌舞。黑衣人指向余曰：'此水仙殿也。在此殿看美女，与到明伦堂保童生，二事孰①乐？'余曰：'此间乐。'遂挺身赴水。忽见白头翁在后喝曰：'恶鬼迷人，勿往！勿往！'谛视之，乃亡父也。黑衣人遂与亡父互相殴击，亡父几不胜矣。适箍桶匠走来，如有热风吹入水中者。黑衣人逃，水仙殿与亡父亦不见，故得回家。"

家人厚谢箍桶匠，兼问所以救之之故。匠曰："是日也，涌金门内杨姓家唤我箍桶。行过西湖，天气炎热，望见地上遗伞一柄②，欲往取之遮日。至伞边，闻水中有屑索声，方知有人陷水，扶之使起。而君家相公，埋头欲沉，坚持许久，才得脱归。"其妻曰："人乃未死之鬼也，鬼乃已死之人也。人不强鬼以为人，而鬼好强人以为鬼，何耶？"忽空中应声曰："我亦生员读书者也。书云：'夫仁者，己欲立而立人，己欲达而达人。'我等为鬼者，己欲溺而溺人，己欲缢而缢人，有何不可耶？"

① 孰，原本作"执"。
② 遗伞一柄，原本作"遗一伞柄"。

言毕，大笑而去。（《新齐谐》卷六①）

注：过度劳累造成突发性发狂。旧的科举考试经常导致发狂或自杀事件。

——朱砂乃回魂之药，见第5则故事注释。

——死人俱知在世亲人所发生的事。

①按据《新齐谐》，此事当在卷三。

# 101

## 火烧盐船一案

　　乾隆丁亥，镇江修城隍庙。董其事者，有严、高、吕三姓，设簿劝化。一日早雨，有妇人肩舆来，袖中出银一封交严，曰："此修庙银五十两，拜烦登簿。"严请姓氏府居，以便登记。妇曰："些微小善，何必留名！烦记明银数便了。"语毕，去。高、吕二人至，严述其故，并商何以登写。吕笑曰："登簿何为？趁此无人知觉，三人派分，似亦无害。"高曰："善。"严以为非理，急止之，二人不听。严无奈何，去。高、吕将银对分。及工竣，此事惟严一人知之。越八年，乙未，高死；丙申，吕继亡。严未尝与人谈及。

　　戊戌春，患疾，见二差持票谓严曰："有一妇在城隍案下告君，我等奉差拘质。"问："告何事？"差亦不知。严与同行，到庙门外，气象严冷，不复有平日算命起课者在矣。门内两旁，旧系居人，此时所见，尽是差役班房。过仙桥，至二门，见一带枷囚，叫曰："严兄来耶！"视之，高生也。向严泣曰："弟自乙未年辞世，迄今四载受苦，总皆阳世罪谴。眼前正在枷满，可以托生，不料又因侵蚀修庙银一案发觉，拘此审讯。"严曰："此事已隔十数年，何以忽然发觉，想彼妇告发耶？"高曰："非也。彼妇今年二月寿终。凡鬼，无论善恶，俱解城隍府。彼妇乃系善人，同几个行善鬼解来过堂。城隍神戏问曰：'尔一生闻善即趋，上年本府修署，尔独惜费，何耶？'妇曰：'鬼妇当年六月二十日，送银五十两到公所，系一严姓生员接去。自觉些微小善，册上不肯留名，故尊神有所未知。'神随命瘅恶司细查原委，不觉和 ① 盘托出。因兄有劝阻之言，故拘兄来对质。"严问："吕兄今在何处？"高叹曰："渠生前罪重，已在无间狱中，

---

　　① 和，原本作"相"。

不止为分银一事也。"语未毕，忽二差至，曰："老爷升座矣。"严与高等随差立阶下。有二童持彩幢引一妇上殿，又牵一枷犯至，即吕也。城隍谓严曰："善妇之银，可交汝手乎？"严一一从实诉明。城隍谓判官曰："事干修理衙署，非我擅专，宜申详东岳大帝定案，可速备文书申送。"仍令二童送妇归。

二差押严并高、吕二生出庙，过西门，一路见有男著女衣者，女穿男服者，有头罩盐蒲包者，有披羊、狗皮者，纷纷满目。耳闻人语曰："乾隆三十六年，仪征火烧盐船一案，凡烧死、溺死者，今日业满，可以转生。"二差谓严曰："难得大帝坐殿，我们可速投文。"已而疾走，呼曰："文书已投，可各上前听点。"严等急趋。立未定，闻殿上判曰："所解高某，窃分善妇之银，其罪尚小，应照该城隍所拟，枷责发落。吕某生前包揽词讼，坑害良民，其罪甚大，除照拟枷责外，应命火神焚毁其尸。严某君子也，阳禄未终，宜速送还阳。"

严听毕惊醒，则身卧在床，家人皆已挂孝，曰："相公已死三日矣。因心头未冷，故尔相守。"严将梦中事一一言之，家人未信。后一年八月夜，吕家失火，柩果遭焚。（《新齐谐》卷三）


注：以火焚尸，见第14则故事注释。

——枷责，即罪犯在犯罪之地带枷示众，以此赎罪。因此，吕姓者在无间狱赎罪之后，还要在镇江处以枷责。

# 102

## 老妪为妖

乾隆二十年，京师人家生儿辄患惊风，不周岁便亡。儿病时，有一黑物如鸺鹠，盘旋灯下，飞愈疾，则小儿喘声愈急，待儿气绝，黑物乃去。

未几，某家儿又惊风。有侍卫鄂某者，素勇，闻之，怒，挟弓矢相待。见黑物至，射之。中弦而飞，有呼痛声，血涔涔洒地。追之，逾两重墙，至李大司马家之灶下乃灭。见旁屋内一绿眼妪，插箭于腰，血犹淋漓，形若猕猴，乃大司马官云南时带归苗女。最笃老，自云不记年岁。疑其为妖，拷问之，云："有咒语，念之便能身化异鸟，专待二更后出食小儿脑，所伤者不下数百矣。"李公大怒，捆缚置薪活焚之。嗣后，长安小儿病惊风者竟断。（《新齐谐》卷五）

注：见主线十八。

# 103 /

## 署雷公

　　婆源董某，弱冠时，暑月昼卧，忽梦奇鬼数辈，审视其面，相谓曰："雷公患病，此人嘴尖，可替代也。"授以斧，纳其袖中。引至一处，壮丽如王者居。立良久，召入。冠冕旒者坐殿上，谓曰："乐平某村妇朱氏，不孝于姑，合遭天①殛。适雷部两将军俱为行雨过劳，现在患病，一时不得其人。功曹辈荐汝充此任，汝可领符前往。"董拜命出，自视足下云生，闪电环绕，公然一雷公矣。顷刻至乐平界，即有社公导往。董立空中，见妇方诟谇其姑，观者如堵。董取袖中斧，一击毙之，声轰然，万众骇跪。

　　归复命，王者欲留供职。以母老辞，王亦不强。问董："何业？"曰："应童子试。"王顾左右取郡县册阅之，曰："汝今岁可游庠。"遂醒，急语所亲。诣乐平县验之，果然震死一妇，时日悉合。方阅籍时，董窃睨邑试一名为程隽仙，二名为王佩葵，次年皆验。（《新齐谐》卷五）

注：雷公，特征是尖嘴。见主线四。

——两个雷公，正式的和替补的，同现于天庭左侧。见《哲学文献集》第497页图。

——如若行刑者出了问题，中国官员会征用屠夫或士卒代为行刑。

——地方神主持行刑，如同地方官员一般，见主线三。

---

①天，原本作"大"。

# 104

# 贔屃精

　　无锡华生，美风姿，家居水沟头，密迩圣庙。庙前有桥甚阔，多为游人憩息。夏日，生上桥纳凉，日将夕，步入学宫，见间道侧一小门，有女徘徊户下。生心动，试前乞火。女笑而与之，亦以目相注。生更欲进词，而女已阖扉，遂记门径而出。次日再往，女已在门相待。生叩姓氏，知为学中门斗女，且曰："妾舍逼隘，不避耳目。卿家咫尺，但得静僻一室，妾当夜分相就。卿明夕可待我于门。"生喜急归，诳妇以畏暑，宜独寝，洒扫外室，潜候于门。女果夜来，携手入室，生喜过望。自是每夕必至。

　　数月后，生渐羸弱。父母潜窥寝处，见生与女并坐嬉笑，亟排闼入，寂然无人。乃严诘生，生备道始末，父母大骇，偕生赴学宫踪迹，绝无向时门径。遍访门斗中，亦并无有女者。共知为妖，乃广延僧道，请符箓，一无所效。其父研朱砂与生曰："俟其来时，潜印女身，便可踪迹。"生俟女睡，以朱砂散置发上，而女不知。次日，父母偕人入圣庙遍寻，绝无影响。忽闻邻妇诟小儿曰："甫换新裤，又染猩红，从何处染来耶？"其父闻而异之，往视，小儿裤上尽朱砂，因究儿所自。曰："适骑学宫前负碑龟首，不觉染此。"往视，贔屃之首，朱砂在焉。乃启学宫，碎碑下龟首，石片片有血丝，腹中得小石如卵，投之太湖。自是女不复来。
（《新齐谐》卷六）

注：见主线十九、十二。

——卵，意为受孕。

# 105

## 偷雷锥

　　杭州孩儿巷有万姓，甚富，高房大厦。一日，雷击怪，过产妇房，受污不能上天，蹲于园中高树之顶，鸡爪尖嘴，手持一锥。人初见，不知为何物。久而不去，知是雷公。万戏谕家人曰："有能偷得雷公手中锥者，赏银十两。"众奴嘿然，俱称不敢。一瓦匠某，应声去。先取高梯置墙侧，日西落，乘黑而上。雷公方睡，匠竟取其锥下。主人视之，非铁非石，光可照人，重五两，长七寸，锋棱甚利，刺石如泥。苦无所用，乃唤铁工至，命改一刀，以便佩带。方下火，化一阵青烟，杳然去矣。俗云："天火得人火而化。"信然。（《新齐谐》卷八）

　　注：见主线四。

　　——我认为，这则出自 18 世纪文集的故事非源自中国而源自信仰伊斯兰教的国家。据我所知，中国人不同于犹太人或穆斯林，没有"受污"（失去神力）这种说法，且他们的雷神从天上投掷雷公锥，不会到人间来。中国人也从来不戏弄这位天神，对他心存敬畏。

# 106

## 九夫坟

句容南门外有九夫坟。相传，昔有妇人甚美，夫死，止一幼子，家资甚厚，乃招一夫。生一子，夫又死，即葬于前夫之侧；而又赘一夫，复死如前。凡嫁九夫，生九子，环列九坟。妇人死，葬于九坟之中。每日落时，其地即起阴风，夜有呼啸争斗之声，若相媚而夺此妇者。行路不敢过，邻村为之不安，相率诉于邑令赵天爵。随至其地，排衙呼皂隶，于①各坟头持大杖重责三十，自此寂然。（《新齐谐》卷七）

注：见主线十二。

——如果女子出嫁后仍留娘家，则丈夫要从妻姓。

---

①于，原本作"干"。

# 107

## 批僵尸颊

桐城钱姓者，住仪凤门外。一夕回家，时已二鼓，同事劝以明日早行。钱不肯，提灯上马，乘醉而行。到扫家湾地方，荒坟丛密，见树林内有人跳跃而来，披发跣足，面如粉墙。马惊不前，灯色渐绿。钱倚醉胆壮，手批其颊。其头随披随转，少顷又回，如牵丝于木偶中。阴风袭人。幸后面人至，其物退走，仍至树林而灭。次日，钱手黑如墨。三四年后，黑始退尽。询之土人，曰："此初做僵尸，未成材料者也。"（《新齐谐》卷八）

注：见主线九。

# 108

## 城隍神酗酒

杭州沈丰玉，就幕武康。适上宪有公文，饬捕江洋大盗，盗名沈玉丰。幕中同事袁某，与沈戏，以朱笔倒标"沈丰玉"三字，曰："现在各处拿你。"沈怒，夺而焚之。

是夜，沈方就枕，梦鬼役突入，锁至城隍庙中。城隍神高坐喝曰："汝杀人大盗，可恶！"呼左右行刑。沈急辨是杭州秀才，非盗也。神大怒曰："阴司大例，凡阳间公文到来，所拿之人，我阴司协同缉拿。今武康县文书现在，指汝姓名为盗，而汝妄想强赖耶？"沈具道同事袁某恶谑之故，神不听，命加大杖，沈号痛呼冤。左右鬼卒私谓沈曰："城隍神与夫人饮酒醉矣，汝只好到别衙门申冤。"沈望见城隍神面红眼眯，知已沉醉，不得已，忍痛受杖。杖毕，令鬼差押往某处收狱。

路经关圣庙，沈高声叫屈。帝君唤入，面讯原委。帝君取黄纸朱笔判曰："看尔吐属，实系秀才，城隍神何得酗酒妄刑？应提参治罪。袁某久在幕中，以人命为儿戏，宜夺其寿。某知县失察，亦有应得之罪，念其因公他出，罚俸三月。沈秀才受阴杖，五脏已伤，势不能复活，可送往山西某家为子，年二十登进士，以偿今世之冤。"判毕，鬼役惶恐，叩头而散。

沈梦醒，觉腹内痛不可忍，呼同事告以故，三日后卒。袁闻之，急辞馆归，不久，吐血而亡。城隍庙塑像无故自仆。知县因滥应驿马事，罚俸三月。（《新齐谐》卷九）

注：见主线三、二。

——又见第90则故事注释。

# 109

## 鬼差贪酒

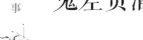

杭州袁观澜，年四十，未婚。邻人女有色，袁慕之，两情属矣。女之父嫌袁贫，拒之。女思慕成瘵，卒。袁愈悲悼，月夜无以自解，持酒尊独酌。见墙角有蓬首人，手持绳，若有所牵，睨而微笑。袁疑为邻之差役，招曰："公欲饮乎？"其人点头。斟一杯与之，嗅而不饮。曰："嫌寒乎？"其人再点头。热一杯奉之，亦嗅而不饮。然屡嗅则面渐赤，痴迷不动。牵其绳所缚者，邻氏女也。袁大喜，具酒罂，取蓬首人投而封之，画八卦镇压之，解女子缚，与入室为夫妇。夜有形交接，昼则闻声而已。

逾年，女子喜告曰："吾可以生矣！且为君作美妻矣。明日某村女气数已尽，吾借其尸可活，君以为功，兼可得资财作衣食费。"袁翌日往访某村，果有女气绝方殁，父母号哭。袁呼曰："许为吾妻，吾有药能使还魂！"其家大喜，许之。袁附女耳，低语片时，女即跃起，合村惊以为神，遂为合卺。女所记忆，皆非本家之事。逾年，渐能晓悉，貌较美于前女。（《新齐谐》卷七）

注：见主线九。

——人们认为鬼差没有口腔和咽喉，既不能说话也不能吞咽，只能呼吸和闻嗅。见《哲学文献集》第363页"饿鬼"。

——"八卦"，一种神圣不可破的封符。见《哲学文献集》第87页。

——所有鬼都不能见光，包括强烈的人为亮光。

——知识和记忆为附体的灵魂所有，而不是躯体本身。

# 110

## 仙人顶门无发

　　癸巳秋，张明府在毗陵。遇杨道人者，童颜鹤发，惟顶门方寸，一毛不生。怪而问之，笑曰："汝不见街道上两边生草，而当中人所践踏之地不生草乎？"初不解所谓，既而思之，知囟门地方，故是元神出入处，故不生发也。道人夜坐僧寺门外，僧招之内宿，决意不可。次早视之，见太阳东升，道人坐墙上吸日光。其顶门上有一小儿，圆满清秀，亦向日光舞蹈而吞吸之。（《新齐谐》卷十六）

　　注：吸食阳光和纯净空气，是道家饮食的最高境界（"辟谷术"，见《哲学文献集》第481—485页），以达到长生不老、童颜永驻的目的。

原神出入

（法文版第212页，对应第110则故事）

# 111

# 木姑娘坟

京师宝和班，演剧甚有名。一日者，有人骑马来相订，云："海岱门外木府要唱戏，登时须去。"是日班中无事，遂随行。至城外，天色已晚。过数里荒野之处，果见前面大房屋，宾客甚多，灯火荧荧，内有婢传呼云："姑娘吩咐，只要唱生旦戏，不许大花面上堂，用大锣大鼓，扰乱取厌。"管班者如其言。自二更唱起，至漏尽不许休息，又无酒饭犒劳。帘内妇女、堂上宾客，语嘶嘶不可辨，于是班中人人惊疑。大花面顾姓者不耐烦，竟自涂脸，扮《关公借荆州》一出，单刀直上，锣鼓大作。顷刻，堂上灯烛灭尽，宾客全无。取火照之，是一荒冢，乃急卷箱而归。明早询土人，曰："某府木姑娘坟也。"（《新齐谐》卷十七）

注：见主线十二。

——可与第 79 则故事比较。

——鬼魂和狐精都惧怕关帝。

# 112

## 香虹

吴江姜某，一子一女。其子娶新妇刘氏。刘性柔婉，不能操作。有婢香虹者，素诡谲，因与其女日夜媒孽其短。刘恨不能伸。来时嫁资颇丰，为其姑逼索且尽。未期年，染病床褥。姑谓其疠也，不许其子与见。刘抑郁死。

忽一日，其女登床，自批其颊，历数其生平之恶，且云："姑使我不与郎见，亦是姻缘数尽，然尔辈用心何太酷耶？"如是数日。为设醮，亦不应。姜与其妻婉求之，乃曰："翁待吾厚，姑亦老悖，此皆①香虹之过，我不饶他。"香虹在侧，忽瞪目大呼，两手架空而行，若有人提之者，坠下，则已毙矣。其女依然无恙。此乾隆五十三年正月事。（《新齐谐》卷十六）

注：见主线七。
——冤鬼复仇。

---

① 皆，原本作"时"。

# 113

## 旱魃

乾隆二十六年，京师。有健步张贵，为某都统递公文<sup>①</sup>至良乡。漏下出城，行至无人处，忽<sup>②</sup>黑风卷起，吹灭其烛，因避雨邮亭。有女子持灯来，年可十七八，貌殊美，招至其家，饮以茶，为缚其马于柱<sup>③</sup>，愿与同宿。健步喜出望外，绸缪达旦。鸡鸣时，女披衣起，留之不可。健步体疲，乃复酣寝，梦中觉露寒其鼻，草刺其口。天色微明，方知身卧荒冢间，大惊牵马，马缚在树上，所投文书，已误期限五十刻。

官司行查至本都统，虑有捺搁情弊。都统命佐领严讯，健步具道所以。都统命访其坟，知为张姓女子，未嫁与人通奸，事发，羞忿自缢，往往魇祟路人。启棺，果一僵女，尸貌如生。焚之。（《新齐谐》卷十八）

注：见主线九、十二。

---

①公文，原本作"文公"。

②忽，原本作"勿"。

③柱，原本作"桂"。

# 114

## 狐仙冒充观音三年

　　杭州周生，从张天师过保定旅店，见美妇人跪阶下，若有所祈。生问天师，天师曰："此狐也，向我求人间香火耳。"生曰："盍许之？"天师曰："彼修炼有年，颇得灵气，若与香火，恐恣威福，为人间祟。"生爱其美，代为祈请。天师曰："难却君情，但令受香火三年，毋得过期可也。"命法官批黄纸付之去。

　　三年后，生下第出都，过苏州，闻上方山某庵观音极著灵异，将往祷焉。至山下，同祷者教以步行，曰："此山观音甚灵，凡肩舆上山者，中道必仆。"生不信，肩舆上山。未十数武，扛果折，生坠地，幸无所伤，遂下舆步行。入庙，见香烛极盛，所谓观音者，坐锦幔中，勿许人见。生问僧，僧曰："塑像太美，恐见者辄生邪念故也。"生必欲启视。果极妖冶，不类他处观音。谛视之，颇似曾相识者。良久恍然，是旅店中妇人。生大怒，指而数之曰："汝昔求我说情，故得此香火。汝乃不感我恩而坏我舆，何太没良心也？且天师只许汝受香火三年，今已过期，恋此不去，岂竟忘前约乎？"语未毕，像忽扑地碎，僧大骇，亦无可奈何。俟生去，为之纠金重塑，而灵响从此寂然。（《新齐谐》卷七）

　　注：见主线十七、二十。

# 115

## 土地受饿

杭州钱塘邑生张望龄，病疟。热重时，见已故同学顾某者踉跄而来，曰："兄寿算已绝，幸幼年曾救一女，益寿一纪。"张见故人为己事而来，衣裳蓝缕，面有菜色，因谢以金。顾辞不受，曰："我现为本处土地神，因官职小，地方清苦，我又素讲操守，不肯擅受鬼词，滥作威福，故终年无香火，虽作土地，往往受饿。然非分之财，虽故人见赠，我终不受。"张大笑。

次日，具牲牢祭之，又梦顾来谢曰："人得一饱，可耐三日；鬼得一饱，可耐一年。我受君恩，可换到阴司大计，望荐卓异矣。"张问："汝如此清官，何以不即升城隍？"曰："解应酬者，可望格外超升；做清官者，只好大计卓荐。"（《新齐谐》卷八）

注：见主线三。

——固定为死者供奉的食物很少，但人们认为已经足够了，因为鬼的食欲不如活人。该故事明确地表达了这种观念。

# 116

## 蔼蔼幽人

通州李枭司，讳玉铉，丙戌进士。少时好炼笔录，忽一日，笔于空中书曰："敬我，我助汝功名。"李再拜，祀以牲牢。嗣后文社之事，题下，则听笔之所为。尤能作擘窠大字，求者辄与。李敬奉甚至，家事外事，咨之而行，靡不如意。社中能文者，每读李作，叹其笔意大类钱吉士。钱吉士者，前朝翰林钱熹也。李私问笔神，答曰："是也。"自后，里中人来扶乩者，多以"钱先生"呼之。笔神遇题跋落款，不书姓名，但书"蔼蔼幽人"四字。李举孝廉，成进士，笔神之力居多。后官枭司，神助之决狱，郡中以为神。李公乞归，神与俱。李他出，其子弟事神不敬，神怒，投书作别而去。（《新齐谐》卷十三）

注：见主线十六。

——18世纪末的文章。

# 117

## 鹤静先生

厉樊榭未第时，与周穆门诸人好请乩仙。一日，有仙人降盘，书曰："我鹤静先生也，平生好吟，故来结吟社之欢[①]。诸君小事问我，我有知必告；大事不必问我，虽知亦不敢告。"嗣后，凡杭城祈晴祷雨、止疟断痢等事问之，必书日期，开药方，皆验，其他休咎，则笔卧不动。每日祈请，但书"鹤静先生"四字，向空焚之，仙辄下降。

如是一年。樊榭、穆门请与相见，拒而不许，诸人再四恳求，曰："明日下午，在孤山放鹤亭相候。"诸公临期放舟伺之，至日昃，无所见，疑其相诳，各欲起行。忽空中长啸一声，阴风四起，见伟丈大须长数尺，纱帽红袍，以长帛自挂于石牌楼上，一闪而逝。疑是前朝忠臣殉节者也。自此乩盘再请，亦不至矣。惜未问其姓名。（《新齐谐》卷十五）

注：见主线十六。

---

①欢，原本作"权"。

# 118/

# 徐步蟾宫

扬州吴竹屏，丁卯秋闱①，在金陵扶乩问："中否？"乩批"徐步蟾宫"四字。吴大喜，以为馆选之征。及榜发，不中。是年解元，乃徐步蟾公也。（《新齐谐》卷十六）

注：显示在乩盘的沙灰上。见第72则故事。

---

① 闱，原本无。

# 119

## 陈姓父幼子壮

　　扬州陈山农，世业骡马行，年五十余，病卧。见少年骑马自外入，掌其颈，遂昏迷。被少年提置马上，疾驰出门。陈号呼，莫有救者。至郊外，少年掷之于地，曰："速来！吾先行候汝。"复以掌击其股，乃驰去。陈心迟疑，而两足不觉前进，其行如飞，亦不甚倦。惟所穿履觉易败，败则道旁有织履者为易之，易毕即行。了不通问，问亦不答。腹馁甚，见市中殽馔，试取食之，亦无禁。约行三昼夜，见道旁去思碑题名，知已入陕西咸阳城矣。及郭门，少年在焉，叱曰："来何迟，累人三日痛楚！"即导入城，止一家门外。少年入，复出，曳其裾至户内。见妇人辗转床上，若甚痛迫者。少年挈其项足，投妇人身。陈昏昏若入深岩中，腥秽满鼻，目不见天光，心窘甚。逾时，见小隙微明，并力踊跃，豁然而堕，闻耳边多作贺声，曰："得一佳儿。"陈更骇异，亟欲言而口已噤，因大呼。男妇满前，都无所闻。徐自审其声若甚小者，更摩视其耳目四肢，无不小矣，悟曰："吾其投胎复生乎？"乃张目四顾，有老妪曰："是儿目光焰焰，岂妖耶？再视当杀之！"陈惧，即瞑其目。自是沉沉若愚，胸中一切哀愁愤惋之心，叫呼啼哭，旁人便抱乳之，全不解其意。渐久习惯，亦不复作前世想矣。

　　全六岁，稍稍能言。其父行贾江南归，以绢绐其母曰："此物不易得，在江南值数十金。"母珍之，置枕函间。陈偶取玩视，母以父言禁之。陈笑曰："父妄耳。此濮院绸，不数金可得。"父大惊，固问之。陈垂涕，具道所以，且曰："吾来时，生儿方十数岁，今当成人，名某，家住某里。父至江南可访也。"父颔之。明年至扬州，果得其子，语以故。子亦以贸易故，欣然偕来。相见之下，略不相识。子虆虆有须，而父犹孩也。

道家事如平生，且言："某某欠债未还；某处有积金三百，存为汝婚，宜归取之。"言讫欷歔。子不胜悲，归访之，其言皆验。

后十余年，陈年壮，继父业，来江南访其故居。前生子已死，家事凋落，皤然老妻，抚孤孙独存。陈不胜感慨，留三百金，为前生妻治后事，具杯酒浇其前世墓而去。（《新齐谐》卷七）

注：未经审判和炼狱的投胎转世。

——骑马的少年乃阴间鬼差。

——鞋履和食物是给死人的供奉。

——本文所述乃分娩之时的投胎，非怀孕期。可与第 6 则故事比较。

——不幸的孩童可借转世的灵魂报仇。

——该灵魂未经过阴间，也就未喝下能抹去记忆的孟婆汤，所以记忆得以保存。见《民间道德与风俗》第 351 页第 19 章"佛教故事"中关于孟婆娘娘的段落。

# 120

## 尸行诉冤

常州西乡有顾姓者，日暮郊行，借宿古庙。庙僧曰："今晚为某家送殓，生徒尽行，庙中无人，君为我看庙。"顾允之，为闭庙门，吹灯卧。

至三鼓，有人撞门，声甚厉。顾喝问："何人？"外应曰："沈定兰也。"沈定兰者，顾之旧交，已死十年之人也。顾大怖，不肯开。门外大呼曰："尔无怖，我有事托君。若迟迟不开，我既为鬼，独不能冲门而进乎？所以唤尔开门者，正以照常行事，存故人之情耳。"顾不得已为启其钥，砉然有声，如人坠地。顾手忙眼颤，意欲举烛。忽地上又大呼曰："我非沈定兰也。我乃东家新死者某，被奸妇毒死，故托名沈定兰，求汝伸冤。"顾曰："我非官府，冤何能伸？"鬼曰："尸伤可验。"问："尸在何处？"曰："灯至即见。但见灯，我便不能言矣。"

正勾邃间，外扣门者人声甚众，顾迎出，则群僧归庙，各有骇色，曰："正诵经送尸，尸隐不见，故各自罢归。"顾告以故，同举火照尸，有七窍流血者奄然在地。次日，同报有司，为理其冤。（《新齐谐》卷二）

注：复仇鬼，见主线七。

——僧人在送殓仪式上为逝者念诵专门的佛经。

——鬼早就知道这个外来人顾姓者及其死去的朋友沈定兰。

——鬼无法强行破门，如果窗户纸无隙无洞，鬼甚至无法弄破窗户纸。

——光会使离体的魂隐而不见，会麻痹留在体内的魄。这则故事中，鬼以魄的形式出现，可与第9则故事比较。

——中毒之人会七窍流血，这是较为普遍的说法。

# 121

## 吴生不归

会稽县东四十里，地名长漊，有吴生者，年十八，美丰仪，读书家中，忽失所在。越三日归，自言："某日坐书室，见美妇人降自屋上，招与偕行。随至大第中，陈设华美，往来者无一男子。室内更有一美，倚窗斜<sup>①</sup>睇，具酒食共饮。饮毕，两美迭就为欢。叩以姓名，俱笑不答，但云：'此间乐，我二人惟郎是从，郎但安居可也。'居数日，我偶动乡思，一女曰：'郎思家矣，当送归，无苦郎心。'遂送至里门，我才得归。"自此神思恍惚。当午，家人为具膳，则云："此味恶，不似彼食美也。"当夕，为拭床帐，则云："此物恶，不如彼物华也。"未几，又失去，数日复归，所言如前，但颜色渐焦，举体有腥气。家人延僧道醮祝，都无所济。

俄而数月不返。生有弟某，行经白塔，见山洞口有遗带，认系兄物。持归，率人秉火入洞，见兄裸卧淤泥间。扶至家，灌以药饵，苏，张目怒曰："我卧锦衾中，何夺我至此！"于是亲族皆来守护，以铁索锢之，厌以符箓。生稍知惧，不敢寐。夜间，众方环坐，忽闻响声琅然，有光若电，绕室数匝，失生所在。铁索斩然中断，门窗仍闭，竟不知何自出也。

次晨，再寻白塔山洞，茫然无得矣。于是远近传播洞中有妖，聚观者日以千计。县令李公惧生事，亲来搜看，亦无所得。乃以石封洞门，观者止，而生竟不归。（《新齐谐》卷七）

注：见主线八。

---

①斜，原本作"料"。

# 122

## 误学武松

　　杭州马观澜家，每四时必祭其门。予问："古礼，门为五祀之一，今此礼久不行，君家独行之，何也？"马曰："余家奴陈公祚好酒，每晚必醉敲门归。一日，闻户外喧呶声，往视①之，奴扑地曰：'奴归，见门外一男一妇，俱无头，头持在手。妇呼曰："吾汝嫂也。吾淫属实，吾夫杀我可也。汝为小叔，不当杀我。夫杀我时，心软，手噤龄不下，汝夺刀代杀，此事岂汝所宜与耶？吾每来相寻，为汝主人家门神呵禁，今故伺汝于门外。"因大骂唾奴面。其男鬼掷头撞奴，奴倒地。闻人声，二鬼才散。'马氏众家人扶至床，自言少年曾有此事而死。"马氏以鬼言故祭门神甚敬，世其家。（《新齐谐》卷七）

　　注：本文写于 18 世纪末期。见主线七。

　　——门神，见《哲学文献集》第 76 页："五祀"包含"门"。

　　——唐代后，唐太宗的两位大将尉迟恭和秦琼被奉为门神。

---

　　①视，原本作"解"。

# 123

## 瘟鬼

　　乾隆丙子，湖州徐翼伸之叔岳刘民牧作长洲主簿，居前宗伯孙公岳颁赐第。翼伸归湖之便访焉。天暑，浴于书斋，月色微明，觉窗外有气喷入，如晓行臭雾中，几上鸡毛帚盘旋不已。徐拍床喝之，见床上所挂浴布与茶杯飞出窗棂外。窗外有黄杨树，杯触树碎，声铿然。徐大骇，唤家奴出视，见黑影一团，绕瓦有声，良久始息。

　　徐坐床上，片时，帚又动。徐起，以手握帚，非平时故物，湿软如妇人乱发，恶臭不可近，冷气自手贯臂，直达于肩。徐强忍持之。墙角有声，如出瓮中者，初似鹦鹉学语，继似小儿啼音，称："我姓吴，名中，从洪泽湖来，被雷惊，故匿于此，求恩人放归。"徐问："现在吴门大瘟，汝得非瘟鬼否？"曰："是也。"徐曰："是瘟鬼，则我愈不放汝，以免汝去害人。"鬼曰："避瘟有方，敢献方以乞恩。"徐令数药名而[1]手录之。家奴在旁，各持坛罐，请纳帚而封焉。徐从之，封投太湖。苏州太守赵文山，求其方以济人，无不活者。（《新齐谐》卷七）

　　注：见主线十九。作祟情形。

---

①而，原本作"面"。

# 124

# 疟鬼

　　上元令陈齐东，少时与张某寓太平府关帝庙中。张病疟，陈与同房，因午倦，对卧床上。见户外一童子，面白皙[①]，衣帽鞋袜皆深青色，探头视张。陈初意为庙中人，不之问。俄而张疟作。童子去，张疟亦止。又一日寝，忽闻张狂叫，痰如涌泉。陈惊寤，见童子立张榻前，舞手蹈足，欢笑顾盼，若甚得意者。陈知为疟鬼，直前扑之，著手冷不可耐。童走出，飒飒有声，追至中庭而没。张疾愈，而陈手有黑气，如烟熏色，数日始除。（《新齐谐》卷七）

　　注：其他作祟的情况。见上则故事。

---

①皙，原本作"晢"。

# 125

## 鬼闻鸡鸣则缩

　　予门生司马骧，馆溧水林姓家。其所住地，名横山乡，僻处也。天盛暑，以其西厅宏敞，乃与群弟子洒扫，为晚间乘凉之处。挈书籍行李，移床就焉，秉烛而卧。至三鼓，门外啾啾有声，户枢拔矣，烛光渐小，阴风吹来，有矮鬼先入，绕地而趋。随后一纱帽红袍人，白须飘飘，摇摆而进，徐行数步，坐椅上，观司马所作诗文，屡点头，若领解者。俄顷起立，手携短鬼步至床前。司马亦起坐，与彼对视。忽鸡叫一声，两鬼缩短一尺，灯光为之一亮。鸡三四声，鬼三四缩，愈缩愈短，渐渐纱帽两翅擦地而没。

　　次日，问之土人，云："此屋是前明林御史父子同葬所也。"主人掘地，朱棺宛然，乃为文祭之，起棺迁葬。（《新齐谐》卷八）

　　注：见主线十三。

# 126

## 蒋厨

常州蒋用庵御史家厨李贵，取水灶下，忽中恶仆地。召巫视之，曰："此人夜行冲犯城隍仪仗，故被鬼卒擒去。须用三牲纸钱祷求城隍庙中西廊之黑面皂隶，便可释放。"如其言，李果苏。家人问之，曰："我方汲水，忽被两个武进县黑面皂头来拿去，说我冲犯他老爷仪仗，缚我衙门外树上，听候发落。我实不知原委。今日听他二人私地说：'李某业已尽孝敬之礼，可以放他回去，不必禀官。'将我解去索子，推入水中，我便惊醒。"御史公闻之，笑曰："看此光景，拿时城隍不知，放时城隍不知，都是黑面皂隶诈钱作祟耳。谁谓阴间官清于阳间官乎！"（《新齐谐》卷八）

注：见主线三。

——假鬼卒把李贵擒去，索到纸钱后将其放回，城隍始终都不知此事。中国民间故事中，鬼卒饿极时会这么做。

# 127

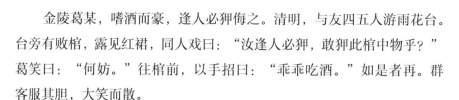

## 鬼乖乖

金陵葛某，嗜酒而豪，逢人必狎侮之。清明，与友四五人游雨花台。台旁有败棺，露见红裙，同人戏曰："汝逢人必狎，敢狎此棺中物乎？"葛笑曰："何妨。"往棺前，以手招曰："乖乖吃酒。"如是者再。群客服其胆，大笑而散。

葛暮归家，背有黑影尾之，声啾啾曰："乖乖来吃酒。"葛知为鬼，乃向后招呼曰："鬼乖乖，随我来。"径往酒店，上楼，置一酒壶、两杯，向黑影酬劝。旁人无所见，疑有痴疾，听其所为。共饮良久，乃脱帽置几上，谓黑影曰："我下楼小便，即来奉陪。"黑影者首肯之。葛急趋出归家。

酒保见客去遗帽，遂窃取之。是夕，为鬼缠绕，口喃喃不绝，天明自缢。店主人笑曰："认帽不认貌，乖乖不乖。"（《新齐谐》卷八）

注：见主线七、八。

——鬼使酒保自缢。

# 128

## 张奇神

　　湖南张奇神者，能以术摄人魂，崇①奉甚众。江陵书生吴某独不信，于众辱之，知其夜必为崇，持《易经》坐灯下。闻瓦上飒飒作声，有金甲神排门入，持枪来刺。生以《易经》掷之，金甲神倒地。视之，一纸人耳，拾置书卷内夹之。有顷，有青面二鬼持斧齐来，亦以《易经》掷之，倒如初，又夹于书卷内。

　　夜半，其妇号泣叩门，曰："妾夫张某，昨日遣两子作崇，不料俱为先生所擒，未知有何神术，乞放归性命。"吴曰："来者三纸人，并非汝子。"妇曰·"妾夫及两儿②，皆附纸人来，此刻现有三尸在家，过鸡鸣则不能复生矣。"哀告再三。吴曰："汝害人不少，当有此报。今吾怜汝，还汝一子可也。"妇持一纸人，泣而去。明日访之，奇神及长子皆死，惟少子存。（《新齐谐》卷八）

　　注：见主线十七、十八。

---

①崇，原本作"崇"。
②妾夫及两儿，原本作"夫妾之两儿"。

# 129

## 道士作祟自毙

　　杭州赵清尧好弈，闻落子声，必与对枰。偶游二圣庵，见道人貌陋，与客方弈，而棋甚劣，自称"炼师"。赵意薄之，不与交言，随即辞出。

　　是夕，上床就寝，有鬼火二团绕其帐上，赵不为动。俄有青面锯齿鬼持刀揭帐，赵厉声呵之，旋即消灭。次夕，满床作啾啾声，如童子学语，初不甚分明，细听之，乃云："我棋劣，自称炼师，与汝何干，而敢轻我？"赵方知是道士为祟，愈加不恐。旋又闻低声云："汝大胆，刀剑不畏，我将以勾魂法取汝性命。"遂咒云："天灵灵，地灵灵，当门顶心下一针。"赵闻之，觉满身肉趯趯然如欲颤者，乃强制其心，总不一动，兼以手自塞其耳，然临卧则咒声出于枕中。

　　赵坚忍月余，忽见道士涕泣跪于床前，曰："我以一念之嗔，来行法怖汝，要汝央求，好取些财帛。不料汝总不动心，我悔之无及。我法不行于人者，反殃其身，故我昨日已死。魂无所归，愿来服役，作君家樟柳神，以赎前愆。"赵卒不答。明日，遣人往二圣庵视之，道士果自到。嗣后，赵君一日前之事必先知之。或云：道士为服役也。（《新齐谐》卷八）

　　注：见主线十三、十八。

　　——不干净的东西对正直和勇敢之人无能为力。作恶的效果与人的恐惧成正比。

# 130

## 不倒翁

　　蒋生某往河南，过巩县，宿焉。店家有西楼，洒扫极净，蒋爱之，以行李往。店主笑曰："公胆大否？此楼不甚安。"蒋曰："椒山自有胆。"秉烛坐至夜深，闻几下如竹桶泛水声，有跃出者，青衣皂冠，长三寸许，类世间差役状。睨蒋许久，叱叱而退。

　　少顷，数短人舁一官至，旗帜车马之类，历历如豆。官乌纱冠危坐，指蒋大詈，声细如蜂虿。蒋无怖色。官愈怒，小手拍地，麾众短人拘蒋。众短人牵鞋扯袜，竟不能动。官嫌其无勇，攘臂自起。蒋以手撮之，置于几上，细视之，世所卖不倒翁也。块然僵仆，一土偶耳。其舆从俯伏罗拜，乞还其主。蒋戏曰："尔须以物赎。"应声曰："诺。"墙穴中嗡嗡有声，或四人辇一钗，或二人扛一簪。顷刻，首饰金帛之属，布散于地。蒋取不倒翁掷与之，复能举动如初。然队伍不复整矣，奔窜而散。

　　天渐明，店主大呼："失贼！"问之，则楼上赎官之物，皆三寸短人所偷店主物也。（《新齐谐》卷二）

注：俾格米人（矮人）、侏儒、小妖精的故事并不少见，但是有关这些生物的性质，人们从来没有解释清楚。

# 131

## 皂荚下二鬼

　　丹阳南门外吕姓者，有皂荚园，取利甚大。每结实时，吕氏父子守之，防有偷者。一夕月下，其父坐石上看树，树下有蓬发鬅鬙然从土中出，惧而不视，呼其子往曳之。有红衣女子闯然起，父惊仆地，其子狂奔入室。女追之，至大门，忽僵立不动，一足在门外，一足在门内。子大呼，家人持刀杖齐集，畏其冷气射人，俱不敢近。女子从容起行，伛身入床下，遂不见。其子持姜汤灌醒其父，扶以归，招邻人共掘床下，果一朱棺，中有红衣女尸，如夜所见。嗣后，父子不敢看园守树矣。

　　逾三日，皂荚树下又有①仆于地者，吕氏子亦灌醒之，问其由来，曰："我西邻也，见君家皂荚甚多，无人看守，故来偷窃。不意见树下有无头人以手招我，故骇而仆地。"其子又集人掘之，得黑棺，埋一无头尸，皆僵不腐。聚而焚之，其怪遂绝。（《新齐谐》卷十四）

　　注：厉鬼。见主线九。

　　——故事中的女鬼很可能是不幸婚姻的受害者。

---

　　①又有，原本作"有又"。

# 132

## 尸穽

　　永泰初，有王生者，住在扬州孝感寺北。夏月被酒，手垂于床。其妻恐风射，将举之。忽有巨手出于床前，牵王臂坠床，身渐入地。其妻与奴婢共曳之，不禁，地如裂状，初余<sup>①</sup>衣带，顷亦不见。其家并力掘之，深二丈<sup>②</sup>许，得枯骸一具，已如数百年者。（《酉阳杂俎》）

　　注：见主线九。

---

①余，原本作"除"，据《四部丛刊》景明本《酉阳杂俎》改。
②丈，原本作"杖"。

# 133

## 新繁县令

　　新繁县令妻亡，有妇人婉丽殊绝，县令悦而留之，甚见宠爱。后数月，一旦惨悴，言辞顿咽。令怪而问之，曰："本夫将至，身方远适，所以悲耳。"止之不可，留银酒杯一枚为别。谓令曰："幸甚相思，以此为念。"令赠罗十四。去后恒思之，持银杯不舍手，每至公衙，即放案上。县尉已罢职还乡里，其妻神枢尚在新繁，故远来移转。投刺谒令，令待甚厚。尉见银杯，数窃视之。令问其故，对云："此是亡妻棺中物，不知何得至此？"令叹良久，因具言始末，兼论妇人形状音旨及留杯赠罗之事。尉愤怒终日，后方开棺，见妇人抱罗而卧，尉怒甚，积薪焚之。（《广异记》）

　　注：见主线九、十二。

# 134

## 白莲教

　　白莲教某者，山西人，忘其姓名，大约徐鸿儒之徒。左道惑众，慕其术者多师之。

　　某一日将他往，堂中置一盆，又一盆覆之，嘱门人坐守，戒勿启视。去后，门人启之，视盆贮清水，水上编草为舟，帆樯具焉。异而拨以指，随手倾侧。急扶如故，仍覆之。俄而师来，怒责："何违吾命？"门人立白其无。师曰："适海中舟覆，何得欺我？"

　　又一夕，烧巨烛于堂上，戒恪守，勿以风灭。漏二鼓，师不至。儳然而殆，就床暂寐。及醒，烛已竟灭，急起爇之。既而师入，又责之。门人曰："我固不曾睡，烛何得息？"师怒曰："适使我暗行十余里，尚复云云耶？"门人大骇。如此奇行，种种不胜书。

　　后有爱妾与门人通。觉之，隐而不言。遣门人饲豕，门人入圈，立地化为豕。某即呼屠人杀之，货其肉。人无知者。（《聊斋志异》卷五）

　　注：见主线十八。

# 135

## 土偶

　　沂水马姓者，娶妻王氏，琴瑟甚敦。马早逝，王父母欲夺其志，王矢不他。姑怜其少，劝之，王不听。母曰："汝志良佳，然齿太幼，儿又无出。每见有勉强于初，而贻羞于后者，固不如早嫁，犹恒情也。"王正容，以死自誓，母乃任之。女命塑土肖夫像，每食酹献如生时。一夕，将寝，忽见土偶人欠伸而下。骇心愕顾，即已暴长如人，真其夫也。女惧，呼母。鬼止之曰："勿尔。感卿情好，幽壤酸辛。一门有忠贞，数世祖宗皆有荣光。吾父生有损德，应无嗣，遂至促我茂龄。冥司念尔苦节，故令我归，与汝生一子承祧绪。"女亦沾襟，遂燕好如生平。鸡鸣，即下榻去。如此月余，觉腹微动。鬼乃泣曰："限期已满，从此永诀矣！"遂绝。女初不言，既而腹渐大，不能隐，阴以告母。母疑涉妄，然窥女无他，大惑不解。十月，果举一男。向人言之，闻者罔不匿笑，女亦无以自伸。有里正故与马有隙，告诸邑令。令拘讯邻人，并无异言。令曰："闻鬼子无影，有影者伪也。"抱儿日中，影淡淡如轻烟然。又刺儿指血傅土偶上，立入无痕。取他偶涂之，一拭便去。以此信之。长数岁，口鼻言动[①]，无一不肖马者。群疑始解。（《聊斋志异》卷十五）

　　注：见主线十二。

　　——官员仍然使用写于 1247 年的《洗冤录》中的法医鉴定方法。15 世纪，公堂断案经常使用这本书所记方法。

---

　　①动，原本作"劝"。

# 136

# 物异

【碑龟】[1] 临邑县北有华公墓，碑寻失，惟趺[2] 龟存焉。石赵世，此龟夜常负碑入水，至晓方出，其上常有萍藻。有伺之者，果见龟将入水，因叫呼，龟乃走，坠折碑焉。（《酉阳杂俎》）

【石马】柳林村有马食人田禾，常群围之，不可获。后相约窘，以矢创马，血淋漓，以去。众随踪迹至周皇亲墓，一石马有痕，始知食禾者为石马也。（《昌平州志》）

【孩儿桥】嘉禾北门有孩儿桥，桥栏四角皆刻石孩儿，因名之。不知何时所建。岁时既久，遂出为怪，或夜出叩人门户求食，或于月夜游戏于市，人多见之。一夕，有胆勇者至夜密伺，果见其三二石孩儿，徐徐自桥而下，遂大呼有鬼，以刀逐至其处，斫去其头，怪遂绝。（《括异志》）

注：见主线十九。

---

① 以下三段方头括号中题目为编者所加。
② 趺，原本作"呋"。

# 137

## 宋定伯捉鬼

南阳宋定伯，年少时，夜行逢鬼。问之，鬼言："我是鬼。"鬼问："汝复谁？"定伯诳之，言："我亦鬼。"鬼问："欲至何所？"答曰："欲至宛市。"鬼言："我亦欲至宛市。"

遂行数里。鬼言："步行太迟，可共递相担，何如？"定伯曰："大善。"鬼便先担定伯数里。鬼言："卿太重，将非鬼也？"定伯言："我新鬼，故身重耳。"定伯因复担鬼，鬼略无重。如是再三。定伯复言："我新鬼，不知有何所畏忌？"鬼答言："惟不喜人唾。"于是共行。道遇水，定伯令鬼先渡，听之，了然无声音。定伯自渡，漕漼作声。鬼复言："何以有声？"定伯言："新死，不习渡水故耳，勿怪吾也。"

行欲至宛市，定伯便担鬼著肩<sup>①</sup>上，急执之。鬼大呼，声咋咋然，索下，不复听之。径至宛市中，下著地，化为一羊，便卖之。恐其变化，唾之。得钱千五百，乃去。当时有言："定伯卖鬼，得钱千五。"（《搜神记》卷十六）

注：见主线七、九。

——异教徒驱鬼时可对其吐唾沫（"唾之"），因此行刑时，刽子手要对受刑者吐唾沫，以防被死者魂魄缠身。

---

①肩，原本作"扁"，据明《津逮秘书》本《搜神记》改。

# 138

## 僵尸食人血

吴江刘秀才某，授徒于元和县蒋家。清明时，假归扫墓，事毕，将复进馆，谓妻曰："予来日往某处访友，然后下船到阊门，汝须早起作炊。"妇如言，鸡鸣起身料理。刘乡居，其屋背山面河，妇淅米于河，撷蔬于圃，事事齐备，天已明而夫不起。入室催促，频呼不应，揭帐视之，见其夫横卧床上，颈上无头，又无血迹。大骇，呼邻里来看。群疑妇有奸杀夫，鸣之官。官至检验，命暂收殓，拘妇拷讯，卒无实情，置妇狱中，累月不决。

后邻人上山采樵，见废冢中有棺暴露，棺木完固，而棺盖微启，疑为人窃发。呼众启视，见尸面色如生，白毛遍体，两手抱一人头。审视，识为刘秀才，乃诉官验尸。官命取首，首为尸手紧捧，数人之力，挽不能开。官命斧斫僵尸之臂，鲜血淋漓，而刘某之头反无血矣，盖尽为僵尸所吸也。官命焚其尸，出妇狱中，案乃结。（《续新齐谐》卷二）

注：见主线九。

——妻子起床之前丈夫已经无头了。

——僵尸身上的白毛很可能是真菌或霉菌，中国人用衣服和棉花包裹尸体，以保持干燥。

# 139

## 两僵尸野合

有壮士某，客于湖广，独居古寺。一夕，月色甚佳，散步门外，见树林中隐隐有戴唐巾飘然来者，疑其为鬼。旋至松林最密中，入一古墓，心知为僵尸。素闻僵尸失棺上盖便不能作祟①。次夜，先匿于树林中，伺尸出，将窃取其盖。

二更后，尸果出，似有所往。尾之，至一大宅门外，其上楼窗中，先有红衣妇人掷下白练一条，牵引之。尸攀援而上，作絮语声，不甚了了。壮士先回，窃其棺盖藏之，仍伏于松深处。夜将阑，尸匆匆还，见棺失盖，窘甚，遍觅良久，仍从原路跟跄奔去。再尾之，至楼下，且跃且鸣，喈喈有声。楼上妇亦相对喈喈，以手摇拒，似讶其不应再至者。鸡忽鸣，尸倒于路侧。

明早，行人尽至，各大骇。同往楼下访之，乃周姓祠堂。楼停一柩，有女僵尸，亦卧于棺外。众人知为僵尸野合之怪，乃合尸于一处而焚之。（《新齐谐》卷十二）

注：见主线九、十二。

——当棺盖被揭开时，僵尸会因接触到外面的空气而不能作祟。

---

①祟，原本作"崇"。

# 140

## 梁氏改嫁

准财里内有开善寺，京兆人韦英宅也。英早卒，其妻梁氏不治丧而嫁，更纳河内人向子集为夫。虽云改嫁，仍居英宅。英闻梁氏嫁，白日来归，乘马将数人至于庭前，呼曰："阿梁，卿忘我也？"子集惊怖，张弓射之，应箭而倒，即变为桃人，所骑之马亦化为茅马，从者数人尽化为蒲人。梁氏惶惧，舍宅为寺。（《洛阳伽蓝记》）

注：公元 6 世纪的文章。

——陪葬人偶。见《哲学文献集》第 79 页关于"木俑"的文字，《民间道德与风俗》第 533 页第 23 章"葬礼"中关于"纸人"的说法。

——丈夫的魂回到桃人中。

# 141

## 窦不疑

　　窦不疑，为中郎将，告老归家。家在太原，宅于北郭阳曲县。不疑为人勇，有胆力。太原城东北数里，常有道鬼，每阴雨昏黑后多出，人见之或怖而死。诸人言曰："能往射道鬼者，与钱五千。"人无言，惟不疑请行。迫昏而往。既至魅所，鬼正出行。不疑逐而射之，鬼被箭走。不疑追之，凡中三矢，鬼自投于岸下，不疑乃还。诸人笑而迎之，因授之财，不疑尽以饮焉。明日，往寻所射岸下，得一方相，身则编荆也，其傍仍得三矢，自是道鬼遂亡。（《纪闻》）

　　注：见主线十九。

　　——旧物变魅。

　　——"方相氏"或"开路神"，用树枝和纸扎成的人偶，置于葬礼队伍最前面，是负责开路的神，可以驱疫避邪。这个习俗可以上溯至周代，汉代普及。见《哲学文献集》第85页："方相氏掌蒙熊皮，黄金四目，玄衣朱裳，执戈扬盾，帅百隶而时难，以索室欧疫。"（《周礼·夏官·方相氏》）

# 142

## 魂车木马

宋时有诸生远学，其父母燃火夜作，儿忽至前，叹息曰："今我但魂尔，非复生人。"父母问之，儿曰："此月初病，以今日某时亡。今在琅琊任子成家，明日当殡，来迎父母。"父母曰："去此千里，虽复颠倒，那得及汝？"儿曰："外有车乘，但乘之，自得至矣。"父母从之，上车忽若睡，比鸡鸣，已至所在。视其驾乘，但魂车木马。遂与主人相见，临儿悲哀。问其疾消息，如言。（《搜神后记》卷三）

注：见主线十一。

——关于"信车（纸轿）"，见《民间道德与风俗》第495页第23章"葬礼"。

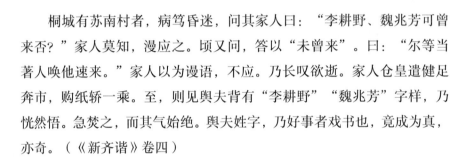

# 143

## 苏南村

桐城有苏南村者，病笃昏迷，问其家人曰："李耕野、魏兆芳可曾来否？"家人莫知，漫应之。顷又问，答以"未曾来"。曰："尔等当著人唤他速来。"家人以为漫语，不应。乃长叹欲逝。家人仓皇遣健足奔市，购纸轿一乘。至，则见舆夫背有"李耕野""魏兆芳"字样，乃恍然悟。急焚之，而其气始绝。舆夫姓字，乃好事者戏书也，竟成为真，亦奇。（《新齐谐》卷四）

注：见上则故事。

——中国北方叫车，南方称轿，无论阴间阳间皆是如此。

# 144

## 烈杰太子

湖州乌程县前有庙，神号"烈杰太子"。相传元末时，有勇少年纠乡兵起义，与张士诚将战死。土<sup>①</sup>人哀之，为立庙。号"烈杰"者，以其勇烈而能为豪杰之意也。

乾隆四十二年，邑人陈某烧香庙中，染邪自缢。其兄名正中者，刚正士也，以为庙乃神灵所栖，不应居鬼祟，往询。庙祝云："今岁来进香者，先有二人缢死矣。"正中大怒，率家僮各持锄械入庙，毁其神像。众乡人大骇，嘈嘈然以为得罪神明，将为邻里祸，遂投牒县中，控正中狂悖。正中具诉原委，且云："'烈杰太子'四字，不见史传，又不见志书，明系与五通社鬼相同，非正神也。今正中已将神像拆毁，致犯乡邻怒，情愿出资将庙修好，另立关圣神像，为乡邻祈福。"县令某嘉其词正，批准允行，销案。如是者两月，庙颇平安。

忽孙姓家一女，年已将笄，染患邪病，目斜眉竖，自称烈杰太子，"被恶人拆去神像，栖身无所，须与我酒食"等语。其家进奉稍迟，则此女自批其颊，哀号痛苦。女父往正中家咎之。正中大怒，持桃枝径往女家，大呼而入，曰："冤有头，债有主，毁汝像者我也！我在此，汝不报仇，而欺人家小儿女，索诈酒食，何烈何杰？直是无耻小人。敢不速走！"女作惊惧声曰："红脸恶人又来矣！我去！我去！"女登时苏醒。其父乃留正中住宿其家，女遂平安。正中偶然外出，鬼祟如故。于是正中与其父谋，择里中年少者嫁之。自此怪绝，而病亦愈。

（《新齐谐》卷三）

---

① 土，原本作"士"。

注：饿鬼。

——桃枝可驱鬼。见《哲学文献集》第 83、84 页对"巫"的介绍。

——女子嫁人可治愈邪病。

# 145

## 鬼冒名索祭

某侍卫好驰射，逐兔东直门。有翁蹲而汲水，马逸不止，挤翁于井。某大惧，急奔归家。是夜，即见此翁排闼入，骂云："尔虽无心杀我，然见我落井，唤人救我，尚有活理，何乃忍心潜逃，竟归家耶？"某无以答。翁即毁器坏户，作祟不已。举家跪求，为设斋醮。鬼曰："无益也。欲我安宁，须刻木为主，写我姓名于上，每日以豚蹄享我，当作祖宗待我，方饶汝。"如其言，祟为之止。自此，过东直门，必纡道而避此井。

后扈从圣驾，当过东直门，仍欲纡道走。其总管斥之曰："倘上问汝何在，将何词以对？况青天白日，丁乘万骑，何畏鬼耶？"某不得已，仍过井所，则见老翁宛然立井边，奔前牵衣骂曰："我今日寻著汝矣！汝前年马冲我而不救，何忍心耶？"且詈且殴之。某惊遽哀恳曰："我罪何辞？但翁已在我家受祭数年，曾面许宽我，何以又改前言？"翁更怒曰："吾未死，何需汝祭？我虽为马所冲，失脚落井，后有过者，闻我呼救，登时曳出。尔何得疑我为鬼？"某大骇，即拉翁同至其家，共观木主，所书者，非其姓名。翁攘臂骂，取木主掷之，撒所供物于地。举家惶愕，不解其故，闻空中有声，大笑而去。（《新齐谐》卷二）

注：鬼会利用一切亲见或听闻的机会，因此人们通常害怕听到某些话。比如，车夫怕听到"别翻车"，爬上梯子的瓦匠怕听到"别掉下来"。这种话都是不吉利的，如果被游荡鬼听去，它们会故意让车夫翻车、让瓦匠摔下来。

# 146

## 僵尸贪财

金陵张愚谷与李某交好，同买货广东。张有事南归，李托带家信。张归后，寄信李家，见有棺在堂，知李父亡矣，为设祭行礼。李家德之，其妻出见，年才二十余，貌颇妍雅，设馔款张。时天晚矣，留张宿其家，宿处与停棺之所隔一天井。

至夜二鼓，月色大明，见李妻从内出，在窗缝中相窥。张愕然，以为男女嫌疑之际，不应如此，倘推门而入，当正色拒之。旋见此妇手持一炷香，向其翁灵前喃喃然若有所诉。诉毕，仍至张所住处，将腰带解下，紧缚其门上铁环，徐徐步去。张愈惊疑，不敢上床就寝。

忽闻停棺之所豁然有声，则棺盖落地，坐起一人，面色深黑，两眼凹陷，中有绿睛闪闪，狞恶异常。大步走出，直奔张所，作鬼啸一声，阴风四起，门上所缚带登时寸断。张竭力拦门，力竟不敌，尸一冲而入。幸其旁有大木厨一口，张推厨挡尸，厨倒，正坠尸身，尸倒在厨下，而张亦昏迷不醒矣。

李妻闻变，率家丁持烛奔至，将姜汤灌醒张，而告之曰："此姜翁也。素行不端，死后变作僵尸，常出为祟。性最爱财，前夜托梦于我曰：'将有寄信人张某来我家，身带二百金，我将害其身而取之。以一半置我棺中，以一半赐汝家用。'姜以为妖梦，不信其语。不料君果来宿于此，我故焚香祷祝，劝其勿萌恶念。怕他推门害君，故以带缚住门环，而不料鬼力如是之大也。"乃与家丁扛其尸入棺。

张劝作速火化，以断其妖。曰："久有此意，以翁故，于心不忍。今不得不从俗矣。"张助以作道场之费，召名僧为超度而焚之，其家始安。

（《续新齐谐》卷六）

注：见主线九。

# 147

## 张大帝

安溪相公坟在闽之某山。有道士季姓者利其风水，其女病瘵将危，道士谓曰："汝为我所生，而病已无全理，今将取汝身一物，以利吾门。"女愕然曰："惟翁命。"曰："我欲占李氏风水久矣，必得亲生儿女之骨埋之，方能有应。但死者不甚灵，生者不忍杀，惟汝将死未死之人，才有用耳。"女未及答，道士即以刀划取其指骨，置羊角中，私埋李氏坟旁。自后，李氏门中死一科甲，则道士族中增一科甲；李氏田中减收十斛，则道士田中增收十斛。人疑之，亦不解其故。

值清明节，村人迎张大帝像，为赛神会，彩旗导从甚盛。行至李家坟，神像忽止，数十人舁之不可动，中一男子大呼曰："速归庙！速归庙！"众从之。舁至庙中，男子上坐曰："我大帝神也，李家坟有妖，须往擒治之。"命其徒某执锹，某执锄，某执绳索。部署定，又大呼曰："速至李家坟！速至李家坟！"众如其言，神像疾趋如风。至坟所，命执锹、锄者搜坟旁。良久，得一羊角，金色，中有小赤蛇，蜿蜿奋动。其角旁有字，皆道人合族姓名也。乃命持绳索者往缚道士，鸣之官，讯[①]得其情，置之法。李氏自此大盛，而奉张大帝甚虔。（《新齐谐》卷十）

注：见主线十五。

---

①讯，原本作"訉"。

# 148

## 鞭尸

　　桐城张、徐二友，贸易江西。行至广信，徐卒于店楼，张入市买棺为殓。棺店主人索价二千文，交易成矣。柜旁坐一老人遮拦之，必须四千。张忿然归。

　　是夜，张上楼，尸起相扑，张大骇，急避下楼。次日清晨，又往买棺，加钱千文。棺主人并无一言，而作梗之老人先在柜上骂曰："我虽不是主人，然此地我号'坐山虎'，非送我二千钱，与主人一样，棺不可得！"张素贫，力有不能，无可奈何，旁皇于野。又一白须翁，著蓝色袍，笑而迎曰："汝买棺①人耶？"曰："然。"曰："汝受'坐山虎'气耶？"曰："是也。"白须翁手一鞭曰："此伍子胥鞭楚平王尸鞭也。今晚尸起相扑，汝持此鞭之，则棺得而大难解矣。"言毕不见。张归，上楼，尸又跃起。如其言，应鞭而倒。

　　次日，赴店买棺，店主人曰："昨夜'坐山虎'死矣，我一方之害除矣，汝仍以二千文原价来抬棺可也。"问其故，主人曰："此老姓洪，有妖法，能役使鬼魅，惯遣死尸扑人。人死买棺，彼又在我店居奇，强分半价。如是多年，受累者众。昨夜暴死，未知何病。"张乃告以白须翁赠鞭之事，二人急往视之，老人尸上果有鞭痕。或曰：白须而著蓝袍者，此方土地神也。

　　（《新齐谐》卷十）

　　注：关于伍子胥的逸事，见《历史文献集》第338页注释。

---

　　①棺，原本作"汝"。

——是妖人进入徐的尸体，夜起扑张，逼迫张加钱。妖人被土地神的鞭子打死。

——土地神是所有在其地盘上滋事扰民之无赖的对头。

# 149

## 梁文

　　汉齐人梁文好道，其家有神祠，建室三四间，座上施皂帐，常在其中，积十数年。复因祀事，帐中忽有人语，自呼"高山君"。大能饮食，治病有验，文奉事甚肃。积数年，得进其帐中。神醉，文乃乞得奉见颜色。谓文曰："授手来。"文纳手，得持其颐，髯须甚长。文渐绕手，卒然引之，而闻作羊声。座中惊起，助文引之，乃袁公路家羊也。失之七八年，不知所在，杀之，乃绝。（《搜神记》卷十八）

　　注：见主线二十。

# 150

## 吴兴老狸

晋时，吴兴一人有二男，田中作时，尝见父来骂詈赶打之。儿以告母。母问其父。父大惊，知是鬼魅，便令儿斫之。鬼便寂不复往。父忧，恐儿为鬼所困[①]，便自往看。儿谓是鬼，便杀而埋之。鬼便遂归，作其父形，且语其家："二儿已杀妖矣。"儿暮归，共相庆贺，积年不觉。后有一法师过其家，语二儿云："君尊侯有大邪气。"儿以白父，父大怒。儿出，以语师，令速去。师遂作声入，父即成大老狸，入床下，遂擒杀之。向所杀者，乃真父也。改殡治服。一儿遂自杀，一儿忿懊，亦死。（《搜神记》卷十八）

注：狸，狐、鬼和怪的合体。见第34则故事注释。

---

①困，原本作"因"。

# 151

## 句容狸妇

　　句容县麋村民黄审，于田中耕。有一妇人过其田，自畦上度，从东适下而复还。审初谓是人，日月如此，意甚怪之。审因问曰："妇数从何来也？"妇人少住，但笑而不言，便去。审愈疑之。预以长镰，伺其还，未敢斫妇，但斫所随婢。妇化为狸，走去。视婢，乃狸尾耳。审追之，不及。后人有见此狸出坑头，掘之，无复尾焉。（《搜神记》卷十八）

　　注：见主线二十。

# 152

## 雷击两妇活一儿

安东县村中，一妇产子，唤稳婆接生，留宿一夜而去。其夫某自外归，抱子甚喜，欲祀神偿愿。忽探摸其枕，惊曰："我暗藏银四锭在内，无一人知道，如何失去？"妻怪而问之，因谓昨夜收生婆睡此枕，可疑也。某即往问索银，许以一半为谢，一半偿还作酬神之用。稳婆勃然大怒，且骂且咒曰："我为汝家接生，乃冤我为贼，是儿必死。若盗汝银，天雷打死！"骂之不已。某反疑其妇有别情，亦不敢索银。

三朝，复请稳婆洗儿。是日，稳婆不到，令其女来。至夜，儿果暴死。大妇相泣，盛以木匣，埋之空地。佥曰："稳婆之说验矣。"时忽雷震大作，远近闻一霹雳奇响，合村有硫磺气，咸踪迹之。见空地跪两妇人，俱雷火烧焦，各捧银二锭在手，而所埋之儿，已出地呱呱啼矣。乡邻奔告埋儿之家来认，见儿腹脐露出针头一指，随拔针出血，儿仍无恙。雷击毙者，一系偷银之稳婆，一系稳婆之女，洗儿时暗以针刺儿脐心致死，欲实其咒诅之言也。见者咸为悚惧。乾隆五十七年六月间事。（《续新齐谐》卷七）

注：见主线四。

——婴儿的尸体不放在摇篮或葬于墓中，而是盛在木匣中，埋在墓边或者田间地头之类的空地里。

# 153

## 髑髅乞恩

　　杭州陈以夔，善五鬼搬运法，替人圆光，颇有神效。其友孙姓者，宿其家，夜半，床下走出一白发翁，跪而言曰："乞致意陈先生，还我髑髅，使我全尸。"孙大骇，急起，以灯照床下，则髑髅一具存焉。方知陈驱役鬼物，皆向败棺中取其天灵盖来施符用咒故也。孙初劝之，陈犹隐讳，取床下骨示之，陈乃无言，即送还原处。未几，陈为群鬼所击，遍身青肿死。（《新齐谐》卷十八）

　　注：见主线十八。

# 154

# 夜星子

京师小儿夜啼，谓之"夜星子"，有巫能以桑弧桃矢捉之。某侍郎家，其曾祖留一妾，年九十余，举家呼为老姨。日坐炕上，不言不笑，健饭无病，爱畜一猫，相守不离。

侍郎有幼子尚襁褓①，夜啼不止，乃命捉夜星子巫来治之。巫手小弓箭，箭竿缚素丝数丈，以第四指环之。坐至半夜，月色上窗，隐隐见窗纸有影，倏进倏却，仿佛一妇人，长七八尺，手执长矛，骑马而行。巫推手低语曰："夜星子来矣。"弯弓射之，唧唧有声，弃矛反奔。巫破窗引线，率众逐之。

比至后房，其丝竟入门隙。众呼老姨不应，乃烧烛入觅。一婢呼曰："老姨中箭矣！"环视之，果见小箭钉老姨肩上，呻吟流血。所畜猫犹在胯下，所持矛乃小竹签也。举家扑杀其猫，而绝老姨之饮食。未几死，儿不复啼。

（《新齐谐》卷二十三）

注：可与第102则故事比较。

---

① 襁褓，原本作"襁緥"。

# 155

## 飞僵

　　颖州蒋太守，在直隶安州遇一老翁，两手时时颤动，作摇铃状。叩其故，曰："余家住某村，村居仅数十户。山中出一僵尸，能飞行空中，食人小儿。每日未落，群相戒，闭户匿儿，犹往往被攫。村人探其穴，深不可测，无敢犯者。闻城中某道士有法术，因纠积金帛，往求捉怪。道士许诺，择日至村中，设立法坛，谓众人曰：'我法能布天罗地网，使不得飞去，亦须尔辈持兵械相助，尤需一胆大人入其穴。'众人莫敢对，余应声而出，问：'何差遣？'法师曰：'凡僵尸，最怕铃铛声，尔到夜间，伺其飞出，即入穴，持两大铃摇之，手不可住。若稍歇，则尸入穴，尔受伤矣。'漏将下，法师登坛作法，余因握双铃，候尸飞出，尽力乱摇，手如雨点，不敢小住。尸到穴门，果狰狞怒视，闻铃声琅琅，逡巡不敢入。前面被人围住，又无逃处，乃奋手张臂，与村人格斗。至天将明，仆地而倒。众举火焚之。余时在穴中，未知也，犹摇铃不敢停如故。至日中，众大呼，余始出，而两手动摇不止，遂至今成疾云。"（《新齐谐》卷十二）

　　注：见主线二十。

　　——铜铃和爆竹可用于捉鬼或将鬼吓瘫。

# 156

## 僵尸抱韦驮

宿州李九者，贩布为生。路过霍山，天晚，店客满矣，不得已，宿佛庙中。漏下两鼓，睡已熟，梦韦驮神抚其背曰："急起，急起，大难至矣！躲我身后，可以救你。"李惊醒，踉跄而起。见床后厝棺，砉然有声，走出一尸，遍身白毛，如反穿银鼠套者，面上皆满，两眼深黑，中有绿睛，光闪闪然，直来扑李。李奔上佛柜，躲韦驮神背后。僵尸伸两臂抱韦驮神而口咬之，嗒嗒有声。李大呼，群僧皆起，持棍点火把来。僵尸逃入棺中，棺合如故。

次日，见韦驮神被僵尸损坏，所持杵折为二段，方知僵尸力猛如此。群僧报官，焚其棺。李感韦驮之恩，为塑像装金焉。（《新齐谐》卷二十二）

注：见第 51 则故事注释。

# 157

## 勒勒

淄川高念东侍郎玄孙明经某，自言其少时合卺后得头眩疾，辄仆地不知人事。数日后，耳边渐作声，如曰"勒勒"。又数日，复见形，依稀若尺许小儿。自是日羸瘦不能起床，家人以为妖，延术士遣之，不效，乃密于床头藏剑。病寤时，每见小儿由榻前疾趋木几下即灭，遂以铜盘盛水置几下。

一日午寝方觉，见童子至，以剑挥之，割然堕水中。家人于铜盘内得一木偶小儿，穿红衣，颈缠红丝，两手拽之，作自勒状。乃毁之，妖遂绝。后相传里中某匠，即于是日死。盖明经入赘时，其岳家修葺房宇，匠有求而不遂，故为是压魅术。术破，故匠即死。（《续新齐谐》卷七）

注：这则故事是 18 世纪最后几年写的。

——厌（压）魅术（envoûtement），见主线十八。

——术破后，咒术反回到施咒者身上。可与第 129 则故事比较。

# 158

# 王弼

　　王弼，字良辅，秦州人。行医延安，遇巫王万里卖卜龙沙，忿其语侵，坐折辱之。万里恚甚，驱鬼物惧弼。

　　弼夜坐，忽闻窗外悲啸声，启户视之，空庭月明，无有也。翼日，昼[①]哭于门，且称冤。弼乃祝曰："岂予药杀尔邪？苟非予，当白尔冤。"鬼曰："儿阅人多，惟翁可托，故来诉翁，非有他也。翁若果白儿冤，宜集十人为证佐。"弼如其言。鬼曰："儿周氏女也，居丰州之黑河。父和卿，母张氏。生时月在庚，故小字为月西。年十六，母疾，父召王万里占之，因识其人。母死百有五日，当至元三年秋，九月丙辰，父醉卧，兄樵未还，儿偶步墙阴，万里以儿所生时日禁咒之，儿昏迷瞪视不能语。万里负至柳林，先剃其发，缠以彩丝。以咒劫制，使为奴，服役。昨以翁见辱，乃遣儿报翁。儿心弗忍也。翁能怜之，勿使衔冤九泉，儿誓与翁结为父子。"言讫，哭愈悲。弼共十人者，皆洒涕备书月西辞，联署其名，潜白于县。

　　县审之如初，急逮万里叔侄鞫之。始犹抵拒，月西与争，反复甚苦，且请搜其行囊，遂获符章、印尺、长针、短钉诸物。万里乃引伏云："万里，庐陵人，售术至兴元，逢刘炼师，授以采生法，大概如月西言。万里弗之信，刘于囊间解五色帛，中贮发如弹丸，指曰：'此咸宁李延奴，为吾所录，尔能归钱七十五万缗，当令给侍左右。'万里欣然允诺。刘禹步焚符祝之，延奴空中言曰：'师命我何之？'刘曰：'尔当从王先生游。先生，仁人也，殊无苦。'万里如约酬钱，并尽受其术。复经房州，遇邝生者，与语意合。又获耿顽童者，亦奴畜之，其归钱数如刘。戒万里终身勿近牛犬肉，

_____

①昼，原本作"尽"，据《四部丛刊》景明正德本《宋学士文集》改。

217

近忘之，因啖牛心炙，事遂败，尚复何言。"

　　县移文丰州，追和卿为左验。和卿来，心颇疑之，杂处稠人中。弼阳问："谁为尔父？"月西从壁隙呼曰："黑衣而蒲冠者是也。"和卿恸，月西亦恸。恸已，历叩家事，慰劳如平生，官为具成案上大府，将定罪，而万里死于狱。

　　初，弼诉县归，亲宾持壶觞乐之。忽闻对泣声，弼询之，鬼曰："我耿顽童、李延奴也，月西已冤伸，翁宁不悯我二人邪？"弼难之，顽童曰："月西与翁约为父子，吾独非翁儿女邪？何相遇厚薄之不齐也？"弼不得已，再往县入牒。官逮顽童父德宝、延①奴父福保至，其所言皆验。自是，三鬼留弼家，虽不见形，其声琅然。弼从容问曰："门当有神，尔曷从入？"月西曰："无之，但见绘像悬户上耳。"曰："吾欲爇纸钱赐尔何如？"曰："无所用也。"曰："尔之精气，能久存于世乎？"曰："数至则散矣。"

　　顽童善歌，遇弼饮，则唱。弼连以酒酹地，顽童辄醉，应对皆失伦。客戏以醯代之，顽童怒曰："几蜇吾喉吻！何物小子，恶剧至此？"哓哓②然数其阴事不止，客惭而遁。月西尤号黠③慧，时与弼诸子相谑，言辞多滑稽。诸子或理屈，向有声处击之，月西大笑曰："鬼无形，兄何必然，徒见其不智也。"凡八④阅月，始寂寂无闻。（《续新齐谐》卷三）

　　注：见主线十八。

　　——做法时，须伴以咒语、手势和跳动。

---

①延，原本作"延"。

②哓哓，原本作"晓晓"。

③黠，原本作"点"。

④八，原本作"入"。

# 159

## 苏丕女

武功苏丕，天宝中为楚丘令，女适李氏。李氏素宠婢，因与丕女情好不笃。其婢求术者行魇蛊之法，以符埋李氏宅粪土中。又缚彩妇人形七枚，长尺余，藏于东墙窟内，而泥饰之，人不知也。数岁，李氏宠婢死亡。魇蛊术成，彩妇人出游宅内，苏氏因尔疾发闷绝。李婢已死，莫知所由。经一载，累求术士，禁咒备至，而不能制。后伺其复出，旁率数十人掩捉，得一枚。视其眉目形体悉具，在人手中，恒动不止。以刀斫之，血流于地，遂积柴焚之。翌日，其徒[1]皆白衣，号哭数日不已。其后半岁，累获六枚，悉焚之。唯一枚得而复逸，遂逐，忽乃入粪土中。李氏率百余人掘粪，深七八尺，得桃符，符上朱书字，宛然可识，云："李氏婢魔苏氏家女，作人七枚，在东壁[2]上土龛[3]中。其后九年当成。"遂依破壁，又得一枚。丕女自尔无恙。（《广异记》）

注：见主线十八。见《历史文献集》第562页及其后内容。

---

①徒，原本作"之"。
②壁，原本作"笔"。
③龛，原本作"笼"。

# 160

# 鬼多变苍蝇

　　徽州状元戴有祺，与友夜醉玩月，出城步回龙桥上。有蓝衣人持伞从西乡来，见戴公，欲前不前。疑为窃贼，直前擒问。曰："我差役也，奉本官拘人。"戴曰："汝太说谎。世上只有城里差人向城外拘人者，断无城外差人向城里拘人之理！"蓝衣者不得已，跪曰："我非人，乃鬼也。奉阴官命，就城里拘人是实。"问："有牌票乎？"曰："有。"取而视之，其第三名即戴之表兄某也。戴欲救表兄，心疑所言不实，乃放之行，而坚坐桥上待之。四鼓，蓝衣者果至。戴问："人可拘齐乎？"曰："齐矣。"问："何在？"曰："在我所持伞上。"戴视之，有线缚五苍蝇在焉，嘶嘶有声。戴大笑，取而放之。其人惶急，踉跄走去。天色渐明，戴入城，至表兄处探问。其家人云："家主病久，三更已死，四更复活，天明则又死矣。"（《新齐谐》卷四）


　　注：见主线十一。

　　——阴官对文人、学子、官员另眼相待。见主线五。

# 161

## 鬼变蝇

江宁刘某，年七岁，肾囊红肿，医药罔效。邻有饶氏妇，当阴司差役之事。到期，便与夫异床而寝，不饮不食，若痴迷者。刘母托往阴司一查。去三日，来报曰："无妨也。二郎前世好食田鸡，剥杀太多，故今世群鸡来啮，相与报仇。然天生田鸡，原系供人食者，虫鱼皆八蜡神所管，只须向刘猛将军处烧香求祷，便可无恙。"如其言，子疾果痊。

一日者，饶氏睡两日夜方醒，醒后满身流汗，口呿喘不已。其嫂问故，曰："邻妇某氏，凶恶难捉，冥王差我拘拿。不料他临死尚强有力，与我格斗多时。幸亏我解下缠足布，捆缚其手，才得牵来。"嫂曰："现在何处？"曰："在窗外梧桐树上。"嫂往视之，见无别物，只头发拴一苍蝇。嫂戏取蝇，夹入针线箱中。未几，闻饶氏在床上有呼号声，良久乃苏，曰："嫂为戏大虐！阴司因我拿某妇不到，重责三十板，勒限再拿。嫂速还我苍蝇，以免再责。"嫂视其臀，果有杖痕，始大悔，取苍蝇付之。饶氏取含口中睡去，遂亦平静。自此，不肯替人间查阴司事矣。（《新齐谐》卷四）

注：见主线十一。

——可与第 71 则故事比较。

——动物魅，见《哲学文献集》第 74 页。[1]

——刘猛，地方神。

———

[1] 该书中，截遂良引用《周礼》"八蜡（先啬、司啬、农、邮表畷、猫虎、坊、水庸、昆虫）以记（祀）四方"及《左传》介葛卢闻牛鸣的故事，说明中国民间认为牲畜死后亦有鬼魂。

# 162

## 七盗索命

　　杭州汤秀才世坤，年三十余，馆于范家。一日晚坐，生徒四散。时冬月，畏风，书斋窗户尽闭。夜交三鼓，一灯荧然，汤方看书，窗外有无头人跳入，随其后者六人，皆无头，其头悉用带挂腰间，围汤，而各以头血滴之，涔涔冷湿。汤惊迷，不能声。适馆僮持溺器来，一冲而散，汤陨地不醒。僮告主人，急来救起，灌姜汤数瓯，醒，具道所以，因乞回家。主人唤肩舆送之，天已大明。家住城隍山脚下，将近山，汤告舆夫不肯归家，愿仍至馆。云："未至山脚下，望见七断头鬼，昂然高坐，似有相待之意。"主人无奈何，仍延馆中。遂大病，身热如焚。

　　主人素贤，为迎其妻来侍汤药。未三日，卒。已而苏，谓妻曰："吾不活矣，所以复苏者，冥府宽恩，许来相诀故也。昨病重时，见青衣四人拉吾同行，云'有人告发索命事'。所到黄沙茫茫，心知阴界，因问：'吾何罪？'青衣曰：'相公请自观其容便晓矣。'吾云：'人不能自见其容，作何观法？'四青衣各赠有柄小镜，曰：'请相公照。'如其言，便觉庞然魁梧，须长七八寸，非今生清瘦面貌。前生姓吴，名锵，乃明季娄县知县。七人者，七盗也，埋四万金于某所。被获后，谋以此金贿官免死，托娄县典史许某转请于我。许匿取二万，以二万说我。我彼时明知盗罪难逭，拒之。许典史引《左氏》'杀汝，璧将焉往'之说，请掘取其金而仍杀之。我一时心贪，竟从许计，此时悔之无及。乃随四人行至一处，宫阙壮丽，中坐衮袍阴官，色颇和。吾拜伏阶下，七鬼者捧头于肩，若有所诉。诉毕，仍挂头腰间。吾哀乞阴官。官曰：'我无成见，汝自向七鬼求情。'吾因转向七鬼叩头，云：'请高僧超度，多烧纸钱。'鬼俱不肯，其头摇于腰间，狞恶殊甚。开口露牙，就近来咬我颈。阴官喝曰：'盗休无礼。汝等罪应死，非某枉法。某之不良，在取尔等财耳。但起意者典史，非吴令，似可缓索渠命。'七鬼者又各以头装颈，哭曰：'我等向伊索债，非索命也。彼食朝廷俸而贪盗财，是亦一盗也。许典史久已被我等咀嚼矣。因吴令初转世为美女，嫁宋尚书牧仲为妾，宋贵人有文名，某等不敢近。今又托生汤家，汤祖宗素积德，家中应有科目。今年除夕，渠之姓名将被文昌君送上天榜，一入天榜，则邪魔不敢近，我等又休矣。千载一时，寻捉非易，愿官勿行妇人之仁。'阴官听毕，蹙额曰：'盗亦有道，吾无如何。汝姑回阳间，一别妻孥可也。'以此，我得暂苏。"语毕，不复开口。妻为焚烧黄白纸钱千百万，竟无言而卒。（《新齐谐》卷四）

注：见主线六。

——可与第8则故事比较。

# 163

# 城隍杀鬼不许为聻

台州朱姓女，已嫁矣，夫外出为贾。忽一日，灯下见赤脚人，披红布袍，貌丑恶，来与亵狎，且云："娶汝为妻。"妇力不能拒，因之痴迷，日渐黄瘦。当怪未来时，言笑如常，来则有风肃然。他人不见，惟妇见之。

妇姊夫袁承栋，素有拳勇，妇父母将女匿袁家。数日，怪不来。月余，踪迹而至。曰："汝乃藏此处乎！累我各处寻觅。及访知汝在此处，我要来，又隔一桥。桥神持棒打我，我不能过。昨日，将身坐在担粪者周四桶中，才能过来。此后汝虽藏石柜中，吾能取汝。"

袁与妇商量，持刀斫之，妇指怪在西，则西斫，指怪在东，则东斫。一日，妇喜拍手曰："斫中此怪额角矣。"果数日不至。已而布缠其额，仍来为祟。袁发鸟枪击之，怪善于闪躲，屡击不中。一日，妇又喜曰："中怪臂矣。"果数日不来。已而布缠其臂又来，入门骂曰："汝如此无情，吾将索汝性命。"殴撞此妇，满身青肿，哀号欲绝。

女父与袁连名作状，焚城隍庙。是夜，女梦有青衣二人，持牌唤妇听审，且索差钱曰："此场官司，我包汝必胜，可烧锡锞二千谢我。你莫嫌多，阴间只算九七银二十两。此项非我独享，将替你为铺堂之用。"如其言，烧与之。五更，女醒，曰："事已审明，此怪是东埠头轿夫，名马大。城隍怒其生前作恶，死尚如此，用大杖打四十，戴长枷，在庙前示众。"从此，妇果康健，合家欢喜。

未三日，又痴迷如前，口称："我是轿夫之妻张氏，汝父、汝姊夫将我夫告城隍枷责，害我忍饥独宿，我今日要为夫报仇。"以手爪掐妇眼，眼几瞎。女父与承栋无奈何，再焚一牒与城隍。是夕，女又梦鬼隶召往，怪亦在焉。城隍置所焚牒于案前，瞋目厉声曰："夫妻一般凶恶，可谓'一床不出两样人'矣,非腰斩不可。"命两隶缚鬼,持刀截之,分为两段,有黑气流出,不见肠胃,亦不见有血。旁二隶请曰:"可准押往鸦鸣国为聻否?"城隍不许,曰:"此奴作鬼便害人,若作聻必又害鬼。可扬灭恶气,以断其根。"两隶呼长须者二人,各持大扇扇其尸,顷刻化为黑烟,散尽不见。因其妻,械手足,充发黑云山罗刹神处,充当苦差。命原差送妇还阳。女惊而醒。

　　从此,朱妇安然,仍回夫家,生二子一女,至今犹存。鬼所云"担粪周四"者,其邻也。问之,曰:"果然可疑,我某日担空桶归,压肩甚重。"(《新齐谐》卷三)


注:鬼无血无内脏。

——聻,鬼之魂,未入轮回。人死作鬼,人见惧之,鬼死作聻,鬼见怕之。

——散其魂,可与第 5 则故事比较。

——夜叉(yakchas)[①],见《哲学文献集》第 365、380 页相关介绍。

——第 137 则故事称鬼毫无重量,本故事又说鬼"甚重"。本书序言对这种自相矛盾已有提及。

---

　　①此处,戴遂良混同了罗刹与夜叉。

# 164/

# 腹中鬼

　　李子豫少善医方，当代称其通灵。许永为豫州刺史，镇历阳。其弟得病，心腹疼痛十余年，殆死。忽一夜，闻屏风后有鬼谓腹中鬼曰："何不速杀之？不然，李子豫当从此过，以赤丸①打汝，汝其死矣。"腹中鬼对曰："吾不畏之。"及旦，许永遂使人候子豫，果来。未入门，病者自闻中有呻吟声。及子豫入视，曰："鬼病也。"遂于巾箱中出八毒赤丸子与服之。须臾，腹中雷鸣彭转，大利数行，遂差。今八毒丸方是也。（《搜神后记》卷六）

　　注：很多疾病是鬼附体造成的，自上古时期已有这种说法。

　　——巴豆是八毒丸的主要成分。

---

①赤丸，原本作"未先"。

# 165

## 商乡人

近世有人，旅行商乡之郊。初与一人同行，数日，忽谓曰："我乃是鬼。为冢①中明器叛逆，日夜战斗，欲假一言，以定祸乱。将如何？"人云："苟可成事，无所惮。"会日晚，道左方至一大坟。鬼指坟，言是己家："君于冢前大呼：'有敕斩金银部落。'如是毕矣。"鬼言讫，入冢中，人便宣敕。须臾间，斩决之声。有顷，鬼从中出，手持金银人马数枚，头悉斩落。谓人曰："得此足一生福，以报恩尔。"人至西京，为长安捉事人所告。县官云："此古器，当是破冢得之。"人以实对。县白尹，奏其事。发使人随开冢，得金银人马，斩头落者数百枚。（《广异记》）

注：出自公元 10 世纪的文集。

——中国民间普遍认为，陪葬物品会活过来为死者服务，有时也会让死者不安。

——下令将金银人马斩首，否则，这些人马会继续叛逆。阳间权威延伸至阴间。见主线五。

---

①冢，原本作"塚"。

# 166

## 墓冢

【秦中墓道】① 秦中土地极厚，有掘三五丈而未及泉者。凤翔以西，其俗，人死不即葬，多暴露之，俟其血肉化尽，然后葬埋，否则有发凶之说。尸未消化而葬者，一得地气，三月之后，遍体生毛，白者号"白凶"，黑者号"黑凶"，便入人家为孽。

刘刺史之邻孙姓者，掘沟得一石门。开之，隧道宛然。陈设、鸡犬、罍尊，皆瓦为之。中悬二棺，旁列男女数人，钉身于墙。盖古之为殉者，惧其仆，故钉之也。衣冠状貌，约略可睹。稍逼视之，风起于穴，悉化为灰，并骨如白尘矣，其钉犹在左右墙上。不知何王之墓。

【夏侯惇墓】本朝松江提督张勇生时，其父梦有金甲神，自称汉将军夏侯氏。入门，随即生勇。后封侯归葬，掘地得古碑，隶书"魏将军夏侯惇墓"，字如碗大。阅二千年，而骨肉复归其故处，亦奇。（《新齐谐》卷二）

注：见《历史文献集》第 278 页及"人殉"相关介绍。②

——此为三国时期蜀汉政权的故事。

——灵魂转世，肉体改变，灵魂不变。

---

① 以下两段方头括号中题目为编者所加。

② "九月，葬始皇……皆令从死，死者甚众。"（《史记·秦始皇本纪》）

# 167

# 瀚海神

　　并州北七十里有一古冢。贞观初，每至日夕，即有鬼兵万余，旗幡鲜洁，围绕此冢。须臾，冢中又出鬼兵数千，步骑相杂，于冢傍力战。夜即各退，如此近及一月。忽一夕，复有鬼兵万余，自北而至，去冢数里而阵。一耕夫见之惊走。有一鬼将，令十余人擒之至前，谓曰："尔勿惧，我瀚海神也。被一小将窃我爱妾，逃入此冢中。此冢张公，又借兵士，与我力战。"（《潇湘录》）

　　注：见主线十二。

# 168

## 史万岁

长安待贤坊，隋北领军大将军史万岁宅。其宅初常有鬼怪，居者辄死。万岁不信，因即居之。夜见人衣冠甚伟，来就万岁。万岁问其由，鬼曰："我汉将军①樊哙，墓近君居厕，常苦秽恶。幸移他所，必当厚报。"万岁许诺。因责杀生人所由，鬼曰："各自怖而死，非我杀也。"及掘得骸枢，因为改葬。后夜又来谢曰："君当为将，吾必助君。"后万岁为隋将，每遇贼，便觉鬼兵助己，战必大捷。（《两京记》）

注：见主线十二。

①军，原本作"君"，据民国景明嘉靖谈恺刻本《太平广记》引《两京记》改。

# 169

## 鸟门山事

绍兴东关有张姓者，妻病延医。行过鸟门山，遇白须叟，相随而行。时天已晚，觉此叟足不贴地，映夕阳无影，心疑为鬼。问其踪迹，叟亦不讳，曰："我非人，乃鬼也，然有求于君，非害君者。我有骸骨葬鸟门山之西，被凿石者终日钻斫，山石就倾，我坟中朽棺业已半露，不久将坠入河中。幸君哀我，为改葬之。君前去到新桥地方，有五个溺水鬼，坐而待君，我为君先往驱除之。"出怀中朱家糕与张食，曰："明日请到朱家，以朱家包糕纸为证。"张与偕行至新桥，果有黑气五团，踞桥坐。叟先往折树枝打之，声啾啾然，尽落于水。张到医家，叟再拜别去。

次日，张往朱家买糕，出其纸，果朱店中招贴也。告以原委，店主人悄然曰："君所见叟，姓莫，名全章，故余戚也。渠改葬之事，何不托我而托君？想与君有缘。君命中不应死于五水鬼，故神灵命此叟为君驱除耶？"引张往鸟门山，视其墓棺，离水仅尺许，乃别择地改葬焉。（《新齐谐》卷十八）

注：见主线十一、七、五。

# 170

## 陆判

　　陵阳朱尔旦，字小明。性豪放，然素钝，学虽笃，尚未知名。一日，文社众饮，或戏之云："君有豪名，能深夜赴十王殿，负得左廊判官来，众当醵作筵。"盖陵阳有十王殿，神鬼皆以木雕，妆饰如生。东庑有立判，绿①面赤须，貌尤狞恶。或夜闻两廊拷讯声。入者，毛皆森竖。故众以此难朱。朱笑起，径去。居无何，门外大呼曰："我请髯宗师至矣！"众皆起。俄负判入②，置几上，奉觞，酬之三。众睹之，瑟缩不安于座，仍请负去。朱又把酒灌地，祝曰："门生狂率不文，大宗师谅不为怪。荒舍匪遥，合乘兴来觅饮，幸勿为畛畦。"乃负之去。次日，众果招饮。抵暮，半醉而归，兴未阑，挑烛独饮。忽有人搴帘入，视之，则判官也。朱起曰："噫，吾殆将死矣！前日冒渎，今来加斧锧耶？"判启浓髯，微笑曰："非也。昨蒙高义相订，夜偶暇，敬践达人之约。"朱大悦，牵衣促坐，自起涤器爇火。判曰："天道温和，可以冷饮。"朱如命，置瓶案上。奔告家人治肴果。妻闻，大骇，戒勿出。朱不听，立俟治具以出。易盏交酬，始询姓氏。曰："我陆姓，无名字。"与谈古典，应答如响。问："知制艺否？"曰："妍媸亦颇辨之。冥司诵读，与阳世略同。"陆豪饮，一举十觥。

　　朱因竟日饮，遂不觉玉山倾颓，伏几醺睡。比醒，则残烛黄昏，鬼客已去。自是两三日辄一来，情益洽，时抵足眠。朱献窗稿，陆辄红勒之，都言不佳。一夜，朱辄醉先寝，陆犹自酌。忽醉梦中，觉脏腑微痛。醒而视之，则陆危坐床前，破腔出肠胃，条条整理。愕曰："夙无仇怨，

①绿，原本作"录"。

②入，原本作"久"。

何以见杀？"陆笑云："勿惧！我为君易慧心耳。"从容纳肠已，复合之，末①以裹足布束朱腰。作用毕，视榻上亦无血迹，腹间觉少麻木。见陆置肉块几上。问之，曰："此君心也。作文不快，知君之毛窍塞耳。适在冥间，于千万心中，拣得佳者一枚，为君易之，留此以补阙数。"乃起，掩扉去。天明解视，则创缝已合，有线而赤者存焉。自是文思大进，过眼不忘。

数日，又出文示陆。陆曰："可矣。但君福薄，不能大显贵，乡、科而已。"问："何时？"曰："今岁必魁。"未几，科试冠军，秋闱果中经元。同社友素挪揄之，及见闱墨，相视而惊，细询始知其异。共②求朱先容，愿纳交陆。陆诺之。众大设以待之。更初，陆至，赤髯生动，目炯炯如电。众茫乎无色，齿欲相击，渐引去。朱乃携陆归饮，既醺，朱曰："湔肠伐胃，受赐已多。尚有一事欲相烦，不知可否？"陆便请命。朱曰："心肠可易，面目想亦可更。山荆，予结发人，下体颇亦不恶，但头面不甚佳丽。尚欲烦君刀斧，如何？"陆笑曰："诺。容徐图之。"过数日，半夜来叩关。朱急起延入，烛之，见襟裹一物。诘之。曰："君曩所嘱，向艰物色。适得一美人首，敬报君命。"朱拨视，颈血犹湿。陆立促急入，勿惊禽犬。朱虑门户夜扃。陆至，一手推扉，扉自辟。引至卧室，见夫人侧身眠。陆以头授朱③抱之，自于靴中出白刃如匕首，按夫人项，著力如切瓜状，迎刃而解，首落枕畔，急于生怀取美人头合项上，详审端正，而后按捺。已而移枕塞肩际，命朱瘗首静所，乃去。朱妻醒，觉颈间微麻，面颊甲错，搓之，得血片，甚骇。呼婢汲盥，婢见面血狼藉，惊绝。濯之，盆水尽赤。举首则面目全非，又骇极。夫人引镜自照，错愕不能自解。朱入告之。因反覆细视，则长眉掩鬓，笑靥承颧，画中人也。解领验之，有红线一周，上下肉色，判然而异。

先是，吴侍御有女甚美，未嫁而丧二夫，故十九犹未醮也。上元游十王殿，时游人甚杂，内有无赖贼窥而艳之，遂阴访居里，乘夜梯人，杀之。吴夫人微闻闹声，呼婢往视，见尸骇绝。举家尽起，停尸堂上，置首项侧，一门啼号，纷腾终夜。诘旦启衾，则身在而失其首。遍挞侍女，谓所守

①末，原本作"未"。

②共，原本作"其"。

③以头授朱，原本作"以授头朱"。

不恪，致葬犬腹。侍御告郡。郡严限捕贼，三月而罪人弗得。渐有以朱家换头之异闻吴公者。吴疑之，遣媪探诸其家。入见夫人，骇走以告吴公。公视女尸故存，惊疑无以自决。猜朱以左道杀女，往诘朱。朱曰："室人梦易其首，实不解其何故。谓仆杀之，则冤也。"吴不信，讼之。收家人鞫之，一如朱言。郡守不能决。朱归，求计于陆。陆曰："不难，当使伊女自言之。"吴夜梦女曰："儿为苏溪杨大年所杀，无与朱孝廉。彼不艳于其妻，陆判官取儿头与之易之，是儿身死而头生也。愿勿相仇。"醒告夫人，所梦同。乃言于官。问之，果有杨大年。执而械之，遂伏其罪。吴乃诣朱，请见夫人，由此为公婿。乃以朱妻首合女尸而葬焉。

朱三入①礼闱，皆以场规被放，于是灰心仕进，积三十年。一夕，陆告曰："君寿不永矣。"问其期，对以五日。"能相救否？"曰："惟天所命，人何能私？且自达人观之，生死一耳，何必生之为乐，死之为悲？"朱以为然，即治衣衾棺椁。既竟，盛服而没。翌日，夫人方扶枢哭，朱忽冉冉自外至。夫人惧。朱曰："我诚鬼，不异生时。虑尔寡母孤儿，殊恋恋耳。"夫人大恸，涕垂膺，朱依依慰解之。夫人曰："古有还魂之说，君既有灵，何不再生②？"朱曰："天数不可违也。"问："在阴司作何务？"曰："陆判荐我督案务，授有官爵，亦无所苦。"夫人欲再语，朱曰："陆公与我同来，可设酒馔。"趋而出。夫人依言营备。但闻室中笑饮，豪气高声，宛若生前。半夜窥之，窅然而逝。自是三数日辄一来，时而留宿缱绻，家中事就便经纪。

子玮方五岁，来辄提抱，至七八岁，则灯下教读。子亦慧，九岁能文，十五入邑庠，竟不知无父也。从此来渐疏，日月至焉而已。又一夕来，谓夫人曰："今与卿永诀矣。"问："何往？"曰："承帝命为太华卿，行将远赴，事烦途隔，故不能来。"母子扶之哭，曰："勿尔！儿已成立，家业尚可存活，岂有百岁不拆之鸾凤耶！"顾子曰："好为人，勿堕父业。十年后一相见耳。"径出门去，于是遂绝。后玮二十五举进士，官行人。奉命祭西岳，道经华阴，忽有舆从羽葆，驰冲卤簿。讶之③。审视车中人，

---

①入，原本作"人"。

②何不再生，原本作"何其不再"。

③讶之，原本作"之讶"。

其父也。下马哭伏道左。父停舆曰："官声好，我目瞑矣。"玮伏不起。朱促车行，火驰不顾。去数武，回望，解佩刀遣人持赠。遥语曰："佩当贵。"玮欲追从，见舆从人马，飘忽若风，瞬息不见。痛恨良久。抽刀视之，制极精工，镌字一行，曰："胆欲大而心欲小，智欲圆而行欲方。"玮后官至司马，有政声。（《聊斋志异》卷一）

注：见主线十四、六。

——通常情况下，相反的事物可以统一；特殊情况下，生与死可以同视。这是纯粹的道家思想，见《哲学文献集》第 172、174—176 页（第 11 章 "古代道教" 所载列子、庄子的思想。）

——路人须让官员先行，儿子须停车让父亲先行。

# 171

## 促织

宣德间，宫中尚促织之戏，岁征民间。此物故非西产。有华阴令欲媚上官，以一头进，试使斗而才，因责常供。令以责之里正。市中游侠儿得佳者笼养之，昂其直，居为奇货。里胥猾黠，假此科敛丁口，每责一头，辄倾数家之产。

邑有成名者，操童子业，久不售。为人迂讷，遂为猾胥报充里正役，百计营谋不能脱。不终岁，薄产累尽。会征促织，成不敢敛户口，而又无所赔偿，忧闷欲死。妻曰："死何裨益？不如自行搜觅，冀有万一之得①。"成然之。早出暮归，提竹筒丝笼，于败②堵丛草处，探石发穴，靡计不施，迄无济。即捕得三两头，又劣弱不中于款。宰严限追比，旬余，杖至百，两股间脓血流离，并虫亦不能行捉矣。转侧床头，惟思自尽。

时村中来一驼背巫，能以神卜。成妻具资诣问。见红女白婆，填塞门户。入其舍，则密室垂帘，帘外设香几。问者爇香于鼎，再拜。巫从傍望空代祝，唇吻翕辟，不知何词。各各竦立以听。少间，帘内掷一纸出，即道人意中事，无毫发爽。成妻纳钱案上，焚拜如前人。食顷，帘动，片纸抛落。视之，非字而画：中绘殿阁，类兰若；后小山下，怪石乱③卧，针针丛棘，青麻头伏焉；旁一蟆，若将跃舞。展玩不可晓。然睹促织，隐中胸怀。折藏之，归以示成。

成反复自念："得无教我猎虫所耶？"细瞻景状，与村东大佛阁逼似。乃强起扶杖，执图诣寺后，有古陵蔚起。循陵而走，见蹲石鳞鳞，俨然类画。

---

①万一之得，原本作"万之一得"。

②败，原本作"散"。

③乱，原本无。

遂于蒿莱中侧听徐行，似寻针芥。而心目耳力俱穷，绝无踪响。冥搜未已，一癞头蟆①猝然跃去。成益愕，急逐趁之。蟆入草间。蹑迹披求，见有虫伏棘根。遽扑之，入石穴中。拺以尖草，不出；以筒水灌之，始出。状极俊健，逐而得之。审视，巨身修尾，青项金翅。大喜，笼归，举家庆贺，虽连城拱璧不啻也。上于盆而养之，蟹白栗黄，备极护爱，留待限期，以塞官责。

成有子九岁，窥父不在，窃发盆。虫跃掷径出，迅不可捉。及扑入手，已股落腹裂，斯须就毙。儿惧，啼告母。母闻之，面色灰死，大惊曰："业根，死期至矣！而翁归，自与汝覆算耳！"儿涕而去。

未几而成归，闻妻言，如被冰雪。怒索儿，儿渺然不知所往。既而得其尸于井，因而化怒为悲，抢呼欲绝。夫妻向隅，茅舍无烟，相对默然，不复聊赖。日将暮，取儿藁葬。近抚之，气息惙然。喜置榻上，半夜复苏。夫妻心稍慰，但儿神气痴木，奄奄思睡。成顾蟋蟀笼虚，则气断声吞，亦不复以儿为念，自昏达曙，目不交睫。东曦既驾，僵卧长愁。忽闻虫鸣，惊起觇视，虫宛然尚在。喜而捕之，虚若无物，视之，短小，黑赤色，顿非前物。将献公堂，惴惴恐不当意，思试之斗以觇之。

村中少年好事者，驯养一虫，日与子弟角，无不胜。视成所蓄，掩口而笑，因出己虫，纳比笼中。俄见小虫跃起，张尾伸须，直龁敌领。少年大骇，急解令休止。虫翘然矜鸣，似报主知。

成大喜。方共瞻玩，一鸡瞥来，径进以啄。成骇立愕呼。幸啄不中，虫跃去尺有咫。鸡健进，逐逼之，虫已在爪下矣。成仓猝莫知所救，顿足失色。旋见鸡伸颈摆扑，临视，则虫集冠上，力叮不释。成益惊喜，掇置笼中。

翼日进宰。宰见其小，怒呵成。成述其异，宰不信。试与他虫斗，虫尽靡。又试之鸡，果如成言。乃赏成，献诸抚军。抚军大悦，以金笼进上，细疏其能。既入宫中，举天下所贡蝴蝶、螳螂、油利挞、青丝额一切异状，遍试之，无出其右者。每闻琴瑟之声，则应节而舞。益奇之。上大嘉悦，诏赐抚臣名马衣缎。抚军不忘所自，无何，宰以卓异闻。宰悦，免成役。又嘱学使，俾入邑庠。后岁余，成子精神复旧，自言身化促织，轻捷善斗，

---

①蟆，原本作"蟇"。

今始苏耳。抚军亦厚赉成。不数岁，田百顷，楼阁万椽，牛①羊蹄躈各千计。一出门，裘马过世家焉。（《聊斋志异》卷七）

注：见主线十一、十、九。
——绝望的孩子投井寻死，其魄存于体内，魂变为促织赎罪。

①牛，原本作"特"。

# 172

## 算命先生鬼

平望周姓，以撑舟为业。舟过湖州桥下，篙触骨坛落水，至家而妹病，呼曰："我湖州算命先生徐某。在生时，督抚司道贵人，谁不敬我！汝何人，敢投我骨于水！"女素不识字，病后能读书，喜为人算命。写八字与之，其推排悉合世上五行之说，亦不甚验也。周具牒诉于城隍。女卧一日，醒曰："见二青衣拘一鬼，与我质于神前，鬼跪诉毁骨之事。神曰：'其兄触汝而责之于妹，何畏强欺弱耶！汝自称能算命，而不能自护其朽骨，其算法不灵可知。生前哄骗人财物，不知多少矣！答二十，押赴湖州。'"女自此不复识字，亦不能算命矣。（《新齐谐》卷二）

注：见主线九。

——人口众多的城市里，墓穴大都被毁，收集起来的骸骨被放置在临时搭建的墓穴里。这些墓穴都在很偏僻的地方，往往位于桥下。骸骨被放在有盖的大罐子（即文中的"骨坛"）里。

# 173 / 大福未享

苏州罗姓者，年二十余，元日，梦其亡祖谓曰："汝于十月某日将死，万不能免，可速理后事。"醒后，语其家人，群惊怖焉。至期，众家人环而视之，罗无他恙，至暮如故。家人以为梦不足信。二更后，罗①溲于墙，久而不反。家人急往，死于墙东，心口尚温，不敢遽殓。

次夜苏，告家人曰："冤业耳。我奸妻婢小春，有胎不认，致妻拷掠而亡。渠诉冥司，亲来拘我，同至阴司城隍衙门。正欲讯鞫，适渠亦以前生别事发觉，为山西城隍所拘。阴官不肯久系狱囚，故仍令还阳。恐终不免也。"罗父问曰："尔亦问阳间事乎？"曰："我自知死不可逭，恐老父无养，故问管我之隶：'吾父异日何如？'隶笑曰：'念汝孝心，尔父大福未享。'"家人闻之，皆为老翁喜，翁亦窃自负。

未逾月，罗父竟以臌胀亡，腹大如匏，始知"大福"者，大腹之应。其子又隔三年乃死。（《新齐谐》卷一）

注：见主线七。

——有许多鬼愚弄人的故事。见第 72 则故事注释。

---

① 罗，原本作"群"。

# 174

# 喀雄

喀[①]雄者，姓杨，父作守备，早亡。表叔周某，作副将，镇河州，怜其孤，抚养之。周有女，年相若，见雄少年聪秀，颇爱之，时与饮食。周家法甚严，卒无他事。

有务子者，亦周戚也，直宿书斋。夏月，雄苦热，徘徊月下，见周女冉冉而至，遂与成欢。自后无日不至。务子闻其房中笑语，疑而窥之，见雄与周女相狎，而心大妒，密白周公。周入宅，让其夫人。夫人曰："女儿夜夜与我同床，焉有此事？"周终以为疑，借他事，杖雄而遣之。雄无所依，栖身兰州古寺中。

一日者，女忽至，带来辎重甚富。雄惊且喜，问："从何来？"曰："与我叔父同来。"盖周公之弟名锘者，亦武官也，方升兰州守备。雄深信不疑，与女居半月，扬扬如富人。叔到任后，遇诸涂，喜曰："侄在此乎？"曰："然。"叔策马登其堂，侄妇出拜，乃周女也。大惊，问故，雄具言之。锘曰："予来时，不闻署中失女事，岂吾兄讳之耶？"居数日，借公事回河州，备述其事。周大骇，曰："吾女宛然在室，顷且同饭，那有此事？或者其狐仙所冒托耶！"夫人曰："与其使狐狸冒托我女之名，玷我闺门，不如竟以真女妻之，看渠如何？"周兄弟二人大以为然，即招雄归成亲。

合卺之夕，西宁之女先已在房，雄茫然不知所措。女笑而谓之曰："何事张皇？儿狐也，实为报德而来。令祖作将军时，尝猎于土门关。儿贯矢被擒，令祖拔矢纵之。屡欲报恩，无从下手。近知郎爱周女而不得，故来作冰人，以偿汝愿。亦因子与周女有凤缘，不然，儿亦不能为力也。今媒已成，儿去矣。"倏然不见。（《新齐谐》卷六）

注：见主线十一、二十。

---

①喀，原本无。

# 175

## 莺娇

　　扬州妓莺娇，年二十四，矢志从良。有柴姓者，娶为妾，婚期已定。太学生朱某慕之，以十金求欢。妓受其金，绐曰："某夕来，当与郎同寝。"朱临期往，则花烛盈门，莺娇已登车矣。朱知为所诳，怅然反。逾年，莺娇病瘵卒。朱忽梦见莺娇披黑衫，直入朱门，曰："我来还债。"惊而醒。明日，家产一黑牛，向朱依依，若相识者。卖之，竟得十金。狎邪之费，尚且不可苟得也如此。（《新齐谐》卷五）

　　注：见主线九。

# 176

## 楚陶

　　乾隆丙寅夏，江阴县民徐甲家，患黑眚。火焚其突，矢盈于甋，啸噪无宁夕，里人咸患苦之。时邑令刘君翰长，粤西名士也，祷于神，不应。延羽士赛祈，不应。乃托刘少司空星炜为文，祷于城隍。令斋沐投炉，宿神庑下听命。翌日，无所兆，但炉灰坟起，作"楚陶"二字。令谓曰："汝岂与楚人陶姓有冤乎？"甲大惊，吐实云："甲幼年访其宗人某，往武昌，路患恶疾，同行者委之于道，分转沟壑死矣。有一丐者，雄躯深目，分糗糒食之，携与同乞。月余，病良已。丐者以力凌其曹偶，所得独赢，因省啬为甲作归计，竟得归。甲素有心计，为人佣租，得婚娶，且小阜矣。亡何，丐忽至，挟巨橐，颜色窘甚。叩之，曰：'曩别后窜身绿林，浮沉湖、湘间二十载。今事败，捕急，请从子而庇焉。'甲唯唯，语其子。子谓：'功令：匿盗者与盗同罪，不如放之使逸。'甲方嗫嚅未决，忽伍伯数人入，絷其人以去，甲大惊。有拍手笑于房者，其子妇也，曰：'大恩不报，新妇知若父子不忍，故已通知捕快，召之入矣。获厚资，且得赏，何惧为？'民无可奈何，顾常大恨，不意其祟至于此也。"

　　刘令曰："盗劫人而子杀盗，盗当其罪，何厉之能为？顾汝享其利，则汝亦盗也。神人乌能庇盗？"无何，祟益甚，毁其家殆尽。子若妇先后卒，祟乃绝。（《新齐谐》卷五）

　　注：见主线七。

# 177

## 捉鬼

　　婺源汪启明，迁居上河之进士第，其族汪进士波故宅也。乾隆甲午四月，一日，夜梦魇良久，寤，见一鬼逼帷立，高与屋齐。汪素勇，突起搏之。鬼急夺门走，而误触墙，状甚狼狈。汪追及之，抱其腰。忽阴风起，残灯灭，不见鬼面目，但觉手甚冷，腰粗如瓮。欲喊集家人，而声噤不能出。久之，极力大叫，家人齐应。鬼形缩小如婴儿。各持炬来照，则所握者坏丝绵一团也。窗外瓦砾乱掷如雨，家人咸怖，劝释之。汪笑曰："鬼党虚吓人耳，奚能为？倘释之，将助为祟，不如杀一鬼以惩百鬼。"因左手握鬼，右手取家人火炬烧之。膈膊有声，鲜血迸射，臭气不可闻。迨晓，四邻惊集，闻其臭，无不掩鼻者。地上血厚寸许，腥腻如胶，竟不知何鬼也。王蔚亭舍人为作《捉鬼行》纪其事。（《新齐谐》卷五）

　　注：见主线十九。
　　——旧物变魅。

# 178
## 顾尧年

乾隆十五年，余寓苏州江雨峰家。其子宝臣，赴金陵乡试，归家病剧。雨峰遍召名医，均有难色。知余与薛征君一瓢交好，强余作札邀之。未至，余与雨峰候于门。病者在室呼曰："顾尧年来矣！"连称："顾叟请坐。"顾尧年者，苏市布衣，先以请平米价，倡众殴官，为苏抚安公所诛者也。坐定，语江曰："江相公，你已中乡试三十八名矣，病亦无恙，可自宽解。赐我酒肉，我便去。"雨峰闻之，急入房相慰曰："顾叟速去，当即祭叟。"病者曰："外有钱塘袁某官，喧聒于门，我怖之，不能去。"又唶曰："薛先生到门矣。其人良医也，我当避之。"雨峰急出，拉余让路，而一瓢果自外入。即告以故。一瓢大笑曰："鬼既避我二人，请与公同入逐之。"遂入房。薛按脉，余寻扫床前，一药而愈。其年宝臣登第，果如所报之名次。（《新齐谐》卷二）

注：见主线七、十三。

——饿死鬼，以其超验的能力令人给自己供食。

——鬼惧怕和回避有德、有才之人。

——鬼也惧怕扫帚。

# 179

## 叶老脱

有叶老脱者，不知其由来，科头跣足，冬夏一布袍，手挈竹席而行。常投维扬旅店，嫌客房嘈杂，欲择洁地。店主指一室曰："此最静僻，但有鬼，不可宿。"叶曰："无害。"径自扫除，摊竹席于地。

夜，卧至三鼓，门忽开，见有妇人系帛于项，双眸抉出，悬两颐下，伸舌长数尺，彳亍而来。旁有无头鬼，手提两头继至。尾其后者，一鬼遍体皆黑，耳目口鼻甚模糊，一鬼四肢黄肿，腹大于五石瓠。相诧曰："此间有生人气，当共攫之。"群作搜捕状，卒不得近叶。一鬼曰："明明在此，而搜之不得，奈何？"黄胖者曰："凡吾辈之所以能摄人者，以其心怖而魂先出也。此人盖有道之士，心不怖，魂不离体，故仓猝不易得。"群鬼方彷徨四顾，叶乃起，坐席上，以手自表曰："我在此。"群鬼惊悸，齐跪地下。叶一一讯之。妇人指三鬼曰："此死于水者，此死于火者，此盗杀人而被刑者，我则缢死此室者也。"叶曰："若辈服我乎？"皆曰："然。"曰："然则各自投生，勿在此作祟。"各罗拜去。

迨晓，为主人道其事，嗣后，此室宴然。（《新齐谐》卷二）

注：见主线七、十三。

# 180

## 蝴蝶怪

京师叶某，与易州王四相善。王以七月七日为六旬寿期，叶骑驴往祝。过房山，天将暮矣。一伟丈夫跃马至，问："将何往？"叶告以故。丈夫喜曰："王四，吾中表也。吾将往祝，盍同行乎？"叶大喜，与之偕行。丈夫屡蹑其背，叶固让前行，伪许，而仍落后。叶疑为盗，屡回顾之。时天已黑，不甚辨其状貌，但见电光所烛，丈夫悬首马下，以两脚踏空而行。一路雷与之俱。丈夫口吐黑气，与雷相触，舌长丈余，色如朱砂。叶大骇，卒无奈何，且隐忍之，疾驱至王四家。王出与相见，欢然置酒。叶私问："与路上丈夫何亲？"曰："此吾中表张某也，现居京师绳匠胡同，以熔银为业。"叶稍自安，且疑路上所见眼花耳。酒毕，叶就寝，心悸，不肯与同宿。丈夫固要之，不得已，请一苍头伴焉。叶彻夜不寐，而苍头酣寝矣。三鼓，丈夫起坐，复吐其舌，涎流不已。伸两手，持苍头啖之，骨星星坠地。叶素奉关神，急呼曰："伏魔大帝何在？"忽訇然有钟鼓声，关帝持巨刃排梁而下，直击此怪。怪化一蝴蝶，大如车轮，张翅拒刃。盘旋片时，又霹雳一震，蝴蝶与关神俱无所见。叶昏晕仆地，日午不起。王四启门视之，具道所以。地有鲜血数斗，床上失一张某与一苍头矣。所骑马宛在厩。急遣人至绳匠胡同踪迹张某，张方踞炉烧银，并无往易州祝寿之事。（《新齐谐》卷二）

注：见主线八、二。

——妖怪以王四表兄张某之形现身。

# 181

## 裴秀才

南昌裴秀才某，夏日乘凉，裸卧社公庙，归家大病。其妻以为得罪社公，即具酒食、烧香纸，为秀才请罪，病果愈。妻命秀才往谢社公，秀才怒，反作牒呈，烧向城隍庙，告社公诈渠酒食，凭势为妖。烧十日后，寂然。秀才更怒，又烧催呈，并责城隍神纵属员贪赃，难享血食。是夜，梦城隍庙墙上贴一批条，云："社公诈人酒食，有玷官箴，著革职。裴某不敬鬼神，多事好讼，发新建县，责三十板。"秀才醒，心怀狐疑，以为己乃南昌县人，纵有责罚，不得在新建地方，梦未必验。

未几，天雨，雷击社公庙，秀才心始忧之，不敢出门。月余，江西巡抚阿公方入庙行香，为仇人持斧斫额，众官齐集，查拿凶人。秀才以为奇事，急往观探。新建令见其神色诧异，喝问："何人？"秀才口吃吃不能道一字，身著长衫，又无顶带。令怒，当街责三十板。毕，始称："我是秀才，且系裴司农本家。"令亦大悔，为荐丰城县掌教。（《新齐谐》卷三）

注：见主线三、五。

——责罚文人的方式是打手。

# 182

## 年子

　　盐城东北乡草堰口小关营村民孙自成妻谢氏，除夕生子，因名年子。年十八，挑鸡入城，半途有旋风一阵，将笼内鸡尽吹出，腾空飞去。年子大惊，从此回家卧病。危急中，会其母将产，举家守生，无人看护。年子昏沉，身随风荡。忽从朱门之内，堕于万丈深潭，恰无痛楚。只觉身子短小，不似平时，两目蔽涩难开，耳中所闻，仍似父母声音，以为梦中幻境，安心待之。其时孙见谢氏产儿安稳，偷暇趋视年子，则已死矣，不觉大哭。年子惊醒，不解其故。只闻母泣而数曰："生此血泡，反将我成人长大的年了死了。"悲号不已。年了始知身已转生，恐母急坏，遂大声曰："我即年子也，年子未死！"谢闻小儿言语，顿时惊风，数日而死。孙忧小儿无乳，哺以粥食。三月生齿，五月能履，取名"再生"，今年十六矣。此事盐城令阎公云。（《新齐谐》卷三）

注：18世纪末的文章。

——人们认为旋风乃过路之鬼所致。

——分娩时投胎，未经过阴间，故保存了生前的记忆。未出生的胎儿仅以魄附体。

——死是无痛苦、无知觉、无意识的。朱门、红河，意味着出生时伴随出血；堕入低处，意味着来到苦难的人世深渊。

# 183

## 郑氏女

通州有王居士者，有道术。会昌中，刺史郑君有幼女，甚念之，而自幼多疾，若神魂不足者。郑君因请居士，居士曰："此女非疾，乃生魂未归其身。"郑君讯其事，居士曰："某县令某者，即此女前身也。当死数岁矣，以平生为善，以幽冥祐之，得过期。今年九十余矣。令殁之日，此女当愈。"郑君急发人驰访之，其令果九十余矣。后日，其女忽若醉寤，疾愈。郑君又使往验，令果以女疾愈之日无疾卒。（《宣室志》）

注：极为重要且清晰的 9 世纪的文章。

——可与第 182 则故事比较。此处是个特例。

# 184

## 向靖女

向靖，河内人也，在吴兴郡。有一女，数岁而亡。女始病时，弄小刀子，母夺取不与，伤母手。丧后一年，母又产一女。女年四岁，谓母曰："前时刀子何在？"母曰："无也。"女曰："昔争刀子，故伤母手，云何无耶？"母甚惊怪，具以告靖。靖曰："先刀子犹在不？"母曰："痛念前女，故不录之。"靖曰："可更取数个刀子，合置一处，令女自识。"女见大喜，即取先者。（《冥祥记》）

注：带着前世记忆投胎，前世今生出自同一娘胎。

# 185

## 采娘

　　郑代，肃宗时为润州刺史。兄侃，嫂张氏。女年十六，名采娘，淑慎有仪，七夕夜，陈香筵祈于织女。是夕，梦云舆羽盖蔽空。驻车命采娘曰："吾织女，汝祈何福？"曰："愿丐巧耳。"乃遗一金针，长寸余，缀于纸上，置裙带中，令："三日勿语。汝当奇巧。不尔，化成男子。"经二日，以告其母，母异而视之，则空纸矣。其针迹犹在，张数男女皆卒，采娘亦病。其母有娠，乃恨言曰："男女五人皆卒，复怀何为？"将服药以损之。药至将服，采娘昏奄之内，忽称杀人。母惊而问之，曰："某之身终当为男子，母之所怀是也。闻药至情急，是以呼之。"母异之，乃不服药。采娘寻卒。既葬，母悲念，乃收常所戏之物而匿之。未逾月，遂生一男子，有动所匿之物，儿即啼哭。张氏哭女，孩儿亦啼哭；罢，即止。及能言，常收戏弄之物，乃采娘后身也。因名曰[①]"叔子"。后，位至柱史。（《桂苑丛谈》）

　　注：可与第 182、184 则故事比较。

---

　　①曰，原本作"日"。

# 186

## 阴间中秋官不办事

罗之芳，湖北荆州府监利县举人。辛未会试，有福建浦城县李姓者来拜，曰："足下今科必中，但恐未能馆选。"罗询其故，李不肯说，云："俟验后再说。"榜发，果中进士，竟未馆选，乃往问之。据云："前得一梦，梦足下将为浦城县老父台，故来相访。"罗还家，选期尚早，乃就馆某氏，自道将来选官，必得浦城矣。不料处馆三年，一病而殁，家中亦不知李所说梦中事也。

又一年后，八月十五日，家中请仙，乩盘大书："我系罗之芳，今回来了。"合家不信。乩上书："尔等若不信，有螺蛳湾田契一纸，我当年因殁于馆中，未得清付家中，尚记得夹在《礼记》某篇内。尔等现在与田邻构讼，可查出呈验，则四至分明，讼事可息。"家人当即检查，果得此契，于是合家痛哭。乩上亦写数十"哭"字。问："现在何处？"乩写"做浦城县城隍"。且云："阴间比阳间公事更忙，一刻不暇，惟中秋一日，例不办事。然必月朗风清，英魂方能行远。今适逢此夕，故得间回家一走。若平常日子，便不得暇回来了。"又吩咐家人："庭外草木，不得摇动，我带回鬼吏鬼卒有十余人，皆依草附木而栖。鬼性畏风，若无所凭藉，被风一吹，便不知飘泊何处，岂不是我做城隍的反害了他们么！"乩盘书毕，又做长赋一篇乃去。（《新齐谐》卷六）

注：18世纪末的文章。

——篇末描写的人们对鬼的想象是很重要的细节。

——李姓者是一位神秘人士，有阴阳眼，是沟通阴阳二界的桥梁，常见于道家仙话中。

# 187

## 赵李二生

　　广东赵、李二生，读书番禺山中。端阳节日，赵氏父母馈酒馔为两生庆节，两生同饮甚乐。至二鼓，闻扣门声，启之，亦书生也，衣冠楚楚。自云相离十里许，慕两生高义，愿来纳交。邀入坐，言论风生。先论举业，后及古文词赋，元元本本，两生自以为弗及。最后论及仙佛，赵素不乐闻，而李颇信之。书生因力辨其有，且曰："欲见佛乎？此顷刻事也。"李欣然欲试之。书生取案几，叠高五尺许，身踞其上，登时有旃檀之气氤氲四至，随取身上绢带作圈，谓二生曰："从圈入，即佛地也，可以见佛。"李信之既笃，见圈中观音、韦驮，香烟飘渺，即欲以头入圈。而赵望之，则獠牙青面、吐舌丈余者在圈中矣。遂大呼。家人共进，李如梦醒者，虽挣脱，而颈已有伤，书生杳然不复可见。两生家俱以此山有邪，不可读书，各令还家。明年，李举孝廉，会试连捷，出授庐江知县。卒以被劾，自缢而亡。（《新齐谐》卷二）

　　注：见《民间道德与风俗》第385页（第20章"节日习俗"之五月端午①）。

　　——书生是一个自杀鬼，葬于十里之外，寻替死之人。

　　——经常可以在中国民间传说中看到一种精神病症，呈现出通灵、幻觉等状态。中国民间没有抑郁症、神经衰弱、癔症、躁狂症这些说法，但他们知道这些症状。

　　——可与第45则故事比较。

―――――――――

　　①五月端午，原本作"八月十五"。

# 188
# 沭阳洪氏狱

乾隆甲子,余宰沭阳。有淮安吴秀才者,馆于洪氏。洪故村民,饶于财。吴挈一妻一子,居其外舍。洪氏主人偶馔先生并其子,妻独居于室。夜二更返,妻被杀死,刀掷墙外,即先生家切菜刀也。余往验尸,见妇人颈上三创,粥流喉外,为之惨然。根究凶手,无可踪迹。洪家有奴洪安者,素以左手持物,而刀痕左重右轻,遂刑讯之。初即承认,既而诉为家主洪生某指使,为奸师母不遂,故杀之。生即吴之学徒也。及讯洪生,则又以奴曾被笞,故仇诬耳。狱未具,余调江宁。后任魏公廷会,竟坐洪安,以状上。臬司翁公藻嫌供情未确,均释之,别缉正凶。十二年来,未得也。

丙子六月,余从弟凤仪自沭阳来,道有洪某者,系武生员,去年病死,尸枢未出,见梦于其妻曰:"某年月日,奸杀吴先生妇者,我也。漏网十余载,今被冤魂诉于天。明午,雷来击棺,可速为我迁棺避之。'其妻惊觉,方议引輀之事,而棺前失火,并骨为灰烬矣。其余草屋木器,俱完好也。"(《新齐谐》卷二)

注:见主线三、四。

255

# 189

## 石门尸怪

浙①江石门县里书李念先，催租下乡，夜入荒村，无旅店。遥望远处茅②舍有灯，向光而行。稍近，见破篱拦门，中有呻吟声。李大呼："里书某催粮求宿，可速开门！"竟不应。李从篱外望，见遍地稻草，草中有人，枯瘠，如用灰纸糊其面者。面长五寸许，阔三寸许，奄奄然卧而宛转。李知为病重人，再三呼，始低声应曰："客自推门。"李如其言入。病人告以"染疫垂危，举家死尽"，言甚惨。强其外出买酒，辞不能。许谢钱二百，乃勉强爬起，持钱而行。

壁间灯灭，李倦甚，倒卧草中，闻草中飒然有声，如人起立者。李疑之，取火石击火，照见一蓬发人，枯瘦更甚，面亦阔三寸许，眼闭血流，形同僵尸，倚草直立。问之，不应。李惊，乃益击火石。每火光一亮，则僵尸之面一现。李思遁出，坐而倒退。退一步，则僵尸进一步。李愈骇，抉篱而奔。尸追之，践草上，簌簌有声。狂奔里许，闯入酒店，大喊而仆，尸亦仆。酒家灌以姜汤，苏，具道其故。方知合村瘟疫，追人之尸，即病者之妻，死未棺殓，感阳气而走魄也。村人共往寻沽酒者，亦持钱倒于桥侧，离酒家尚五十余步。（《新齐谐》卷五）

注：见主线九。

①浙，原本作"淅"。
②茅，原本作"矛"。

# 190

## 缚山魈

湖州孙叶飞先生,掌教云南,素豪于①饮。中秋夕,招诸生饮于乐志堂。月色大明,忽几上有声,如大石崩压之状。正愕视间,门外有怪,头戴红纬帽,黑瘦如猴,颈下绿毛茸茸然,以一足跳跃而至。见诸客方饮,大笑去,声如裂竹。人皆指为山魈,不敢近前。伺其所往,则闯入右首厨房。厨者醉卧床上,山魈揭帐视之,又笑不止。众大呼,厨人惊醒。见怪,即持木棍殴击,山魈亦伸臂作攫搏状。厨夫素勇,手抱怪腰,同滚地上。众人各持刀棍来助,斫之,不入。棍击良久,渐渐缩小,面目模糊,变一肉团。乃以绳捆于柱,拟天明将投之江。

至鸡鸣时,又复几上有极大声响,急往视之,怪已不见。地上遗纬帽一顶,乃书院生徒朱某之物。方知院中秀才往往失帽,皆此怪所窃。而此怪好戴纬帽,亦不可解。(《新齐谐》卷六)

注:见主线八。

---

①于,原本作"干"。

# 191

## 白虹精

浙江塘西镇丁水桥篙工马南箴，撑小舟夜行，有老妇携女呼渡，舟中客拒之。篙工曰："黑夜妇女无归，渡之亦阴德事。"老妇携女应声上，坐舱中。舟近北关门，天已明，老妇出囊中黄豆升许，谢篙工，并解麻布一方与之包豆，曰："我姓白，住西天门。汝他日欲见我，但以足踏麻布上，便升天而行，至我家矣。"言讫不见。篙工以为妖，撒豆于野。

归至家，卷其袖，犹存数豆，皆黄金也。悔曰："得毋仙乎！"急奔至弃豆处迹之，豆不见，而麻布犹存。以足蹑之，冉冉云生，便觉轻举，见人民村郭，历历从脚下经过。至一处，琼宫绛宇，小青衣侍户外曰："郎果至矣。"入，扶老妇人出，曰："吾与汝有宿缘，小女欲侍君子。"篙工谦让非耦。妇人曰："耦亦何常之有？缘之所在，即耦也。我呼渡时，缘从我生。汝肯渡时，缘从汝起。"言未毕，笙歌酒肴，婚礼已备。篙工居月余，虽恩好甚隆，而未免思家。谋之女，女教仍以足蹑布，可乘云归。篙工如其言，竟归丁水桥。乡里聚观，不信其从天而下也。

嗣后，屡往屡还，俱以一布为车马。篙工之父母恶之，私焚其布，异香累月不散，然往来从此绝矣。或曰："姓白者，白虹精也。"（《新齐谐》卷六）

注：典型的道家奇幻故事。可与第 185 则故事中的"织女"比较。

# 192

# 樱桃鬼

熊太史本，僦居京师之半截胡同，与庄编修令舆居相邻，每夜置酒，互相过从。

八月十二日夜，庄具酒饮熊，宾主共坐。忽桐城相公遣人来招庄去，熊知其即归，独酌待之。自斟一杯置几上，未及饮，杯已空矣。初犹疑己之忘之也，又斟一杯伺之。见有巨手蓝色，从几下伸出探杯。熊起立，蓝手者亦起立。其人头、目、面、发，无一不蓝。熊大呼，两家奴悉至，烛照，无一物。庄归闻之，戏熊曰："君敢宿此乎？"熊年少气豪，即命僮取被枕置榻上而摩僮出，独持一剑坐。剑者，大将军年羹尧所赠，平青海血人无算者也。时秋风怒号，斜月冷照，榻施绿纱帐，空明澄彻。街鼓鸣三更，心怯此怪，终不能寐。忽几上铿然掷一酒杯，再铿然掷一酒杯。熊笑曰："偷酒者来矣。"俄而一腿自东窗进，一目、一耳、一手、半鼻、半口；一腿自西窗进，一目、一耳、一手、半鼻、半口，似将人身当中分锯作两半者，皆作蓝色。俄合为一，睒睒然[1]怒睨帐中，冷气渐逼，帐忽自开。熊起，拔剑斫之，中鬼臂，如著敝絮，了无声响。奔窗逃去，熊追至樱桃树下而灭。

次早，主人起，见窗外有血痕，急来询问，熊告所以。乃斩樱桃树焚之，尚带酒气。（《新齐谐》卷六）

注：见主线十九。树魅，常见的中国民间故事主题，让我联想起印度的那迦（Nagas）传说。

---

[1] 然，原本作"为"。

# 193

## 树魅

【柳树精】① 杭州周起昆，作龙泉县学教谕，每夜，明伦堂上鼓无故自鸣。遣人伺之，见一人长丈余，以手击鼓。门斗俞龙，素有胆，暗张弓射之，长人狂奔而去。次夜寂然。后两月，学门外起大风，拔巨柳一株。周命锯之为薪，中有箭横贯树腹，方知击鼓者此怪也。龙泉素无科目，是年中一陈姓者。（《新齐谐》卷十六）

【尹文端公说事】尹公督陕时，接华阴县某禀启云："为触犯妖神，陈情禀死事。卑职三厅前，有古槐一株，遮房甚黑，意欲伐之。而邑中吏役佥曰：'是树有神，伐之不可。'某不信，伐之，并掘其根。根尽，见鲜肉一方。卑职心恶之，以肉饲犬。是夜，觉神魂不宁，无病而憔悴日甚，恶声汹汹，目无见而耳有闻。自知不久人世，乞大人别委署篆者来。"尹公得禀，袖之，与幕客传观曰："此等禀帖，作何批发？"言未毕，华阴县报病故文书至矣。（《新齐谐》卷七）

注：树魅。见第 192 则故事注释。

---

① 以下两段方头括号中题目为编者所加。

# 194

## 胡求为鬼球

　　方阁学苞，有仆胡求，年三十余，随阁学入直。阁学修书武英殿，胡仆宿浴德堂中。夜三鼓，见二人舁之阶下，时月明如昼，照见二人，皆青黑色，短袖仄襟。胡恐，急走。随见东首一神，红袍乌纱，长丈余，以靴脚踢之，滚至西首。复有一神，如东首状貌衣裳，亦以靴脚踢之，滚至东首，将胡当作抛球者然。胡痛不可忍。五更鸡鸣，二神始去。胡委顿于地。明日视之，遍身青肿，几无完肤。病数月始愈。（《新齐谐》卷一）

　　注：文中将两"怪"称为"神"。

# 195

## 冷秋江

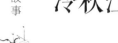

　　乾隆十年，镇江程姓者，抱布为业，夜从象山归。过山脚，荒冢累累，有小儿从草中出，牵其衣。程知为鬼，呵之，不去。未几，又一小儿出，执其衣。前小儿牵往西，西皆墙也，墙上簇簇然，黑影成群，以泥掷之。后小儿牵往东，东亦墙也，墙上啾啾然，鬼声成群，以沙撒之。程无可奈何，听其牵曳。东鬼西鬼，始而嘲笑，既而喧争。程不胜其苦，仆于泥中，自分必死。忽群鬼呼曰："冷相公至矣！此人读书，迂腐可憎，须避之。"果见一丈夫，魁肩昂背，高步阔视，持大扇击手作拍板，口唱"大江东"，于于然来，群鬼尽散。其人俯视程，笑曰："汝为邪鬼弄耶！吾救汝。汝可随吾而行。"程起从之，其人高唱不绝。行数里，天渐明，谓程曰："近汝家矣，吾去矣。"程叩谢，问姓名，曰："吾冷秋江也，住东门十字街。"

　　程还家，口鼻窍青泥俱满。家人为薰沐毕，即往东门谢冷姓者，杳无其人。至十字街，问左右邻，曰："冷姓有祠堂，其中供一木主，名嵋，乃顺治初年秀才。秋江者，其号也。"（《新齐谐》卷六）

　　注：鬼也分正邪，如同生者有君子、小人之别。

# 196

## 江中三太子

苏州进士顾三典，好食鼋，渔者知之，每得鼋，必售顾家。顾之岳母李氏，夜梦金甲人哀求曰："吾江中三太子也，为尔婿某所获，幸免我，必不忘报。"次早，遣家人驰救，则厨人已解之矣。是年，进士家无故火自焚，图史散尽。未焚之夕，家畜一犬，忽人立，以前两足擎双盂水献主人。又见屋壁上有历代宗祖，状貌如绘。识者曰："此阳不藏阴之象也，其将火乎？"已而果然。（《新齐谐》卷一）

注：犬阳，水阴。死去的人（阴）以活人（阳）的形式重现。

# 197

## 观音堂

余同官赵公讳天爵者，自言为句容令时，下乡验尸。薄暮，宿古庙。梦老妪，面有积尘，发脱左鬓，立而请曰："万蓝扼我咽喉，公为有司，须速救我。"赵惊醒张目，灯前隐隐犹有所见。急起逐之，了无所得。

次早闲步，见庙侧有观音堂，旁塑一老妇，宛如梦中人。堂前沟巷狭甚，为民房出入之所。呼庙僧问曰："汝里中得毋有万蓝乎？"僧曰："在观音堂前出入者，即万蓝家也。"唤蓝至，问："尔屋祖遗乎？"曰："非也。此屋本从前观音堂大门出入之地，今年正月，寺僧盗售于我，价二十金。"赵亦不告以梦，即捐二十金为赎还基址，加修葺①焉。

是时，赵年四十余，尚无嗣。数月后，夫人有身。将产之夕，梦老妪复来，抱一儿与之。夫人觉，梦亦如公，遂产一儿。（《新齐谐》卷一）

注：见《哲学文献集》第467、474—476页。

---

①葺，原本作"茸"。

# 198

## 炼丹道士

　　楚中大宗伯张履昊，好道。予告归，寄①居江宁。入城时，拥朱提一百六十万。有郎总兵者，公门下士也。荐朱道士，善黄白之术，寿九百余岁，烧杏核成银，屡试若神。道士说公烧丹，以白银百万，炼丹一枚，则长生可致。公惑之，斋戒三日，定坎离之位。每一炉，辄下银五万两，炭百担。昼则公亲监之，夜则使人守之。银登时化为水。炼三月，费银八十万，丹无消息。公诘之，道士曰："满百万，则丹成。成后含之，不饥不寒，可南可北，随意所之，无不可到。"公无奈何，复与十余万，然已觉其奄。道士溲溺，必遣人尾之。

　　清晨，道士溲于园，尾者回顾，忽失道士所在。往视其炉，百万俱空矣。启道士行李，得书一封，云："公此种财，皆非义物也。吾与公有宿缘，特来取去，为公打点阴间赎罪费用，日后自有效验。幸毋相怪。"（《新齐谐》卷二）

　　注：见主线十七、十八。

---

①寄，原本作"奇"。

# 199

## 鬼畏人拼命

　　介侍郎有族兄某，强悍，憎人言鬼神事。每所居，喜择其素号不祥者而居之。过山东一旅店，人言西厢有怪，介大喜，开户直入。坐至二鼓，瓦坠于梁。介骂曰："若鬼耶，须择吾屋上所无者而掷焉，吾方畏汝。"果坠一磨石。介又骂曰："若厉鬼耶，须能碎吾之几，吾方畏汝。"则坠一巨石，碎几之半。介大怒，骂曰："鬼狗奴！敢碎吾之首，吾方服汝！"起立，掷冠于地，昂首而待。自此，寂然无声，怪亦永断矣。（《新齐谐》卷二）

　　注：鬼和怪亦会恐惧。无畏能退鬼怪。见第 179 则故事。

# 200

# 罗刹鸟

雍正间，内城某为子娶媳，女家亦巨族，住沙河门外。新娘登轿，后骑从簇拥。过一古墓，有飙风从冢间出，绕花轿者数次。飞沙眯目，行人皆辟易，移时方定。顷之，至婿家，轿停大厅上。嫔者揭帘，扶新娘出。不料轿中复有一新娘，掀帏自出，与先出者并肩立。众惊视之，衣妆彩色，无一异者，莫辨真伪。扶入内室，翁姑相顾而骇，无可奈何，且行夫妇之礼。凡参天祭祖，谒见诸亲，俱令新郎中立，两新人左右之。新郎娶一得双，大喜过望。夜阑，携两美同床，仆妇侍女辈各归寝室，翁姑亦就枕。忽闻新妇房中惨叫，披衣起，童仆妇女辈排闼入，则血淋漓满地。新郎跌卧床外，床上一新娘仰卧血泊中，其一不知何往。张灯四照，梁上栖一大鸟，色灰黑，而钩喙巨爪如雪。众喧呼奋击，短兵不及。方议取弓矢长矛，鸟鼓翅作碟碟声，目光如青燐，夺门飞去。新郎昏晕在地，云："并坐移时，正思解衣就枕，忽左边妇举袖一挥，两目睛被抉去矣，痛剧而绝，不知若何化鸟也。"再询新妇，云："郎叫绝时，儿惊问所以，渠已作怪鸟来啄儿目，儿亦顿时昏绝。"后疗治数月，俱无恙。伉俪甚笃，而两盲比目，可悲也。（《新齐谐》卷二）

注：恶怪以作恶取乐。

——新娘的轿子不能路过坟冢、洞穴、井等可供鬼怪寄居的地方。如果必须路过，应在不吉利之地和轿子间拉一个纱帐。

# 201

## 青阳江丫

青阳人江丫，处乡馆，教村童五人，长者不过十二三岁，幼者八九岁。一日，字课甫毕，江忽持木棍，将五生排头打死，己亦触墙流血，昏晕倒地。各家父母闻之，奔赴喊哭，叩其故。据江云："午间安坐，突见窗外奇鬼六七辈，绀发蓝面，著五色衣，前来搏噬诸生。我惶急，驱之不去，随取木棍，将鬼击打无踪，自幸诸生得免于难。亡何谛观，始知所打死者非鬼，即弟子五人。横尸在地，痛摧心肝，因自寻死，故触墙脑裂。"官验取供，以鬼语难成信谳，质之各家父母。皆云与江丫平日绝无仇隙，渠作先生，爱惜①诸童颇好，亦无疯症，此举不知何故，想系前生冤孽。江脑破垂毙，现在收禁，俟医治痊时，再行审抵云云。此乾隆二十一年五月间，青阳知县申详总督尹公文书也，余亲见之。半月后，报江丫死于狱。（《新齐谐》卷八）

注：伴有杀人冲动的幻觉狂躁症。

——所有命案均用前世冤孽来解释。

---

①惜，原本作"情"。

# 202

## 绿毛怪

乾隆六年，湖州董畅庵就幕山西芮城县。县有庙，供关、张、刘三神像。庙门历年用铁锁锁之，逢春秋祭祀，一启钥焉。传言中有怪物，供香火之僧亦不敢居。

一日，有陕客贩羊千头，日暮无托足所，求宿庙中，居民启锁纳之，且告以故。贩羊者恃有膂力，曰："无妨。"乃开门入，散群羊于廊下，而己持羊鞭秉烛寝，心不能无恐。三鼓，眼未合。闻神座下豁然有声，一物跃出。贩羊者于烛光中视之，其物长七八尺，头面具人形，两眼深黑有光，若胡桃大，颈以下绿毛覆体，茸茸如毵衣，向贩羊者睨且嗅，两手有尖爪，直前来攫。贩羊者击以鞭，竟若不知，夺鞭而口啮之，断如裂帛。贩羊者大惧，奔出庙外，怪追之。贩羊人缘古树而上，伏其梢之最高者。怪张眼望之，不能上。

良久，东方明，路有行者，贩羊人下树觅怪，怪亦不见。乃告众人，共寻神座，了无他异，惟石缝一角，腾腾有黑气。众人不敢启，具牒告官。芮城令佟公，命移神座掘之。深丈许，得朽棺，中有尸，衣服悉毁，遍体生绿毛，如贩羊人所见。乃积薪焚之，喷喷有声，血涌骨鸣。自此怪绝。

（《新齐谐》卷十）

注：刘、关、张系三国时期的英雄人物，见《历史文献集》第970—975页对"三国"的介绍。

# 203

## 李百年

　　无锡张塘桥华协权者，与好事数人设乩盘于家。其降鸾者，曰王仲山，明进士也。众因与酬答，出语謇涩，诗亦不甚韵，每召辄至。一日者，与众答问方欢，忽书："吾欲去矣。"问："何之？"曰："钱汝霖家见招赴席。"乩遂寂然。钱汝霖者，亦里中人，所居去张塘桥不二三里。众因怪而侦之，则是日以病故祷神也。

　　明日，仙复至，华因问："昨饮钱家乎？"曰："然。""盛馔乎？"曰："颇佳。"众嘲之曰："钱乃祷神，非请仙也，所请者城隍土地之属，岂有高人王仲山而往赴席乎？"仙语塞，乃曰："吾非王仲山，乃山东李百年耳。"问："百年何人？"曰："吾于康熙年间，在此贩棉花，死不得归，魂附张塘桥庵。庵有无主魂，与我共十三人，皆无罪孽，无羁束。里中之祷者，皆吾辈享之。"华曰："所祷城隍诸神，俱有主名，若既无名，何得参与其间？"曰："城隍诸神岂轻向人家饮食？所祷者，都是虚设。故吾辈得而享焉。"华曰："无名冒食，天帝知之，恐加罪，奈何？"曰："天上岂知有祷乎？是皆愚民习俗之所为。即鬼祟索食，间或有之，究无关于生死也。况我非索之，而彼自设之，而我享之，何忤于天帝？即君家茶酒，亦非我索之也。"曰："既如此，子何必托名于王仲山耶？"曰："君家檐头神执符来请，彼不敢上请真仙，所请者皆我辈也。十三人中，惟吾稍识几字，故聊以应命。使直书姓名曰'李百年'，君等肯尊奉我乎？我见此处人家扁额，多仲山王问书，知为名人，故托其名来耳。"华曰："子既无羁束，何不归山东？"曰："关津桥梁，是处有神，非钱不得辄过。"华曰："吾今以一陌纸钱送汝归，何如？"曰："唯唯，谢谢。既见惠，须更以一陌酬于桥神，

不然，仍不获拜赐也。"于是焚楮锭送之，而毁其乩焉。（《新齐谐》卷十一）

注：有趣的故事，不解释。

# 204

## 通判妾

徽州府署之东，前半为司马署，后半为通判署，中间有土地祠，乃通判署之衙神也。乾隆四十年春，司马署后墙倒，遂与祠通。

其夕，署中老妪忽倒地，若中风状。救之，苏，呼饥。与之饭，啖量倍于常。左足①微跛，语作北音，云："我哈什氏也，为前通判某妾，颇有宠，为大妻所苦，自缢桃树下。缢时，希图为厉鬼报仇，不料死后方知命当缢死，即生前受苦，亦皆数定，无可为报。阴司例：凡死官署者，为衙神所拘，魂不得出。我饥馁甚；今又墙倾，伤我左腿，困顿不可耐。特凭汝身求食，不害汝也。"自是妪昼眠夜食，亦无所苦，往往言人已往事，颇验。

先是，司马有爱女卒于家，赴任时，置女灵位某寺中，岁时遣祭，皆妪所不知。司马见其能言冥事，问："尔知我女何在？"答曰："尔女不在此，应俟我访明再告。"翌日，语司马云："尔女在某寺中甚乐，所得钱钞，大有赢余，不愿更生人间。惟今春所得衣裳太窄小，不堪穿著。"司马大骇，推问衣窄之故。因遣家人往祭时，所制衣途中为雨毁，家人潜买市上纸衣代之故也。

未几，新通判莅任，方修衙署，动版筑。妪曰："墙成，我当复归原处，但一入，又不知何年得出。敢向诸公多求冥钱，夜焚墙角下。我得之赂衙神，便可逍遥宇内。"司马如其言，焚之。次日，妪喜色曰："主人甚贤，无以为别，我善琵琶，且能歌，当歌一曲谢主人。"司马为设醴，置琵琶，妪弹且歌。歌毕，掷琵琶，瞑目坐。众再扣之，蹶然起，语言笑貌，依然蠢老妪，足亦不跛矣。（《新齐谐》卷十一）

注：18 世纪有教育意义的故事。

---

①足，原本作"右"。

# 205

## 穷鬼祟人富鬼不祟人

　　西湖德生庵后门外，厝棺千余，堆积如山。余往作寓，问庵僧："此地尝有鬼祟否？"僧曰："此间皆富鬼，终年平静。"余曰："城中那得有如此许多富人？焉能有如此许多富鬼？且久攒不葬，不富可知。"僧曰："所谓富者，非指其生前而言也。凡死后有酒食祭祀、纸钱烧化者，便谓之富鬼。此千余棺，虽久攒不葬，僧于每年四节，必募缘作道场，设盂兰会，烧纸钱千万，鬼皆醉饱，邪心不生。公不见世上人抢劫诈骗之事，皆起于饥寒。凡病人口中所说，目中所见，可有衣冠华美、相貌丰腴之鬼乎？凡作祟求祭者，大率皆蓬头历齿、蓝缕穷酸之鬼耳。"余甚是其言，果住月余，虽家僮婢子，当阴霾之夜，无闻鬼啸者。（《新齐谐》卷二十二）

　　注：所有鬼来去时都会啸叫，本文明确了这点。

# 206

## 贾士芳

　　贾士芳，河南人，少似痴愚。有兄某读书，命士芳耕作。时时心念，欲往游天上。一日，有道人问曰："尔欲上天耶？"曰："然。"道士曰："尔可闭目从我。"遂凌虚而起，耳畔但闻风涛声。少顷，命开目，见宫室壮丽，谓士芳曰："尔少待，我入即至。"良久出，谓曰："尔腹馁耶？"授酒一杯。贾饮半而止，道人弗强，曰："此非尔久留处。"仍令闭目，行如前风涛声。

　　少顷开目，仍在原处。步至伊兄馆中，兄惊曰："尔人耶鬼耶？"曰："我人耳，何以为鬼？"曰："尔数年不归，曩在何处？"曰："我同人至天上，往返不过半日，何云数年？"（《新齐谐》卷二十一）

　　注：小剂量不死药（文中所授之酒）的效果。

# 207

# 鬼买儿

洞庭贡生葛文林，在庠有文名。其嫡母周氏亡后，父荆州续娶李氏，即文林生母也。于归三日后，理周氏衣箱，有绣九枝莲红袄一件，爱而著之。

食次即昏迷，自批其颊曰："余，前妻周氏也。箱内衣裳是我嫁时带来。我平日爱惜，不忍上身。今汝初来，公然偷著，我心不甘，来索汝命。"家人环跪，替李求情，且云："娘子业已身故，要此华衣何用？"曰："速烧与我，我等要著。我自知气量小，从前妆奁，一丝不能与李氏，皆速烧与我，我才肯去。"家人不得已，如其言，尽焚之。鬼拍手笑曰："吾可以去矣。"李即霍然病愈。家人甚喜。

次日，李方晨妆，忽打一呵欠，鬼又附其身曰："请相公来。"其夫奔至，乃执其手曰："新妇年轻，不能理家事，我每早来，代为料理。"嗣后，午前必附魂于李身，查问薪米，呵责奴婢，井井有条。如是者半年，家人习而安之，不复为怪。

忽一日，谓其夫曰："我要去矣。我柩停在此，汝辈在旁行走，震动灵床，我在棺中，骨节俱痛，可速出殡，以安我魂。"其夫曰："尚无葬地，奈何？"曰："西邻卖爆竹人张姓者有地，在某山。我昨往看，有松有竹，颇合我意。渠口索六十金，其心想三十六金，可买也。"葛往观，果有地有主，丝毫不爽，遂立契交易。

鬼请出殡日期，葛曰："地虽已有，然启期告亲友，尚无孝子出名，殊属缺典。"鬼曰："此说甚是。汝新妇现有身矣，但雌雄未卜，与我纸钱三千，我替君买一儿来。"言毕去。至期，李氏果生文林。

三日后，鬼又附妇身如平时，其姑陈氏责之曰："李①氏新产，身

①李，原本作"周"。

子孱弱，汝又来纠缠，何太不留情耶？"曰："非也。此儿系我买来，嗣我血食，我不能忘情。新妇年轻贪睡，倘被渠压死奈何？我有一言嘱婆婆，俟其母乳毕后，婆婆即带儿同睡，我才放心。"其姑首肯之。李①妇打一呵欠，鬼又去矣。

择日出丧，葛怜儿甫满月，不胜粗麻，易细麻与著。鬼来骂曰："此系齐衰，孙丧祖之服。我嫡母也，非斩衰不可。"不得已，易而送之。临葬，鬼附妇身大哭曰："我体魄已安，从此永不至矣。"嗣后果断。

先是，周未嫁时，与邻女结拜三姊妹，誓同生死。其二妹先亡，周病时曰："两妹来，现在床后唤我。"葛怒，拔剑斫之。周顿足曰："汝不软求，而斫伤其臂，愈难挽回矣。"言毕而亡，年甫二十三。（《新齐谐》卷二十二）

注：原配要葬在丈大旁边。如果没有子嗣，可以过继再娶之妇或姘妇的孩子，或者收养一个。孩子要像孝敬亲生母亲一样孝敬嫡母，死后葬于嫡母身边。

---

①李，原本作"周"。

# 208

## 引鬼报冤

浙江盐运司快役马继先，积千金，为其子焕章营买吏缺。焕章吏才更胜乃翁，陡发家资巨万。继先暮年娶妾马氏，颇相得。继先私蓄千金，指示妾云："汝小心服侍，终我天年，我即将此物相赠，去留听汝。"越五六年，继先病，复语其子云："此女事我甚谨，我死后，所蓄可俱付之。"

继先死，焕章顿起不良，即与其姑丈吴某曾为泉州太守者商曰："不意我翁私蓄尚多，命与此女，殊为可惜。"吴云："此事易为。乃翁死后，我来助汝逐之。"过数日，焕章诱此妾出屋伴灵，私与其妻硬取箱箧，搬入内室，将乃翁卧房封锁。此妾在外，尚不知也。

继先回煞后，此妾欲归内室，吴突自外入，厉声曰："姨娘无往！我看汝年轻，决不能守节，不若即今日收拾回娘家，另择良配。我叫汝小主人赠汝银两可也。"随呼焕章："兑银五十两来。"焕章趋出曰："已备。"妾欲进内，焕章止之，曰："既是姑爷吩咐，想必不错。汝之箱箧行李，我已代汝收拾停妥，毋烦再入。"妾素愿，惧吴之威，含泪登舆去。焕章深谢吴之劳。

又数月，节届中元。妾带去之资及衣饰，已为父母弟兄荡尽，欲趁此节哭奠主人，仍归马氏守节。七月十二日，备香帛祭器，至马家哭奠。焕章之妻骂曰："无耻贱人，去而复返！"不容入内，命其坐外厅之侧轩暂过一夜，祭毕即去，"如再逗留，我决不容！"妾彻夜哭，五鼓方绝声。次早往视，已悬躯于梁矣。焕章买棺收敛，其母家惧吴声势，亦无异言。

焕章因屋有缢死鬼，将屋转售章姓，别构华室自居。章翁自小奉佛诵经，夜见此女作悬梁哭泣状。翁久知此事，心为不平，且恶焕章之嫁祸，乃祝曰："马姨娘，我家买屋，用价不少，并非强占。姨娘与马焕章、吴某有仇，与我家无干。明晚二更，我亲送汝至焕章家何如？"鬼嫣然一笑而没。

次晚，为此女设位持香，送至焕章门，低声曰："姨娘傍立，待我叩门。"即叩门问司阍："汝主人归否？"对曰："尚未。"乃又私祝曰："姨娘请自入，仇可复矣。"司阍者不解章之喃喃何语，笑其痴。章归家，终夜不寐。

天未明，即趋马家听信，见司阍者已立门外，章曰："汝起何早？"司阍者曰："昨夜主人归，方至门，即疾作，刻下危甚。"章惊而返。下午复探，马已死矣。过数日，吴太守亦亡。焕章无子，其资均为他人所有。吴没后，家亦不振。（《新齐谐》卷二十）

注：见主线七。见《民间道德与风俗》第 383 页（第 20 章 "节日习俗" 之七月十五日鬼节）。

# 209

## 灵鬼两救兄命

　　武昌太守汪献琛之弟，名延生者，暑月暴亡。后乾隆二十八年秋日，其堂兄希官，亦得危疾，数夜不寐。医者开方，以补剂治之。其母方煎药，病者忽发声曰："大婶娘毋再误也！我昔误于庸医，今希哥又遭此难，我不忍坐视其死。"言毕，即将药碗掷地。希母问曰："汝何人凭我儿？"曰："我即延生也，死未一年，婶娘不能辨我声音耶？"希母曰："汝死后作何事？"曰："阴司神念我性直，且系屈死，命我为常州城隍司案吏。因本官移文此省城隍，会议总督到任差务要事，命我赍文来此，我故得来一探希哥，不意渠已卧病，几为庸医所杀。此刻我往城隍衙门，将公事了结再来。"语毕，即闭目卧，竟夜安眠。

　　次早醒，问之，茫然无知。至晚，忽作延生声曰："愈矣，速具水浆来解渴。"希母与之。又云："可呼八兄来，我有话说。"八兄者，即其胞兄也。既至，慰问若生时，且云："八兄，汝何贪戏若此？前在祖宗祠堂池内，自荡小舟，几为石柱碰毙。其时幸我在旁，使柱旁倒，不然，难逃此厄。柱下有古冢一丘，因我父浚池不察，使他枯骨日浸水中，故欲来报怨。我再三求之，彼方允诺。八兄须为迁葬。"又呼其妹三人至前，曰："大妹二妹有福不妨，小妹禄甚薄，不若随我去，交与母亲照管，何苦在此常受庶母之气？"大笑拱手作别状，曰："再会再会。"言毕，希复仰卧如初。越数日，病愈。不半年，其幼妹果亡。

　　二十九年冬，希梦延生至曰："兄今愈矣。弟办完此差，小有功绩，可望受职。从此别矣，后会难期。"语竟而去，希悲呼而醒。（《新齐谐》卷二十）

注：见主线三，阴间官员等级。

——本则故事不涉及灵魂转世，故事的主角延生可以自由穿梭于阴阳两界以及命中注定的情节，都属于典型的道家思想。

# 210

# 江轶林

江轶林，通州士人也，世居通之吕泗场。娶妻彭氏，情好甚笃。彭归江三年，轶林甫弱冠，未游庠。一夕，夫妇同梦轶林于其年某月日游庠，彭氏即于是日亡。学使临通州，吕泗场距通州百里，轶林以梦故，疑不欲往。彭促之曰："功名事重，梦不足凭。"轶林强行。及试，果获售，案出，即梦中月日也。轶林大不怿。越二日，果闻彭讣。试毕急回家，彭死已二七矣。

通俗，人死二七，夜设死者衣衾于枢侧，举家躲避，言魂来赴尸，名曰"回煞"。轶林痛彭之死，即于回煞夜异床枢旁，潜处其中，以冀一遇。守至三更，闻屋角微响，彭自房檐冉冉下，步至枢前，向灯稽首，灯即灭。轶林惟恐惊彭，不敢声。彭自灵前循枢走至床，揭帐低声呼曰："郎君归未？"轶林跃出，抱持大哭。哭罢，各诉离情，就寝欢好无异生前。轶林从容问曰："闻说人死有鬼卒拘束，回煞有煞神与偕，尔何得独返？"彭曰："煞神，即管束之鬼卒也，有罪则羁缲而从。冥司念妾无罪，且与君前缘未断，故纵令独回。"轶林曰："卿与我前缘未断，今此之来，莫非将尽于此夕乎？"答曰："尚早。前缘了后，犹有后缘。"言未毕，闻户外风起，彭大惧，以手持轶林曰："紧抱我！护持我！凡作鬼最怕风，风倘著体，即来去不能自主，一失足，被他吹到远处去矣。"鸡鸣言别，轶林依依不舍。彭曰："无庸，夜当再会。"言讫而去。由此每夜必来。来，检阅生时食物，为轶林补缀衣服。

两月余，忽欷歔泣曰："前缘了矣！此后当别十七年，始与君续后缘。"言讫去。轶林美少年，家丰于财，里中愿续婚者众，轶林概不允。待至十七年，以彭氏貌物色求婚，历通、泰、仪、扬，俱不得，仍归吕泗。

吕泗故边海，有海舶自山东回者，载老翁夫妇来。言本士族，止生一女，依叔为活。其叔欲以其女结婚豪族，女颇不愿，欲嫁一江南人①。言诸轶林，轶林必欲一见其女乃可。翁许之，见则宛然一彭也。问其年，曰："十七矣。"其生时月日，即彭死之两月后也。轶林欣然订娶，欢好倍常。性情喜好，仿佛彭之生前。欢聚者十七载，夫妇得疾先后卒。（《新齐谐》卷九）

注：命中注定与灵魂转世分属道家思想与佛家思想，互相矛盾。见主线六、七。

---

①欲嫁一江南人，原本作"欲嫁一江轶林故来江南"。

# 211

## 掘冢奇报

　　杭州朱某，以发冢起家。聚其徒六七人，每深夜昏黑，便持锄四出。嫌所掘者多枯骨，少金银，乃设乩盘，预卜其藏。一日，岳王降坛曰："汝发冢取死人财，罪浮于盗贼，再不悛改，吾将斩汝。"朱大骇，自此歇业。

　　年余，其党无所归，乃诱其再祷于乩神以试之。如其言，又一神降曰："我西湖水仙也。保叔塔下有石井，井西有富人坟，可掘得千金。"朱大喜，与其徒持锄往，遍觅石井不得。正徘徊间，若有耳语者曰："塔西柳树下非井耶？"视之，已填枯井也。掘三四尺，得大石椁，长阔异常，与其党六七人共扛之，莫能起。相传净寺僧有能持飞杵咒者，诵咒百声，棺椁自开。乃共迎僧，许以得财烹分。僧亦妖匿，闻言，踊跃而往。诵咒百余，石椁豁然开。中伸一青臂出，长丈许，攫僧入椁，裂而食之，血肉狼籍，骨坠地琤琤有声。朱与群党惊奔四散。次日往视，并不见井。然净寺竟失一僧，皆知为朱唤去。徒众控官，朱以讼事破家，自缢于狱。（《新齐谐》卷九）

注：诸神导致作恶者落败。见第 89 则故事。

# 212

## 官癖

相传南阳府有明季太守某，殁于署中，自后，其灵不散，每至黎明发点时，必乌纱束带上堂，南向坐。有吏役叩头，犹能颔之作受拜状。日光大明，始不复见。雍正间，太守乔公到任，闻其事，笑曰："此有官癖者也，身虽死，不自知其死故耳。我当有以晓之。"乃未黎明即朝衣冠，先上堂，南向坐。至发点时，乌纱者远远来，见堂上已有人占坐，不觉趑趄不前，长吁一声而逝。自此怪绝。（《新齐谐》卷十一）

　　注：见主线六、十二。

# 213

# 铸文局

句容杨琼芳，康熙某科解元也。场中题是"譬如为山"一节。出场后，觉通篇得意，而中二股有数语未惬。夜梦至文昌殿中，帝君上坐，旁列炉灶甚多，火光赫然。杨问："何为？"旁判官长须者笑曰："向例，场屋文章，必在此用丹炉鼓铸。或不甚佳者，必加炭火锻炼之，使其完美，方进呈上帝。"杨急向炉中取观，则己所作场屋文也，所不惬意处，业已改铸好矣。字字皆有金光，乃苦记之。一惊而醒，意转不乐，以为此心切故耳，安得场中文如梦中文耶！

未几，贡院中火起，烧试卷二十七本。监临官按字号命举了入场重录原文。杨入场，照依梦中火炉上改铸文录之，遂中第一。（《新齐谐》卷十一）

注：见主线五。

——诸多故事证明，考试成功与否并非取决于才能，更多取决于命运，取决于前世的功过。

# 214

## 苦菜状元

江西舒翁远馆，归途遇一妇，哭甚哀。问之，言："夫欠官银，卖妾以偿。不忍分离，且有幼儿，妾去失哺，必不得生，是以悲耳。"翁惨然，问："欠几何？"曰："十三金。"翁劝同舟人各捐一金以保全之，皆不应。公尽以束脩与之，空手而归。语妻曰："我两日未食，速为炊！"妻曰："无米！"翁曰："借诸邻。"妻曰："所借已多，专望你归还。今再借，必不肯。"奈何公告明其故，妻曰："既如此，有苦菜可食。"遂往采，煮食之。食毕就寝，忽闻窗外呼曰："今夜吃苦菜，来岁产状元。"明年，果生子名芬，中成化丁未状元，官至宰相，公受封侍郎。一善可当万善者此类是也。（《暗室灯》下卷）

# 215

## 尚书

　　台州应尚书，未遇时习业山中。一夜闻鬼语曰："某妇之夫久客未归，翁姑逼嫁不从，数日后，当缢死于此，我得代矣。"公即假其夫名写书一封，寄银四两，使人送至其家。父得书以字迹不同，疑之。

　　既而曰："书可假，银不可假，想儿无恙。"因不嫁其媳。未几，子果归，夫妇相保如初。公后官至尚书。（《暗室灯》下卷）

# 216

## 何澄

何澄善医，本邑孙勉病，召澄诊视，往来数次，言病属大虚，宜多服补药，不然难疗矣。勉妻喻氏少艾自思家贫，无钱买药且无物酬医，病何得愈？心生一计，引澄至密室，告曰："妾家贫，不能办药，愿献此身以救夫，乞先生怜之。"澄正色曰："吾素不作此污行，奠嫂请保重，吾力犹能办药，必愈尔夫之疾，不必虑也。"竟辞出，多送补药救之。一夕，梦神告曰："汝医人多功，且不乘危乱人之妇，奉上帝敕，赐汝一官，钱五万贯。"未几，太子得病，诸医不能治，澄一剂获安，赐官与钱，悉如其兆。噫，密室之事天鉴，若此谓可瞒乎？不可。（《暗室灯》下卷）

# 217

## 救人·五脏立变

明医周月窗，有仆名德，染病。周诊其脉，将死。因多与金，遣归见父母。德至扬州，见有卖妻偿官债者，哭甚哀。问之，答曰："我俟妻去，亦投水死。"德恻然，即以所赠金与之，空手归家。久而不死，复返见周医。周惊曰："汝倘在耶！"再诊其脉，平和有寿。问其故，德言前事。周曰："汝阴德动天，五脏立变，吾术不能知也。"（《暗室灯》下卷）

# 218

# 投水妇谢恩

　　徽州王志仁，三十无子，术者相其十月有大难。王素神其术，因往苏州取账。途见一妇投水，王急出十金雇渔舟往救。至岸问之，妇曰："夫为人佣家，养一猪偿租。妾昨卖之，误收假银。租追急，夫归打骂，故寻自尽耳。"王倍与之。归告其夫，不信，同至王寓所问讯。时王已寝，夫命妇叩门呼曰："投水妇来谢。"王厉声："汝曰少妇，我孤容，<sup>①</sup> 昏夜岂宜相见。"妇曰："我夫亦在此。"王乃披衣起。将开门，高墙忽倒，卧榻成粉矣。天佑善人，巧于示异如此。及归，相士复见之，惊曰："子尚在耶！"王告以前事，相士曰："子满面阴骘气，不但免祸，且能获福。"后，生三子，登弟者二，并享高寿。（《暗室灯》下卷）

--------

　　①疑当作"王厉声曰：'汝少妇，我孤客……'"。

# 219

## 行善·加寿廿年

吕琪，春日郊行，遇故人已死者，出牌示曰："我死，充东岳府役。昨奉差提七十二人，子名在焉。念生前友善，不忍相逼。君速归料理，候我各处提完，一月即至矣。"言讫不见。琪归，急语其子曰："我生平有三事未了：某五丧未举，一也；某女二十未嫁，二也；某路倾圮未修，三也。"急出资，命子毕此三事，既而治棺待死，竟无恙。诸子以为妄。至除夕，复梦前卒谓曰："向来提君，行至中途，忽有免提牌至，言君阳世有三善，单释君一人，更加二十年寿矣。"后果然。（《暗室灯》下卷）

# 220

## 酆都

按佛经地狱名像甚多，不能悉述。今但就酆都言之。在四川忠州酆都县，吾友尝过其地，果见有殿宇十重，神像威严。顶上一重在石岩之下，封锁甚固，人不敢开。夜常闻拷鬼声达外，惨不忍闻。

明万历间，四川巡抚郭公，曾开其殿入，内黑暗，把火照之，见深处有石洞直下，冷风逼人。公命造一木盘，自坐盘中，以绳吊下。深一二十丈，忽平，公执灯下盘，平行里许，忽见天光，另一乾坤，内有殿宇雄丽。公进头殿，会见关帝，礼毕，命送进二殿，每殿一王者出迎。至五殿，王者赐坐待茶，语及幽冥之故。语毕，仍送至洞所，循绳吊上。向邑宰言其状，立记在夔府，事详郭公案。

又酆都县有一旧例，派一乡百姓当差，办木槿条十余，捆以作拷鬼刑具，放在封锁殿外，月朔之夜即取去。至次月朔，出旧换新，视旧条已打成糜烂矣。此例自古至今，百代不改。世之假道学，猥处牖下，不睹世事之奇，动以臆见，横断谓无阴司地狱，无轮回转世，则盍自往一观之乎？（《暗室灯》上卷）

注：可与第 14 则故事比较。

# 221

# 大观园符水驱妖孽

  贾赦没法，只得请道士到园作法事，驱邪逐妖。择吉日，先在省亲正殿上铺排起坛场，上供三清圣像，傍设二十八宿并马赵温周四大将，下排三十六天将图像。香花灯烛设满一堂，钟鼓法器排列两边，插着①五方旗号。道纪司派②定四十九位道众的执事，净了一天的坛。三位法官行香取水毕，然后擂起法鼓，法师们俱戴上七星冠，披上九宫八卦的仙衣，踏着登云履，手执牙笏，便拜表请圣。又念了一天的消灾邪的接福的《洞元经》，已后便出榜召将。榜上大书"太乙混元上清三境灵宝符箓演教人法师行文敕令本境诸神到坛听用"。

  那日两府上下③爷们仗着法师擒妖，都到园中观看，都说："好大法令，呼神遣将的闹起来，不管④有多少妖怪也吓⑤跑了。"大家都挤到坛前。只见小道士们将旗幡举起，按定五方站⑥住，伺候法师号令。三位法师，一位手提宝剑拿着法水，一位捧着七星⑦皂旗，一位举着桃木打妖鞭，立在坛前。只听法器一停，上头令牌三下，口中念念有词，那五方旗便⑧团团散布。法师下坛，叫本家领着到各处楼阁殿亭⑨、房廊屋舍、山崖水畔

---

①着，原本作"看"，据清乾隆五十六年萃文书屋活字印本《红楼梦》改。

②派，原本作"泒"。

③那日两府上下，原本作"那两日府上下"。

④管，原本作"官"。

⑤吓，原本作"啼"。

⑥站，原本作"跕"。

⑦星，原本作"屋"。

⑧便，原本作"鞭"。

⑨亭，原本作"停"。

洒了法水，将剑指画了一回，来连击令牌，将七星旗祭起，众道士将旗幡一聚，接下打怪鞭望空打了三下。本家众人都道拿住妖怪，争着要看，及到跟前，并不见有什么形响。只见法师叫众道士拿取瓶罐，将妖收下，加上封条。法师朱笔书符收禁，令人带回本观塔下镇住。一面撤<sup>①</sup>坛谢将。

贾赦恭敬叩谢了法师。贾蓉等小弟兄背地都笑个不住，说："这样的大排场，我打量拿着妖怪给我们瞧瞧到底是些什么东西，那里知道是这样收罗。究竟妖怪拿去了没有？"贾珍听见，骂道："糊涂东西，妖怪原是聚则成形，散则成气，如今多少<sup>②</sup>神将在这里，还敢现形么！无非把这妖气收了，便不作祟，就是法力了！"众人将信将疑，且等不见响动。

（《红楼梦》卷一百二）

注：见《哲学文献集》第83、84页对"巫"的介绍。见主线十七。

---

①撤，原本作"彻"。

②少，原本作"小"。

# 222

# 魏徵战蛟龙

众官朝贺已毕，各各分班。唐王闪凤目龙睛，一一从头观看，只见那文官内是房玄龄、杜如晦、徐世勣、许敬宗、王珪等，武官内是高士廉、段志贤、殷开山、程咬金、刘洪纪、胡敬德、秦叔宝等，一个个威仪端肃，却不见魏徵丞相。唐王召徐世勣上殿道："朕夜间得一怪梦，梦见一人，迎面拜谒，口称是泾河龙王，犯了天条，该人曹官魏徵处斩，拜告寡人救他，朕已许诺。今日班前独不见魏徵，何也？"世勣对曰："此梦告准①，须唤魏徵来朝，陛下不要放他出门。过此一日，可救梦中之龙。"唐王大喜，即传旨，看当驾官宣魏徵入朝。

却说魏徵丞相在府，夜观乾象，正爇宝香，忽闻得鹤唳九霄，却是天差仙使，捧玉帝金旨一道，着他午时三刻，梦斩泾河老龙。这丞相谢了天恩，斋戒沐浴，在府中试慧剑，运元神，故此不曾入朝。一见当驾官赍旨来宣，惶惧无任，又不敢违迟君命，只得急急整衣束带，同旨入朝，在御前叩头请罪。唐王道："赦卿无罪。"那时，诸臣尚未退朝，至此，却命卷帘散朝。独留魏徵，宣上金銮，召入便殿，先议论安邦之策，定国之谋。将近巳末午初时候，却命宫人取过大棋来，"朕与贤卿对弈一局。"众嫔妃随取棋枰，铺设御案。魏徵谢了恩，即与唐王对弈。一递②一着，摆开阵势。

君臣两个对弈此棋，正下到午时三刻，一盘残局未终，魏徵忽然俯伏在案边，鼾鼾盹睡。太宗笑曰："贤卿真是匡扶社稷之心劳，创立江山之力倦，所以不觉盹睡。"太宗任他睡着，更不呼唤。不多时，魏徵

---

① 准，原本作"徵"，据明书林杨闽斋刊本《西游记》改。

② 递，原本作"第"。

醒来，俯伏在地，道："臣该万死！臣该万死！却才晕困，不知所为，望陛下赦臣慢君之罪。"太宗道："卿有何慢罪？且起来，拂退残棋，与卿从新更着。"魏徵谢了恩，却才撚子在手，只听得朝门外大呼小叫。原来是秦叔宝、徐茂功等，将着一个血淋的龙头，掷在帝前，启奏道："陛下，海浅河枯曾可见，这般异事却无闻。"太宗与魏徵起身道："此物何来？"叔宝、茂功道："千步廊南，十字街头，云端里落下这颗龙头，微臣不敢不奏。"唐王惊问魏徵："此是何说？"魏徵转身叩头道："是臣才一梦斩的。"唐王闻言，大惊，道："贤卿盹睡之时，又不曾见动身动手，又无刀剑，如何却斩此龙？"魏徵奏道："主公，臣的身在君前，梦离陛下。身在君前对残局，合眼朦胧；梦离陛下乘瑞①云，出神抖搜。那条龙，在剐龙台上，被天兵将绑缚其中。是臣道：'你犯天条，合当死罪。我奉天命，斩汝残生。'龙王哀苦，臣抖精神。龙王哀告，伏爪收鳞甘受死；臣抖精神，撩衣进步举霜锋。挖扠一声刀过处，龙头因此落虚空。"

太宗闻言，心中悲喜不一。喜者夸奖魏徵好臣，朝中有此豪杰，愁甚江山不稳？悲者谓梦中曾许救龙，不期竟致遭诛。只得强打精神，传旨着叔宝将龙头悬挂市曹，晓谕长安黎庶，一壁厢赏了魏徵，众官②散讫。当晚回宫，心中只是忧闷③，想那梦中之龙，哭啼啼哀告求生④，岂知无常，难免此患。思念多时，渐觉神魂倦怠，身体不安。当夜二更时分，只听得宫门外有号泣之声，太宗愈加惊恐。正朦胧睡间，又见那泾河龙王，手提着一颗血淋淋的首级，高叫："唐太宗，还我命来！还我命来！你昨夜满口许诺救我，怎么天明时反宣人曹官来斩我？你出来，你出来！我与你到阎君处折辨折辨！"他扯住太宗，再三嚷闹不放，太宗钳口难言，只挣得汗流遍体。

却说太宗苏醒回来，只叫"有鬼！有鬼！"慌得那三宫皇后、六院嫔妃，与近侍太监，战兢兢一夜无眠。不觉五更三点，那满朝文武多官，都在朝门外候朝。等到天明，犹不见临朝，諕得一个个惊惧踌躇。及日

---

①瑞，原本作"端"。

②众官，原本作"官众"。

③闷，原本无。

④哭啼啼哀告求生，原本作"哭啼啼哀告闷求生"。

上三竿，方有旨意出来道："朕心不快，众官免朝。"不觉俇五七日，众官忧惶，都正要撞门见驾问安，只见太后有旨，召医官入宫用药，众人在朝门等候讨信。少时，医官出来，众问何疾。医官道："皇上脉气不正，虚而又数，狂言见鬼，又诊得十动一代，五脏无气，恐不讳只在七日之内矣。"众官闻言大惊失色。正怆惶间，又听得太宗有旨宣徐茂功、护国公、尉迟公见驾。三公奉旨，急入到分宫楼下。拜毕，太宗正色强言道："贤卿，寡人十九岁领兵，南征北伐，东挡西除，苦历数载，更不曾见半点邪祟，今日却反见鬼！"叔宝道："陛下宽心，今晚臣与敬德把守宫门，看有甚么鬼祟。"太宗准奏，茂功谢恩而出。当日天晚，各取披挂，他两个介胄①整齐，执金瓜钺斧，在宫门外把守。

　　二将军侍立门傍，一夜天晓，更不曾见一点邪祟。是夜，太宗在宫，安寝无事，晓来宣二将军，重重赏劳道："朕自得疾，数日不能得睡，今夜仗二将军威势甚安。卿且请出安息安息，待晚间再一护卫。"二将谢恩而出。遂此二三夜把守俱安，只是御膳减损，病转觉重。太宗又不忍二将辛苦，又宣叔宝、敬德与杜、房诸公入宫，分付道："这两日朕虽得安，却只难为秦、胡二将军彻夜辛苦。朕欲召巧手丹青，传二将真容，贴于门上，免得劳他，如何？"众臣即依旨，选两个会写真的，着胡、秦二公依前披挂，照样画了，贴在门上，夜间也即无事。

　　如此二三日，又听得后宰门乒乒乓乓砖瓦乱响，晓来即宣众臣曰："连日前门幸喜无事，今夜后门又响，却不又惊杀寡人也！"茂功进前奏道："前门不安，是敬德、叔宝护卫；后门不安，该着魏徵护卫。"太宗准奏，又宣魏徵今夜把守后门。徵领旨，当夜结束整齐，提着那诛龙的宝剑，侍立在后宰门前。

　　一夜通明，也无鬼魅。虽是前后门无事，只是身体渐重。一日，太后又传旨，召众臣商议殡殓之事。太宗又宣徐茂功，分付国家大事，叮嘱仿刘蜀主托孤之意。言毕，沐浴更衣，待时而已。傍闪魏徵，手扯龙衣，奏道："陛下宽心，臣有一事，管保陛下长生。"太宗道："病势已入膏肓，命将危矣，如何保得？"徵云："臣有书一封，进与陛下，捎去到阴司，付酆都判官崔珏。"太宗道："崔珏是谁？"徵云："崔珏乃是太上元

　　①胄，原本作"胃"。

皇帝驾前之臣，先受兹州①令，后升礼部侍郎。在日与臣八拜为交，相知甚厚。他如今已死，现在阴司做掌生死文簿的酆都判官，梦中常与臣相会。此去若将此书付与他，他念微臣薄分，必然放陛下回来，管教魂魄还阳世，定取龙颜转帝都。"太宗闻言，接在手中，笼入袖里，遂瞑目而亡。

却说太宗渺渺茫茫，魂灵径②出五凤楼前，只见那御林军马，请大驾出朝采猎。太宗忻然从之，缥渺而去。行了多时，人马俱无。独自一个散步荒郊草野之间。正惊惶难寻道路，只见那一边，有一人高声大叫道："大唐皇帝，往这里来，往这里来！"

太宗行到那边，只见他跪拜路傍，口称："陛下，赦臣失误远迎之罪！"太宗问曰："你是何人？因甚事前来接拜？"那人道："微臣半月前，在森罗殿上，见泾河鬼龙告陛下许救反诛之故，第一殿秦广大王即差鬼使催请陛下，要三曹对案。臣已知之，故来此间候接，不期今日来迟，望乞恕罪恕罪。"太宗道："你姓甚名谁？是何官职？"那人道："微臣存日，在阳曹侍先君驾前，为兹州令，后拜礼部侍郎，姓崔名珏。今在阴司，得受酆都掌案判官。"太宗大喜，即近前御手忙挽道："先生远劳。朕驾前魏徵有书一封，正寄与先生，却好相遇。"判官谢恩，问书在何处。太宗即向袖中取出递与崔珏。拜接了，拆封而看。其书曰：

辱爱弟魏徵，顿首书拜大都案契兄崔老先生台下：忆昔交游，音容如在。倏尔数载，不闻清教。常遇节令设蔬品奉祭，未卜享否？又承不弃，梦中临示，始知我兄长大人高迁。奈何阴阳两隔，各天一方，不能面规。今因我太宗文皇帝倏然而故，料对案三曹，必与兄长相会。万祈俯念生日交情，方便一二，放我主回阳，殊为爱也。容再修谢。不尽。

那判官看了书，满心欢喜道："魏人曹前日梦斩老龙一事，臣已早知，甚是夸奖不尽。又蒙他早晚看顾臣的子孙，今日既有书来，陛下宽心，微臣管送陛下还阳，重登玉阙③。"太宗称谢了。

---

①州，原本作"洲"。

②径，原本作"竟"。

③阙，原本作"关"。

二人正说间，只见那边有一对青衣童子，执幢幡宝盖，高叫道：“阎王有请，有请。”太宗遂与崔判官并二童子举步前进。忽见一座城，城门上挂着一面大牌，上写着“幽冥地府鬼门关”七个大金字。那青衣将幢幡摇动，引太宗径①入城中，顺街而走。只见那街傍边有先主李渊，先兄建成，故弟元吉，上前道：“世民来了！世民来了！”那建成、元吉就来揪打索命。太宗躲闪不及，被他扯住。幸有崔判官唤一青面獠②牙鬼使，喝退了建成、元吉，太宗方得脱身而去。行不数里，见一座碧瓦楼台。

　　太宗正在外面观看，只见那壁厢环珮叮当，仙香奇异，外有两对提烛，后面却是十殿阎王降阶而至。那十王是秦广王、楚江王、宋帝王、仵官王、阎罗王、平等王、泰山王、都市王、卞城王、转轮王，出在森罗宝殿，控背躬身迎迓太宗。太宗谦下，不敢前行。十王道：“陛下是阳间人王，我等是阴间鬼王，分所当然，何须过让？”太宗道：“朕得罪麾下，岂敢论阴阳人鬼之道？”逊之不已。太宗③前行，径④入森罗殿上，与十王礼毕，分宾主坐定。约有片时，秦广王拱手而进言曰：“泾河鬼龙告陛下许救而反杀之，何也？”太宗道：“朕曾夜梦老龙求救，实是允他无事，不期他犯罪当刑，该我那人曹官魏徵处斩。朕宣魏徵在殿着棋，不知他一梦而斩。这是那人曹官出没神机，又是那龙王犯罪当死，岂是朕之过也？”十王闻言，伏礼道：“我等早已知之。但只是他在此折辩，定要陛下来此三曹对案，是我等将他送入轮藏，转生去了。今又有劳⑤陛下降临，望乞恕我催促之罪。”言毕，命掌生死簿判官：“急取簿子来，看陛下阳寿天禄该有几何？”崔判官急转司房，将天下万国国王天禄总簿，先逐一检阅，只见南赡部洲大唐太宗皇帝注定贞观一十三年。崔判官吃了一惊，急取浓墨大笔，将“一”字上添了两画，却将簿子呈上。十王从头一看，见太宗名下注定三十三年，阎王惊问：“陛下登基多少年了？”太宗道：“朕即位，今一十三年了。”阎王道：“陛下宽心勿虑，还有

---

　　①径，原本作“竟”。

　　②獠，原本作“撩”。

　　③太宗，原本作“宗太”。

　　④径，原本作“竟”。

　　⑤又有劳，原本作“有又劳”。

二十年阳寿。此一来已是对案明白，请返本还阳。"太宗闻言，躬身称谢。十阎王差崔判官、朱太尉二人，送太宗还魂。太宗出森罗殿，又起手问十王道："朕宫中老少安否如何？"十王道："俱安，但恐御妹寿似不永。"太宗又再拜启谢："朕回阳世，无物可酬谢，惟答瓜果而已。"十王喜曰："我处颇有东瓜、西瓜，只少南瓜。"太宗道："朕回去即送来，即送来。"从此遂相揖而别。

那太尉执一首引魂幡，在前引路，崔判官随后保着太宗，径①出幽司。太宗举目而看，不是旧路，问判官曰："此路差矣？"判官道："不差。阴司里是这般，有去路，无来路。如今送陛下自转轮藏出身，一则请陛下游观地府，一则教陛下转托超生。"太宗只得随他两个，引路前来。径②行数里，忽见一座高山，阴云垂地，黑雾迷空。太宗道："崔先生，那厢是甚么山？"判官道："乃幽冥背阴山。"

太宗全靠着那判官保护，过了阴山。前进，又历了许多衙门，一处处俱是悲声振耳，恶怪惊心。太宗又道："此是何处？"判官道："此是阴山背后一十八层地狱。"

太宗听说，心中惊惨。进前又走不多时，见一伙鬼卒，各执幢幡，路旁跪下道："桥梁使者来接。"判官喝令起去，上前引着太宗，从金桥而过。太宗又见那一边有一座银桥，桥上行几个忠孝贤良之辈，公平正大之人，亦有幢幡接引；那壁厢又有一桥，寒风滚滚，血浪滔滔，号泣之声不绝。太宗问道："那座桥是何名色？"判官道："陛下，那叫做奈河桥。"

又到枉死城，只听哄哄人嚷，分明说："李世民来了！李世民来了！"太宗听叫，心惊胆战。见一伙拖腰折臂、有足无头的鬼魅，上前拦住，都叫道："还我命来！还我命来！"慌得那太宗藏藏躲躲，只叫："崔先生救我！崔先生救我！"判官道："陛下，那些人都是那六十四处烟尘、七十二处草寇，众王子、众头目的鬼魂。尽是枉死的冤业，无收无管，不得超生，又无钱钞盘缠，都是孤寒饿鬼。陛下得些钱钞与他，我才救得哩。"太宗道："寡人空身到此，却那里得有钱钞？"判官道："陛下，

---

①径，原本作"竟"。

②径，原本作"竟"。

阳间有一人，金银若干，在我这阴司里寄放。陛下可出名立一约，小判可作保，且借他一库，给散这些饿鬼，方得过去。"太宗问曰："此人是谁？"判官道："他是河南开封府人氏，姓相名良，他有十三库金银在此。陛下若借用过他的，到阳间还他便了。"太宗甚喜，情愿出名借用。遂立了文书与判官，借钱金银一库，着太尉尽行给散。判官复分付道："这些金银，汝等可均分用度，放你大唐爷爷过去，他的阳寿还早哩。我领了十王钧语，送他还魂，教他到阳间做一个水陆大会，度汝等超生，再休生事。"众鬼闻言，得了金银，俱唯唯而退。判官令太尉摇动引魂幡，领太宗出离了枉死城中，奔上平阳大路，飘飘荡荡而走。

前进多时，却来到"六道轮回"之所。判官送唐王直至那超生贵道门，拜呼唐王道："陛下呵，此间乃出头之处，小判告回，着朱太尉再送一程。"唐王谢道："有劳先生远涉。"判官道："陛下到阳间，千万做个水陆大会，超度那无主的冤魂，切勿忘了。"朱太尉请唐王上马，马行如箭，早到了渭水河边，那唐王只管贪看，不肯前行，被太尉撮着脚，高呼道："还不走，等甚！"扑的一声，望那渭河推下马去，却就脱了阴司，径①回阳世。

却说那唐朝驾下有徐茂功②、秦叔宝、胡敬德、段志贤、殷开山、程咬金、高士廉、虞世南、房玄龄、杜如晦、萧瑀、傅奕、张道源、张士衡、王珪等两班文武，俱保着那东宫太子与皇后、嫔妃、宫娥、侍长，都在那白虎殿上举哀。一壁厢议传哀诏，要晓谕天下，欲扶太子登基。时有魏徵在旁道："列位且住，不可！不可！假若惊动州县，恐生不测。且再按候一日，我王必还魂也。"下边闪上许敬忠道："魏丞相言之甚谬。自古云'泼水难收，人逝不返'，你怎么还说这等虚言，惑乱人心，是何道理！"魏徵道："不瞒许先生说，下官自幼得授仙术，推算最明，管取陛下不死。"正讲处，只听得棺中连声大叫道："淊杀我耶！淊杀我耶！"諕得个文官武将心慌，皇后嫔妃胆战。

此时众宫③人走得精光，那个敢近灵扶柩。多亏了正直的徐茂功④，

---

①径，原本作"竟"。

②功，原本作"公"。

③宫，原本作"官"。

④功，原本作"公"。

理烈的魏丞相，有胆量的秦琼，忒猛撞的敬德，上前来扶着棺材，叫道："陛下有甚么放不下心处，说与我等，不要弄鬼，惊骇了眷族。"魏徵道："不是弄鬼，此乃陛下还魂也。快取器械来！"打开棺盖，果见太宗坐在里面，还叫："潡死我了！是谁救捞？"茂功①等上前扶起，道："陛下苏醒莫怕，臣等都在此护驾哩。"唐王方才开眼道："朕当好苦，躲过阴司恶鬼难，又遭水面丧身灾。"众臣道："陛下宽心勿惧。"魏徵道："陛下鬼气尚未解。"急着太医院进安神定魄汤药，又安排粥膳。连服一二次，方才反本还原，知得人事。一计唐王死去，已三昼夜，复回阳间为君。当日天色已晚，众臣请王归寝，各各散讫。次早，脱却孝衣，换了彩服，在那朝门外等候宣召。

却说太宗，自服了安神定魄之剂，连进了数次粥汤，被众臣扶入寝室，一夜稳睡，保养精神，直至天明方起，抖擞威仪。唐王上金銮宝殿，聚集两班文武，山呼已毕，依品分班。只听得传旨道，太宗既放宫女、出死囚，又出御制榜文，遍传天下。一壁厢又出招贤榜，招人进瓜果到阴司里去；一壁厢将宝藏库金银一库，差鄂国公胡敬德上河南开封府，访相良还债。榜张数日，有一赴命进瓜果的贤者，本是均州人，姓刘名全，家有万贯之资。只因妻李翠莲在门首拔金钗斋僧，刘全骂了他几句，说他不遵妇道，擅出闺门。李氏忍气不过，自缢而死。撇下一双儿女年幼，昼夜悲啼。刘全又不忍见，无奈，遂舍了性命，弃了家②缘，撇了儿女，情愿以死进瓜，将皇榜揭了，来见唐王。王传旨意，教他去金亭馆里，头顶一对南瓜，袖带黄钱，口噙药物。

那刘全果服毒而死，一点灵魂，顶着瓜果，早到鬼门关上。把关的鬼使喝道："你是甚人，敢来此处？"刘全道："我奉大唐太宗皇帝钦差，特进瓜果与十代阎王受用的。"那鬼使欣然接引。刘全径③至森罗宝殿，见了阎王，将瓜果进上道："奉唐王旨意，远进瓜果，以谢十王宽宥之恩。"阎王大喜道："好一个有信有德的太宗皇帝！"遂此收了瓜果。便问那进瓜的人姓名，那方人氏。刘全道："小人是均州城民籍，姓刘名全。

---

①功，原本作"公"。

②家，原本作"宗"。

③径，原本作"竟"。

因妻李氏缢死，撇下儿女，无人看管，小人情愿舍家弃子，捐躯报国，特与我王进贡瓜果，谢众大王厚恩。"十王闻言，即命查勘刘全妻李氏。那鬼使速取来在森罗殿下，与刘全夫妻相会。诉罢前言，回谢十王恩宥。那阎王却检①生死簿子看时，他夫妻们都有登仙之寿，急差鬼使送回。鬼使启上道："李翠莲归阴日久，尸首无存，魂将何附？"阎王道："唐御妹李玉英，今该促死。你可借他尸首，教他还魂去也。"那鬼使领命，即将刘全夫妻二人同出阴司而去。那阴风绕绕，径到了长安大国，将刘全的魂灵，推入金亭馆里，将翠莲的灵魂，带进皇宫内院。只见那玉英宫主，正在花阴下，徐步绿苔而行，被鬼使扑个满怀，推倒在地，活捉了他魂，却将翠莲的魂灵，推入玉英身内。鬼使回转阴司不题。

却说宫院中的大小侍婢，见玉英跌死，急走金銮殿，报与三宫皇后道："宫主娘娘跌死也！"皇后大惊，随报太宗。太宗闻言，点头叹曰："此事信有之也。朕曾问十代阎君：'老幼安乎？'他道：'俱安，但恐御妹寿促。'果中其言。"合宫人都来悲切，尽到花阴下看时，只见那宫主微微有气。唐王道："莫哭！莫哭！休惊了他。"遂上前将御手扶起头来，叫道："御妹苏醒苏醒。"那宫主忽的翻身，叫："丈夫慢行，等我一等！"太宗道："御妹，是我等在此。"宫主抬头睁眼看道："你是谁人，敢来扯我？"太宗道："是你皇兄、皇嫂。"宫主道："我那里得个甚么皇兄、皇嫂！我娘家姓李，我的乳名唤做李翠莲，我丈夫姓刘名全，两口儿都是均州人氏。因为我三个月前，拔金钗在门首斋僧，我丈夫怪我擅出内门，不遵妇道，骂了我几句，是我气塞胸堂，将白绫带悬梁缢死，撇下一双儿女，昼夜悲啼。今因我丈夫被唐王钦差，赴②阴司进瓜果，阎王怜悯，放我夫妻回来。他在前走，因我来迟，赶不上他，我绊了一跌。你等无礼！不知姓名，怎敢扯我！"太宗闻言，与众宫人道："想是御妹跌昏了，胡说哩。"传旨教太医院进汤药，将玉英扶入宫中。

唐王当殿，忽有当驾官奏道："万岁，今有进瓜果人刘全还魂，在朝门外等旨。"唐王大惊，急传旨，将刘全召进，俯伏丹墀。太宗问道："进瓜果之事何如？"刘全道："臣顶瓜果，径至鬼门关，引上森罗殿，

①检，原本作"捡"。

②赴，原本作"付"。

见了那十代阎君，将瓜果奉上，备言我王殷勤致谢之意。阎君甚喜，多多拜上我王道：'真①是个有信有德的太宗皇帝！'"唐王道："你在阴司见些甚么来？"刘全道："臣不曾远行，没见甚的，只闻得阎王问臣乡贯、姓名。臣将弃家舍子，因妻缢死，愿来进瓜之事，说了一遍，他急差鬼使，引过我妻，就在森罗殿下相会。一壁厢又检②看死生文簿，说我夫妻都有登仙之寿，便差鬼使送回。臣在前走，我妻后行，幸得还魂。但不知妻投何所。"唐王惊问道："那阎王可曾说你妻甚么？"刘全道："阎王不曾说甚么，只听得鬼使说：'李翠莲归阴日久，尸首无存。'阎王道：'唐御妹李玉英今该促死，教翠莲即借玉英尸还魂去罢。'臣不知'唐御妹'是甚地方，家居何处，我还未曾得去寻哩。"

唐王闻奏，满心欢喜，当对多官道："朕别阎君，曾问宫中之事，他言'老幼俱安，但恐御妹寿促'。却才御妹玉英，花阴下跌死，朕急扶看③，须臾苏醒，口叫'丈夫慢行，等我一等！'朕只道是他跌昏了胡言。又问他详细，他说的话，与刘全一般。"魏徵奏道："御妹偶尔寿促，少苏醒即说此话，此是刘全妻借尸还魂之事。此事也有。可请宫主出来，看他有甚说话。"唐王道："朕才命太医院去进药，不知何如。"便教嫔妃入宫去请。那宫主在里面乱嚷道："我吃甚么药？这里那是我家！我家是清凉瓦屋，不像这个害黄病的房子，花狸狐哨的门扇！放我出去！放我出去！"

正嚷处，只见四五个女官，两三个太监，扶着他，直至殿上。唐王道："你可认得你丈夫么？"玉英道："说那里话，我两个从小儿的结发夫妻，与他生男育女，怎的不认得？"唐王叫内官搀他下去。那宫主下了宝殿，直至白玉阶前，见了刘全，一把扯住道："丈夫，你往那里去，就不等我一等！我跌了一跌，被那些没道理的人围住我嚷，这是怎的说！"那刘全听他说的话是妻之言，观其人，非妻之面，不敢相认。唐王道："这正是山崩地裂有人见，捉生替死却难逢！"好一个有道的君王，即将御妹的妆奁、衣物、首饰，尽赏赐了刘全，就如陪嫁一般，又赐与他永免

---

①真，原本作"直"。

②检，原本作"捡"。

③看，原本作"着"。

差徭的御旨，着他带领御妹回去。他夫妻两个，便在阶前谢了恩，欢欢喜喜还乡。

却说那尉迟公将金银壹库，上河南开封府访看相良，原来卖水为活，同妻张氏在门首贩卖乌盆瓦器营生，但赚①得些钱儿，只以盘缠为足，其多少斋僧布施，买金银纸锭，记库焚烧，故有此善果臻身。阳世间是一条好善的穷汉，那世里却是个积玉堆金的长者。尉迟公将金银送上他门，諕得那相公、相婆魂飞魄散。又兼有本府官员，茅舍外车马骈集，那老两口子如痴如痖，跪在地下，只是磕头礼拜。尉迟公道："老人家请起。我虽是个钦差官，却赍着我王的金银送来还你。"他战兢兢的答道："小的没有甚么金银放债，如何敢受这不明之财？"尉迟公道："我也访得你是个穷汉，只是你斋僧布施，尽其所用，就买办金银纸锭，烧记阴司，阴司里有你积下的钱钞。是我太宗皇帝死去三日，还魂复生，曾在那阴司里借了你一库金银，今此照数送还与你。你可一一收下，等我好去回旨。"那相良两口儿只是朝天礼拜，那里敢受，道："小的若受了这些金银，就死得快了。虽然是烧纸记库，此乃冥冥之事，况万岁爷爷那世里借了金银，有何凭据？我决不敢受。"尉迟公道："陛下说，借你的东西，有崔判官作保可证。你收下罢。"相良道："就死也是不敢受的。"尉迟公见他苦苦推辞，只得具本差人启奏。太宗见了本，知相良不受金银，道："此诚为善良长者！"即传旨教胡敬德将金银与他修理寺院，起盖生祠，请僧作善，就当还他一般。旨意到日，敬德望阙谢恩，宣旨，众皆知之。遂将金银买到城里军民无碍的地基一段，周围有五十亩宽阔，在上兴工，起盖寺院，名"敕建相国寺"。左有相公相婆的生祠，镌碑刻石，上写着"尉迟公监造"。即今大相国寺是也。

工完回奏，太宗甚喜。（《西游记》第十、十一、十二回②）

注：见《历史文献集》第1548页以下内容（引自《旧唐书》卷一百九十八③《西戎·波斯》）。

①赚，原本作"撰"。
②按据《西游记》，此事当在九、十、十一回。
③卷一百九十八，原本作"卷一百四十八"。

饿鬼群攻唐太宗

（法文版第 406 页，对应第 222 则故事）

# 关键词／母题索引[1]

* 数字对应故事序号，非页码

**炼丹术：** 198

**灵魂：**

关怀亲友，将所知之事告知阳间的亲友：99、100、209

灵魂出窍：1、23、24、27、28、78、110、128、129、134、148、171

招魂：30、31、32、51

还魂：70、95、158、160、161

散其魂：5、163

附于骸骨：153、172

复仇魂：6、20、21、22、47、49、54、87、92、112、120、122、162、201、207、208

另有文章关涉信车（纸轿）、两个魂、分身、饿鬼、死亡、中邪、复活、自杀鬼、厉鬼

**鬼之魂"瞂"：** 163

**内脏之魂：** 33

**动物：**

幼兽：59

---

[1] 以下词条法文版原文按照字母排序，编者未做改动，仅删去个别重复词条。

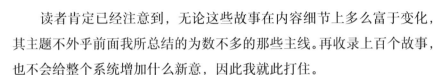

# 法文版后记

　　读者肯定已经注意到，无论这些故事在内容细节上多么富于变化，其主题不外乎前面我所总结的为数不多的那些主线。再收录上百个故事，也不会给整个系统增加什么新意，因此我就此打住。

　　我很少使用 8 世纪之前的文本是为了更好地展现近现代民间信仰系统。我建议主要使用干宝的《搜神记》、李昉的《太平广记》和袁枚的《新齐谐》来考察和研究。

# 附录：戴遂良学术年表①

| 年份 | 事件 | 备注 |
|---|---|---|
| 1856 年 | 生于法国阿尔萨斯，父亲系斯特拉斯堡大学医学系教授 | |
| 1879 年 | 从事医生工作 | |
| 1881 年 | 在比利时加入耶稣会 | |
| 1887 年 | 被派遣到直隶东南教区任教职 | |
| 1892 年 | 《官话入门：汉语口语使用教程，供赴直隶东南部传教士使用，河间府日常口语声韵》（*Koan hoa jou men. Cours pratique de chinois parlé à l'usage des missionnaires du Tcheli S. E. Sons et tons usuels du Ho kienfou*），1895 年改名为《汉语汉文入门》（*Rudiments de parler et de style chinois*），见下 | 分为《汉语入门》（口语）（*Rudiments de parler chinois*，包括第一至六卷）和《汉文入门》（书面语）（*Rudiments de style chinois*，包括第七至十二卷） |

---

① 此年表为编者整理，主要依据《通报》（*T'oung Pao*, Leide: E. J. Brill, 1898, p. 75; 1901, p. 163;1903, p. 155；1904, p. 481; 1905, p. 256; 1906, p. 533; 1908, p. 492,717; 1909, p. 102; 1931, p. 150）、《戴遂良神父著作概要》（Henri Bernard, « Bibliographie méthodique des œuvres du père Léon Wieger », *T'oung Pao*, seconde série, Vol. 25, No. 3/4（1927）pp. 333-345）、《戴遂良神父的汉学著述》（« L'Œuvre sinologique du R. P. Wieger », *Revue apologétique: doctrine et faits religieux*, p. 501）以及戴遂良著述的出版信息。

| 年份 | 事件 | 备注 |
|---|---|---|
| 1894 年 | 第四卷：《民间道德与风俗》（*Rudiments 4: Morale et usages populaire*），908 页<br>第五、六卷（合为一部）:《民间叙事》（*Rudiments 5 et 6: Narrations vulgaires*），693+697 页 | 中文、注音、法文对照，1905 年再版，547 页（该版后被译为英文①）<br>中文、注音、法文对照，1895 年再版，1903 年三版，785 页 |
| 1895—1896 年 | 第一卷:《河间府介绍》（*Ho-Kien-Fou*），748 页；《河间府方言》（*Dialecte de Ho-Kien-Fou*），749—1513 页 | 中法对照，1899 年再版，名为《北方官话指南：结构、措辞》（*Langage parlé du Nord. Mécanisme. Phraséologie*）；1912 年三版名为《汉语口语手册》（*Chinois parlé manuel, Koan-hua du du Nord, non-pékinois*），1146 页；1938 年再次出版，名为 *Chinois parlé: manuel, grammaire, phraséologie* |
| 1897 年 | 第二卷：《要理问答》（*Catéchèses*），894 页 | 依据《要理问答四本》。1905 年再版名为《要理问答及注释》（*Catéchèses et gloses*），1909 年三版名为《新进教士要理问答》（*Catéchèses à l'usage des néo-missionnaires*） |
| 1898 年 | 第三卷：《布道要义》（*Sermons de mission*），879 页 | 1902 年再版名为《节日布道要义》（*Sermons de fête*），陆续出版至 1925 年 |
| 1900 年 | 《汉文入门》（书面语）开始出版：第十二卷：《汉字与词汇》（*première partie:Caractère*，431 pages; *seconde partie: Lexiques*，223，206，197 pages） | 1905 年再版，1916 年三版改名为《汉字》（*Caractères chinois*），1924 年四版改名为《汉字：字源、字形、词汇》（*Caractères chinois: étymologie, graphies, lexiques*），1932 年五版，1963 年七版（台湾：康熙出版社） |

---

① *Dr. L. Wieger's moral tenets and customs in China. Texts in Chinese*, translated and annotated by L. Davrout, S. J., Ho-kien-fu, Catholic Mission Press, 1913, 604 pages.

| 年份 | 事件 | 备注 |
|---|---|---|
| 1900—1903 年 | 第七、八卷：《半文言：道德行为》（Demi-style. Morale en action）<br>第九卷：《儒家思想引文》（Concordance des livres classiques）<br>第十卷：《其他思想引文》（Concordance des philosophes non classiques）<br>第十一卷：《历史必备》（Bréviaire historique） | 第七、八、九、十、十一卷是后来《哲学文献集》和《历史文献集》的初稿 |
| 1903—1905 年 | 《历史文献集：中国政治史（至1905年）》（Textes historiques: histoire politique de la Chine, depuis l'origine jusqu'en 1905），共 3 卷，2173 页 | 中法对照，1912 年再版，内容增补至当年，1922—1923 年三版，1929 年四版内容均增补至当年 |
| 1905 年 | 《汉语入门》（一至六卷）获法国美文与铭文学院颁发的"儒莲奖" | |
| 1906—1908 年 | 《哲学文献集》之《儒教》（Textes philosophiques, Confucianisme），550 页 | 中法对照，1930 年再版 |
| 1908 年 | 《汉文文法：结构、措辞》（Langue écrite. Mécanisme. Phraséologie），102 页 | 1937 年再版 |
| 1909 年 | 《近世中国民间故事》（Folk-lore chinois moderne），422 页 | 中法对照 |
| 1910—1913 年 | 《中国佛教》（Bouddhisme chinois），包括"佛家生活"479 页、"佛在中国"453 页 | 中法对照，1951 年再版 |
| 1911—1913 年 | 《道教》（Taoïsme），包括"道藏目录"336 页和"道家宗师"521 页 | 中法对照，1930 年再版，1950 年三版 |
| 1917 年 | 《中国宗教信仰及哲学观点通史》Histoire des croyances religieuses et opinions philosophiques en Chine depuis l'origine jusqu'à nos jours），722 页 | 1922 年再版，1927 年三版，英文版 A history of the religious beliefs and philosophical opinions in China 由 Edward Chalmers Werner 于 1927 年翻译出版 |

| 年份 | 事件 | 备注 |
|---|---|---|
| 1920 年 | 《历代中国：至三国》（*La Chine à travers les âges, première et deuxième périodes : jusqu'en 220 après J. C.*），531 页 | 1923 年再版，1991 年香港、埃克斯–普罗旺斯联合再版，英文版 *China throughout the ages* 由 Edward Chalmers Werner 于 1928 年翻译出版 |
| 1921 年 | 《现代中国》译丛（*La Chine moderne*，共 10 卷）第一卷：《绪论》（*Prodromes*）第二卷：《新潮》（*Le Flot montant*），483 页 | 中法对照 |
| 1922 年 | 《现代中国》译丛第三卷：《逆流与泡沫》（*Remous et écumes*），452 页 | 中法对照 |
| 1923 年 | 《现代中国》译丛第四卷：《学校以外》（*L'Outre d'école*），474 页 | 中法对照 |
| 1924 年 | 晋升献县教区宗座代牧《现代中国》译丛第五卷：《国家主义、排外、反基督教》（*Nationalisme*），294 页 | 中法对照 |
| 1925 年 | 《现代用语》（*Locutions modernes/Néologie*） | 1936 年三版，16000 个条目，中法对照 |
| | 《现代中国》译丛第六卷：《惹火》（*Le feu aux poudres*），292 页 | 中法对照 |
| 1927 年 | 《现代中国》译丛第七卷：《砰！》（*Boum!*），250 页 | 中法对照 |
| 1928 年 | 《亚当主义在中日》（*Amidisme chinois et japonais*），51 页 | |
| 1931 年 | 《现代中国》译丛第八卷：《混乱》（*Chaos*），207 页 | 中法对照 |
| 1932 年 | 《现代中国》译丛第九卷：《1919 年以前的学校和官方的道德主义》（*Moralisme officiel et écoles, jusqu' en 1919*），468 页《现代中国》译丛第十卷：《1920 年以来各种道德主义纲要》（*Moralisme divers, depuis 1920. Syllabus*），314 页 | 中法对照 |
| 1933 年 | 卒于河北献县 | |